Raphaël Confiant

Brin d'amour

Mercure de France

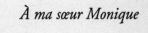

À ma sœur Monique

PREMIER CERCLE

Où il sera question de la destinée d'une femme qui vécut dans l'ardente folie de mes songes, là-bas, à Grand-Anse, gardienne de l'Atlantique et de sa hautaineté, ainsi que de son amour impondéré de l'écriture à la stupéfaction sans cesse renouvelée de toute une tralée de grandiseurs et d'enjôleurs — ô toi, Nestorin Bachour et tes mots en sucre saucés dans du miel! — qui n'avaient de cesse qu'ils l'arraisonnent...

Elle s'emmurait à l'évidence dans les boutiques obscures de ses pensées, vierge noire en ses allures, indifférente à toute chose, même à l'hivernage qui semblait, au beau mitan de juin, s'épuiser dans sa sérénissime laideur, tapissant le sol de si soudaines jonchées de gliricidias qu'on renonçait net à brocanter deux mots-quatre paroles. Tout ce mauve nous stupéfiait, il est vrai. Comme ses subites éructations de propos sibyllins, inlassablement répétés :

Donnez-moi
Ah donnez-moi l'œil immortel de l'ambre
et des ombres et des tombes en granit équarri…

Indifférente, elle l'était aussi à l'endroit de sa mère Man Augusta, à l'existence tapageuse de cette bougresse qui guerroyait contre les assauts du

temps, protestant dès le devant-jour à la face de
Dieu qui avait réservé tel sort aux nègres, sort
qu'elle affirmait cruel. Parfois, sa mère disait la
« race des nègres », insistant de manière comique
sur le mot « race » comme s'il se fût agi de l'injure
suprême. Cent fois, elle interrogeait le ciel du
menton, les poings sur ses hanches de femme-
matador, et répétait telle une crécelle du vendredi
saint :

« Mamzelle Lysiane, si vous restez accoudée
comme ça à la fenêtre, la mer finira par retirer ses
pieds, oui. »

Puis, Man Augusta soulevait les trois matelas de
son lit (elle se plaignait de douleurs à l'en-bas du
dos qu'elle savait « expédiées » par quelque jaloux),
époussetait les édredons, charroyait etcetera de
bassines d'eau savonneuse afin de récurer le plancher, tout cela en chantonnant quelque litanie en
grec d'église ou, plus rarement, en jargouinant la
dernière romance d'Édith Piaf. Quand elle finis-
sait par découvrir les pages froissées — c'était là
l'unique but de toute cette agitation —, recou-
vertes d'une fine écriture quasi illisible, que sa fille
avait cachées derrière la table de nuit en bois de
courbaril ou dans quelque fente de la cloison, elle
se figeait dans une brève hésitation avant de
prendre un ton mi-inquiet mi-accusateur :

«Tenez, je vous rends vos chimères, mamzelle!»

Lysiane, immobile, n'en continuait pas moins à
observer le déchaînement de l'Atlantique contre le
sable de la plage de Grand-Anse, ce sable d'une
noirceur d'obsidienne qui abasourdissait tant les
étrangers de passage, et soudain, elle affirmait
apercevoir des pluies d'étoiles dans le lointain.
Étoiles argentées qui fifinaient, à l'en croire, sur
l'impavide bleuité des flots. Ou bien, qu'elle fût
ou non en ses périodes, elle écartait largement les
jambes et laissait son sang se dévider de son corps
avec une impudeur tranquille qui effrayait la maisonnée. De tout temps, nous avions su qu'elle perdait du sang. Apparemment sans en éprouver la
plus infime souffrance. Sans qu'aucun signe de fai-
blesse n'imprimât de marque à sa figure qui arborait soudain un teint de papaye mûre. Ses draps
étaient teintés de si indélébile manière qu'on nous
envoyait, la marmaille, quérir de l'eau salée dans
l'espoir d'effacer ce que Man Augusta qualifiait de
«souillure». Lysiane se gaussait des vains efforts de
sa mère et de sa servante, des jours durant, accrou-
pies au ras du bassin de la cour intérieure, s'épui-
sant à frotter sa lingerie intime, à l'épreuve d'un
soleil que tout un chacun savait méchant.

L'étage était le royaume de la jeune fille. Elle

récitait la même antienne avec un ballant qui ne souffrait aucune réplique :

« Je ne descends point aujourd'hui ! Je n'ai pas faim ! Je ne veux recevoir aucune visite et que papa cesse d'interboliser mes après-midi avec ses compères joueurs de domino et buveurs de tafia ! »

Il lui arrivait parfois de réclamer un cahier d'écolier et des crayons noirs. Si le désigné parmi notre bande de gamins tardait trop à s'exécuter, elle lui lançait d'une voix aiguë une imprécation qui nous terrifiait :

« Je vous aurai prévenus ! Quand les jours feuilliront, il sera temps d'affronter l'irréparable. »

Pour nous, piètres vivants, seuls les arbres avaient le don de feuillir et nous la détestions parfois de déranger notre insouciance. D'ailleurs, elle semblait avoir renoncé à nous distinguer les uns des autres. Elle nous affublait à son gré du titre de frère, sœur, cousin, beau-frère ou voisin, n'utilisant jamais nos prénoms comme si elle ne les avait jamais sus. Quant à elle, il faut bien l'avouer, nous ne savions trop comment la nommer et lorsque l'un d'entre nous sollicitait quelque adulte à sa demande, il s'entendait répondre sur un ton rêveur :

« La personne a besoin d'une carafe d'eau. Ah bon ? » Ou bien : « Où est la boîte d'Aspro ? La personne a un mal de tête. »

Au rez-de-chaussée, assis sur les trois marches de pierre que des herbes sauvages s'entêtaient à recouvrir, son père conciliabulait avec le premier venu, s'émerveillait d'être encore en vie après avoir subi dès la prime enfance toutes sortes de maux terribles qui avaient pour nom coqueluche, typhoïde, scarlatine et même lymphangite, termes aux sonorités barbares que nous ne parvenions jamais à retenir, nous contentant du dernier, la «blesse», qui nous était plus familier. Assez curieusement, celle-ci ne se manifestait par aucune plaie ni le moindre saignement en quelque endroit du corps du vieil homme. Bien que parcheminé, son visage n'était affligé de la moindre cicatrice et sur son buste nu, ses poils crépus et blanchâtres ne dissimulaient aucune estafilade. Et s'il s'amusait parfois à ôter des chiques imaginaires d'entre les fentes de ses orteils, à l'aide d'une grosse épingle à nourrice préalablement chauffée, c'était plus un tic de sa part, comme l'en accusait Man Augusta. Un tic de nègre malpropre, oui. Cela ne faisait-il pas plus de vingt ans que le couple habitait le bourg et surtout, au jour d'aujourd'hui, tout le monde, y compris les plus dénantis des dénantis du fin fond des campagnes de Morne Capot ou de Macédoine, n'allait-il pas soulietté-botté? Nous savions que maître Augusta, comme tout le monde le dénommait, cultivait une manière de nostalgie. Nous le devinions en tout cas. Il rêvait encore de l'époque bénie où la canne à sucre enjambait les pentes les plus raides avec une énergie que nul ne semblait pouvoir accorer. Il entendait encore le sifflement de la locomotive qui déboulait de Séguineau pour se diriger vers l'usine de Vivé et c'est pourquoi il lui arrivait de nous emmener, sous prétexte d'aller pêcher des alevins à l'embouchure, au seul endroit où les rails n'avaient pas encore totalement pourri : le promontoire de La Crabière. Désormais, il devait se contenter de faire de grands gestes d'amicalité aux chauffeurs de camions-dix-roues qui transportaient une canne immangeable (parce qu'obtenue par croisements) jusqu'à l'usine du Galion, dans la commune rivale de Sainte-Marie, au sud de notre bourg.

« Si tu ne peux plus l'éplucher avec tes dents, soliloquait-il, c'est quoi alors, cette canne, hein ? Du fer tout bonnement ! »

Mais il n'y avait pas que la déroute de cette plante, à la fois « séculaire et nourricière », comme il lui arrivait de grandiloquer, pour le plonger dans l'intranquillité : les sentences de sa fille unique, égrenées sur le ton de la colère divine, y étaient aussi pour une grande part.

*

Pourtant, jamais maître Augusta ne faisait allusion à sa fille. Même quand le Grand Blanc Frédéric Chénier de Surville, propriétaire de deux cents hectares à Séguineau — «Depuis la fin du XVIIᵉ siècle, messieurs!» —, le complimentait sur la belleté de Lysiane, un sourire équivoque au coin des lèvres. Quant à nous, la marmaille, nous étions encore trop innocents pour prêter attention au concert de louanges que des grappes d'enjôleurs et de baliverneurs venaient déverser à la fenêtre de la jouvencelle dès la brune du soir. Ces bougres-là faisaient mine de s'assembler autour du poteau électrique afin, soi-disant, de bénéficier de la lumière gratuite, jouaient aux cartes, racontaient des blagues mal-élevées ou se plaignaient de la maigreur de leur solde, nous amadouant de temps à autre, nous la garçonnaille, avec des sucreries ou des illustrés de cow-boys.

Nestorin, le bâtard-Syrien, dont la réputation de dévergondeur de jeunes filles n'était plus à faire, était toujours le plus prompt à nous solliciter pour lui faire une commission. Rien qu'une «petite commission». Pour appuyer sa requête, il ôtait quelques piécettes de sa poche d'un geste

théâtral et les tendait au premier d'entre nous
qui se risquerait à affronter l'ire de Lysiane. Car
mamzelle éclatait en jurons insouffrables, écu-
mait, postillonnait, avant de déchirer la missive
qui lui était tendue. Puis, elle changeait brusquement de fenêtre pour se prostrer au rebord de
celle — l'unique! — qui envisageait la mer et
voltigeait des crachats en direction des flots tout
aussi rageurs que sa personne. À en croire Nestorin, qui était plus âgé que Lysiane d'une bonne
douzaine d'années, elle était l'une des plus belles
créatures de céans, mais personne, même sa
propre mère! ne le savait car à cette époque-là, le
mitan des années 50, la couleur noire était abhor-
rée, même si la bleue était réputée procurer davantage de maudition. C'est d'ailleurs pourquoi on
disait une « négresse bleue » lorsque le teint d'une
femme était plus foncé qu'hier soir.

Très tôt, le bruit s'était répandu que Lysiane
Augusta était une liseuse et, pis, une liseuse de
mauvais livres. Elle avait été surprise, lors de sa
retraite de communion solennelle, en train de
se délecter d'un roman qu'elle avait dissimulé
dans son missel et une ma-sœur à cornette, vieille
Blanche racornie et aigrie, avait réussi à lui faire
avouer qu'elle agissait de la sorte chaque dimanche, pendant la messe de neuf heures. Le bâtard-

Syrien aimait à se remémorer à haute voix l'autodafé auquel avait immédiatement procédé le père
Stegel, un Alsacien à la bedondaine respectable,
qui tançait en chaire les vices, vagabondageries,
malfeintises et autres déshonnêtetés des nègres
d'ici-là, les menaçant de ne jamais devenir blancs
dans l'autre monde s'ils persistaient dans cette
voie. Man Irmine Augusta, la mère de Lysiane,
bondieuseuse dans l'âme, n'opposa aucune résistance à l'invasion de sa maison par la curaille —
l'ecclésiastique s'était fait accompagner pour la
circonstance du bedeau, du diacre et d'un sémi-
nariste aux dons de désenvoûteur monté tout
exprès d'En-Ville —, à la saisie des mauvais livres,
puis à leur mise au bûcher («au boucan», préfé-
rions-nous dire dans notre parlure) dans la cour
intérieure des Augusta. Le père de la jeune femme,
auquel on avait décerné le sobriquet de Tête-
Coton depuis toujours à cause de la blancheur
insolite des grains de poivre de ses cheveux, n'intervint pas non plus. Bien qu'il ne fréquentât
point la Sainte Église catholique, apostolique et
romaine, il s'en méfiait comme de la vérette.
«Quand il veut, un prêtre peut être aussi fort
qu'un quimboiseur, messieurs-dames!» ronchon-
nait-il quand il était fin saoul dans quelque bar de
la Rue Derrière.

À la grande horreur de la population grand-ansoise, mamzelle Lysiane s'esbaudissait dans *La dame aux camélias*, *Madame Bovary*, *La porteuse de pain* et d'autres ouvrages tout aussi sulfureux que personne céans n'avait lus, mais dont les institu-teurs (en particulier, monsieur Cléomène, célibataire endurci qui se voulait la conscience des citoyens respectables) s'étaient chargés d'établir la réputation auprès du vulgum pecus. La donzelle les avait ramenés de Fort-de-France, à l'époque où elle y préparait son brevet supérieur au Pensionnat Colonial, ou même elle les commandait jusqu'en l'autre bord, comme on disait, c'est-à-dire de l'autre côté de l'Atlantique, dans la doulce France dont nous rêvions tous. Edvard, le facteur, avait ainsi renseigné les commères du bourg sur le contenu des mystérieux paquets qu'une fois tous les deux mois, hormis en juillet-août, il livrait à Lysiane, alors que tout un chacun était persuadé qu'il ne s'agissait que de vêtements à la mode ou de fanfreluches de ce genre. À l'instant de lui faire signer le récépissé de livraison, Edvard tentait régulièrement d'aguicher la jeune femme, laquelle ne débâillonnait pas les dents. Il usait de son français le plus ostentatoire, multipliant les mots à cinq syllabes et les imparfaits du subjonctif jusqu'à ce que Man Irmine s'interpose à l'aide d'un

balai-coco qu'elle se disait prête à lui fesser sur le
crâne qu'il avait passablement dégarni.

« Je ne tiens pas boutique et marchandise de
garces, monsieur Edvard ! » tonnait-elle, rameutant le voisinage qui avait fini par s'habituer à
cette comédie tout en y prenant un infini plaisir.

Man Irmine possédait un petit commerce qui
regorgeait de caisses de morue séchée odorante, de
fûts d'huile, de sacs de lentilles et de pois rouges,
de bouteilles de quinquina et de Martini, ainsi que
de biscuits de Bretagne dans ces ravissantes boîtes
en fer-blanc qu'affectionnaient, une fois vides, les
couturières pour y ranger leurs accessoires et les
femmes volages leurs petits secrets. Quoique son
comptoir fût loin d'être le mieux achalandé du
bourg, elle s'était forgée avec le temps sa propre
clientèle : petites gens du Morne Capot, de Macédoine ou de Fond Massacre qui achetaient tout à
crédit et cela par livre, demi-livre ou quart de livre.
Le beurre rouge se vendait même au demi-quart
à quelques indigents !

Ici-là, on disait : la boutique de Man Irmine,
c'est la case du Bondieu, oui.

*

Il fut une époque, que la marmaille n'eut pas
le temps de connaître, au cours de laquelle Lysiane

condescendait à s'accouder au comptoir de l'établissement et à vendre aux quelques clients qu'elle jugeait dignes de son auguste personne. Après une semaine passée à étudier à Fort-de-France, elle remontait à Grand-Anse à bord du taxi-pays de maître Salvie qui arrivait toujours à deux heures tapantes le samedi après-midi, même quand septembre s'apprêtait à accoucher de ses cyclones fantasques et dévastateurs. Au débarqué de la jeune fille, des jeunes gens désœuvrés se proposaient de lui porter sa mallette ou son sac d'école, lui susurraient des doucereusetés. Maître Salvie braillait alors :

« Cessez de lui sucrer les oreilles, bande d'inutiles ! Vous n'avez pas trouvé d'autre travail à faire ou quoi ? »

« Burt Lancaster, paix là ! Paix là ! » ripostaient-ils joyeusement tout en escortant Lysiane, à distance respectueuse, jusqu'à la boutique de sa mère.

Le chauffeur (et propriétaire) du taxi-pays « L'Étoile du Nord » ressemblait étrangement en effet à l'acteur américain en question et cela lui conférait une aura qui lui ouvrait, en dépit de sa cinquantaine bien avancée, le fortin des cuisses les plus désirables non seulement de Grand-Anse, mais aussi de toutes les communes qui séparaient celle-ci de l'En-Ville. Quand son taxi-pays, gros camion Dodge peint en rouge vif dont l'arrière avait été aménagé de banquettes couvertes de simi-licuir également rouge, était vide de tout passager, qu'il l'avait dûment lavé à la fontaine municipale, qu'il s'était lui-même refait une fraîcheur et recoiffé ses cheveux de franc mulâtre, il se présentait chez les Augusta, très cérémonieux, et lançait :

« Compère Tertullien, je t'ai livré ta marchan-dise à bon port, oui…

— C'est ce que j'ai vu. Hon !… Mamzelle met des talons hauts à présent. Où est-ce qu'on va comme ça ? » rétorquait Tête-Coton en lui offrant un verre de rhum Courville.

— Ne perds pas ton temps à calculer sur la vie d'aujourd'hui, mon bougre ! On est devenus des vieux-corps, enfin presque !… »

Les deux compères siphonnaient la bouteille de rhum en cinq sec, brocantant les dernières nou-velles, surtout celles que Radio-bois-patate (nette-ment mieux informée que Radio Martinique), sta-tion sans locaux ni antenne, dirigée et informée par la canaille, avait mises en circulation. Maître Tertullien se plaignait pour sa part de devoir bien-tôt arracher ses plants de canne à sucre pour les remplacer par des bananiers. Tel était, partout dans le nord du pays, le vœu de ces messieurs du gouvernement et c'était une misère de constater que même les Grands Blancs tels que de Surville ou Duplan de Montaubert s'exécutaient sans rechigner. Comment donc un petit gratteur de huit hectares de terre tel que lui pourrait-il s'obstiner à faire lever une plante, fût-elle séculaire, que l'on avait de plus en plus de mal à négocier à un bon prix? Il lâchait d'un air accablé :

« La canne est finie, oui! Le sucre, il est fini! La colonie aussi... »

Tête-Coton continuait à user du terme « colonie » alors que depuis une grappe d'années la Martinique avait été miraculeusement transformée en département français, « à l'instar de la Meurthe-et-Moselle », éructait en chaire le père Stegel à chaque période électorale, pour « défaire le satanique travail des communistes, ces sécessionnistes qui veulent séparer notre île qui est française depuis trois cent cinquante ans de sa mère patrie ».

La propriété de Tertullien Augusta, sise en pleine campagne, au quartier Fond Gens-Libres, faisait pourtant l'admiration des connaisseurs et l'on accourait de Basse-Pointe ou de Sainte-Marie pour palper ses cannes-malavoi si pulpeuses qu'elles semblaient fondre dans votre bouche. Il employait, à la saison de la récolte, quelques nègres-Congo du Morne Céron et deux-trois Coulis filiformes du quartier Long-Bois, mais à la plantée des cannes, de juillet à octobre, il refusait toute aide extérieure, hormis celle de son fidèle Jédio dont le corps était ravagé par le pian, mais qui s'occupait de chaque pied de canne à-quoi-dire un enfant sorti de sa propre chair. Le père de Lysiane quittait le bourg très tôt le matin, avant même le premier chanter des merles, dans son antique Peugeot 203 bâchée, moult fois cabossée et qu'on disait inusable. Le bougre se vêtait entiè-rement de toile kaki et se vissait à la fois un cha-peau-bakoua sur la tête et une pipe imposante, qu'il allumait rarement, au coin des lèvres. Sa femme avait coutume de le dérisionner, racontant aux clients de sa boutique que Tête-Coton n'avait sûrement pas dû assez téter lorsqu'il était bébé. Le couple ne montrait aucun signe extérieur de ten-dresse l'un envers l'autre, car c'était considéré, à l'époque, comme macaqueries de Blancs-France, mais il était de notoriété publique que maître Ter-tullien était le seul et unique nègre de Grand-Anse à n'entretenir aucune femme-dehors.

« Sans doute en a-t-il une à la campagne, farau-dait Man Irmine, sans doute ! Vous connaissez la race des hommes, hein ? Mais ici, au bourg, rien du tout, je vous assure ! »

*

Ainsi donc, après l'autodafé du père Stegel (dont la date — le 12 mai 1957 — fut cochée, par on ne sut qui, à l'encre rouge sur le magnifique calendrier «Rhum Courville» qui trônait sur le comptoir de la boutique), Lysiane demeura deux années entières sans ouvrir la bouche et quand il fallut l'inscrire à l'École normale de Croix-Rivail, elle reprit tranquillement sa manie d'acheter des livres et de les lire le dimanche, appuyée à sa fenêtre, au vu et au su de tout le monde. Ne sachant s'il s'agissait d'ouvrages scolaires ou de ces mêmes romans diaboliques qu'affectionnait la demoiselle quelques années auparavant, sa mère n'osa point en référer au père Stegel — devenu presque aveugle, il est vrai —, quoiqu'en confession, il tentât de la pousser dans ses derniers retranchements. Si bien que Man Irmine avait fini par demander à la marmaille de rechercher dans le fouillis de la chambre de Lysiane un titre particulièrement dangereux que lui avait signalé monsieur l'abbé, *Bonjour tristesse*, d'une certaine Françoise Sagan. Sur les ondes de Radio Martinique, on en avait fait grand bruit plusieurs jours durant et en ville, où les riches mulâtres possédaient la télévision, on avait, paraît-il, montré le visage de «l'impie», comme la qualifiait le père Stegel. Mais nous eûmes beau farfouiller dans tous les coins et recoins de la chambre de Lysiane,

feindre de jouer à cache-cache à l'étage, aller-cou-
rir-venir-repartir dans ce véritable sanctuaire que
nous étions les seuls autorisés à pénétrer à cause de
notre âge tendre, nous ne trouvâmes point de livre
portant ce titre ni aucun ouvrage du même auteur.
Furibarde, Lysiane finit par brandir un livre dont
elle avait déchiré la couverture de ses propres mains
et se mit à hurler :

« C'est ce que vous cherchez, hein ? Ha-ha-
ha !… Pas la peine, mes amis, vous perdez votre
temps. Il est tout entier inscrit là ! Dans chaque
repli de ma cervelle, dans le moindre recoin de
mon crâne. Ha-ha-ha !… Bouchez-vous les oreilles,
piètre engeance que vous êtes ! »

Et de chiquetailler l'ouvrage en mille milliers de
petits papillons blancs qui s'envolèrent aussitôt,
happés par le vent atlantique, tout en proclamant,
superbe, à nos yeux d'enfants en tout cas :

C'est le mot qui me soutient
et frappe sur ma carcasse de cuivre jaune
où la lune dévore dans la soupente de la rouille
les os barbares
des lâches bêtes rôdeuses du mensonge.

Ce fut d'ailleurs à l'occasion de cette chasse au
livre, qui nous passionna beaucoup, que Géraud,

un des innombrables cousins de la maisonnée,
permit à Man Irmine de découvrir qu'en plus
d'être une irréductible liseuse, sa fille était devenue une écriveuse! Elle en demeura stupéfaite
l'entier d'une journée. Géraud avait en effet déni-
ché à l'en-bas de l'armoire de la jeune fille une
liasse de feuillets bleus, couverts de lignes énigmatiques, sans la moindre marge, et cela sur les
deux faces de la feuille. Lysiane entra dans une ter-
rifiante folaison lorsqu'elle se rendit compte de
la disparition de son bien. Elle mit tout l'étage
sens dessus dessous, provoqua une bacchanale
dans les tiroirs de sa commode et dans son
armoire, menaça de fendre le plancher à coups de
hache (celle, à manche courte, de la boutique, qui
permettait, sur un billot, de couper en tranches la
morue séchée), de dévisser les cloisons ou d'in-
cendier son lit à colonnes si on ne lui remettait
pas ses affaires «illico presto».

«Baillez-moi ça illico presto!» hurlait-elle.

D'abord, nul ne comprit le sens de cette
curieuse expression. Sans doute l'avait-elle apprise
du seul bougre avec lequel elle acceptait parfois de
faire un brin de causer, un certain Milo Deschamps, qui avait été longtemps ouvrier aux
usines Peugeot à Sochaux et qui s'en était revenu
précipitamment au pays avant l'an 1962, date à

laquelle la secte protestante dont il était devenu
l'un des fervents adeptes, le Temple de la
Rédemption universelle, avait prédit rien de
moins que la fin du monde. Il était bien le seul à
ne point conter des galantises à la jeune fille, leurs
sujets de conversation tournant autour de l'existence d'un dieu unique (Lysiane s'affirmait «pan-
théiste», autre grand mot cravaté-laineté qui nous
laissait pantois), de la vie et de ses déroulés si-tellement imprévisibles, du destin et en particulier
de la mort. Elle soutenait, par exemple, que seuls
sont vraiment morts ceux qui n'ont pas laissé le
moindre souvenir sur terre. Parmi ceux-ci, elle distinguait, non sans audace, les gisants provisoires
et les morts définitifs. Les premiers étaient ceux
qui, dans le cadre restreint de leur quartier ou de
leur ville, avaient su marquer de leur empreinte
une «tranche de temps». Leur mémoire perdure-
rait pendant une ou deux générations après leur
passage dans l'au-delà jusqu'au jour où ils ne
seraient plus qu'un simple nom de rue ou d'établissement scolaire sur lequel nul ne pourrait plus
mettre un visage. Quant aux morts définitifs c'est-
à-dire ceux qui de leur vivant s'étaient simplement
contentés de vivre, c'était comme s'ils n'avaient
jamais posé le plus petit orteil sur cette terre!

«Savez-vous ce qu'il y a de plus accablant dans

la mort ? » ajoutait-elle, soliloquant plus que dia-
loguant avec le pasteur. « Ce sont les noms de rue.
Hé oui ! Tout cela a l'air bien banal, j'en conviens,
mais promenons-nous un peu dans notre charmante commune de Grand-Anse et déchiffrons-
les, si vous le voulez bien ! Que trouverons-nous,
cher prédicateur ? Rue André-Desmonier, rue
Gilbert-Fontant, rue Edmée-de-Majoubert et j'en
passe. Pourriez-vous me dire qui étaient ces gens ?
Savez-vous quelle action glorieuse ils ont accom-
plie pour avoir mérité l'insigne honneur de figu-
rer en de tels lieux ? Non, bien sûr. Ma mère n'a
point connu André Desmonier, par exemple, mais
elle a appris de la bouche de sa mère à elle, qui
elle-même le tenait de la sienne, qu'il s'agissait
d'un fier mulâtre qui, à la fin du siècle dernier,
montait à cheval à la perfection et transportait les
gens gravement malades jusqu'à Sainte-Marie où
exerçait l'unique médecin — chirurgien, disait-on
en ce temps-là — fiable et surtout honnête de tout
le nord de la Martinique. Eh bien, cette marmaille
qui est en train de nous écouter là, bouche bée,
en faisant mine de jouer aux billes, elle n'enten-
dra sans doute plus parler de lui. Conclusion :
André Desmonier est sans doute officiellement
décédé en l'an de grâce 1896 ou 97, mais, à mon
sens, sa fin réelle n'a eu lieu que vers 1955, lorsque

j'ai questionné ma mère à son sujet et qu'elle a mis plusieurs jours à se souvenir de ce que lui avait raconté ma grand-mère. Voilà! »

Pour Lysiane, les immortels, les vrais, étaient les savants, les artistes et surtout les écrivains. Montaigne ou Chateaubriand ne mourront que le jour de l'Apocalypse, se gaussait-elle devant un Milo Deschamps profondément perplexe, « et quant à Aimé Césaire, il est l'Immortel des Immortels! ». Le pasteur discernait bien une certaine hérésie dans de semblables propos, mais sa maigre science biblique ne lui était pas d'un très grand secours pour contredire leur implacable logique. Man Irmine, pour sa part, n'osait interrompre ces « brocantages de paroles inutiles et philosophiques », selon l'expression qu'elle affectionnait lorsqu'elle se trouvait avec ses amies-ma-cocotte, pour la simple raison que le prédicateur tenait toujours, dans ses deux mains repliées sur son ventre, une grosse bible à tranche dorée. C'était le seul et unique livre qu'elle respectait, quoiqu'elle ne l'eût pourtant jamais ouvert de sa vie. Il n'y avait qu'une chose qui jurait avec le sérieux de Milo, c'était ce français débraillé (« dépravé », accusait Myrtha, la bonne du presbytère, soucieuse de défendre et l'Église catholique et son pain quotidien) que le bougre utilisait lorsque son esprit s'échauffait. Il faisait alors abondamment usage de ces mots que nous entendions au cinéma le dimanche après-midi, à la salle paroissiale : bagnole, fric, gonzesse ou autre mec, ce pourquoi on l'avait d'ailleurs surnommé Eddie Constantine derrière son dos. Il se pouvait donc fort bien qu'il eût contaminé Lysiane avec cet « illico presto » que personne ne comprit jusqu'au moment où la furie entreprit de démolir une table de nuit en mahogany massif, héritage de quatre générations d'Augusta à en croire Man Irmine, toujours prompte à se décerner — par alliance en l'occurrence — des quartiers de noblesse. Elle s'empressa de restituer à Lysiane ses feuillets, bizarrement intitulés, à nos yeux de garnements fureteurs, *Calendrier d'une absence,* qu'elle avait eu le temps de parcourir.

« Il m'aurait fallu deux dictionnaires Larousse pour saisir tous les tours et détours de tes mots, ma fille, lui lança-t-elle, mais le peu qui en a été clair pour ma petite tête m'inquiète beaucoup, tu sais.

— Ne te mélange pas à ma vie !

— Je suis ta manman ! s'encoléra la femme-matador, c'est mon ventre qui t'a portée neuf mois durant, c'est mon corps qui est monté sur Loulouse pour t'accoucher dans la douleur, ce sont mes tétés qui t'ont baillé du lait pour t'aider à grandir, c'est moi qui t'ai envoyée à l'école, alors je t'interdis de me parler sur ce ton! Tu as compris? Si tu es folle dans le mitan de la tête, je t'envoie à l'hôpital de Colson, oui!»

Lysiane lui tourna le dos et partit s'enfermer dans le galetas où elle continua, imperturbable, à s'adonner à son activité de liseuse et d'écriveuse. De temps à autre, nous pouvions l'entendre ricaner ou, au contraire, s'esclaffer avec une allégresse insolite, ou encore faire des commentaires à moitié audibles sur des sujets qui nous demeuraient, à nous la marmaille, obscurs. Les poèmes, qu'elle ressassait à voix très haute, nous insufflaient une tremblade sans nom, surtout ce «Donnez-moi la foi sauvage du sorcier!» par quoi elle commençait souvent ses tirades. La servante s'étonnait à voix haute qu'elle se complût dans cette fournaise-là, le galetas n'étant protégé de la hargne du soleil que par des feuilles de tôle ondulée de piètre qualité.

«*S'ou wè kapistrèl-tala té yich-mwen* (Si cette donzelle avait été ma fille), maugréait Armande, *ni sièktan man té ké za réglé kôy ba'y!*» (il y a beau temps que je l'aurais obligée à changer de conduite!).

Mais les avis d'une servante ne comptaient pas aux yeux de Man Irmine qui ambitionnait pour sa fille un poste d'institutrice, rien de moins. Un tel vœu ne serait toutefois exaucé que le jour où Lysiane se déciderait à accepter l'affectation qui lui avait été offerte, à sa sortie de l'École normale, dans la ville, hélas assez éloignée, du Lamentin. Si bien que pour l'heure, son brevet supérieur, acquis haut la main, ne lui était qu'une vaine décoration. Parfois, Man Irmine se prenait à penser qu'elle pourrait lui trouver un beau parti, un de ces jeunes et brillants mulâtres qui s'en revenaient des facultés de Bordeaux, auréolés de leurs diplômes d'avocat, de médecin, de dentiste ou de pharmacien et qui, illico presto (elle avait enfin appris ce que cette fameuse expression signifiait!) se lançaient dans la politique. Pour tout dire, elle avait des vues sur le docteur Léontel Beaubrun, fils d'une de ses clientes, qui s'était récemment installé dans la commune voisine de Marigot, mais qui n'en continuait pas moins à fréquenter avec assiduité la jeunesse dorée de Grand-Anse. L'homme la saluait bien bas, lui baillait des nouvelles de sa mère qui ne mettait plus le nez dehors à cause d'une hémiplégie, mais il ne portait pas une miette d'attention à la jeune négresse qui, à l'étage, accoudée à l'une des deux fenêtres (plus souvent que rarement à celle qui faisait face à l'Atlantique scélérat), semblait manger son âme en salade, comme nous disions dans notre langage, ce qui, en français plus terre à terre, signifie se morfondre. Sans doute Léontel Beaubrun avait-il entendu Lysiane pontifier avec Milo Deschamps au sujet de l'amour et en avait-il été refroidi, le prédicateur ne manquant jamais d'arrêter le docteur, quand il passait dans les parages, pour l'obliger à émettre un avis sur les débats philosophiques qui l'opposaient à la jeune rebelle. Par pure politesse, ou peut-être parce qu'il était en train de se constituer sa clientèle et qu'il se devait de faire bonne figure à tout un chacun, y compris aux importuns, Beaubrun se laissait haler par la manche et se tenait sans mot dire ni lever la tête à l'en-bas de la fenêtre de Lysiane, implorant tous les saints du ciel que l'un des deux discutailleurs rende au plus vite les armes. Auquel cas, soit Lysiane se retirait dans ses appartements, un masque d'effroi sur la figure, soit Milo Deschamps apercevait quelque âme en peine qu'il jugeait plus facile à convertir et courait à ses trousses. Man Irmine était sûre que le docteur de Marigot n'avait pas pu ne pas entendre la conception de l'amour que développait sa fille, conception pour le moins excentrique qui avait pour seul résultat de décourager à jamais ses prétendants les plus tenaces (et même parfois le bâtard-Syrien Nestorin Bachour).

« L'amour, cela existe bien, déclarait Lysiane, je
ne le nie point. Mais quatre-vingt-dix-neuf pour
cent des gens ne le connaîtront jamais. Pourquoi,
me demanderez-vous ? Oh, ce n'est pas du tout à
cause de la fragilité de nos sentiments, ce n'est pas
non plus à cause de l'esprit volage des créatures
masculines, ce n'est pas non plus la faute du temps
que nous accusons à tort de tout banaliser. Oh
non ! La raison en est bien plus simple : notre
choix s'effectue toujours, ou presque, dans le lieu
où le hasard nous a permis de voir le jour. Nous
aimons dans notre rue, dans notre quartier, dans
notre bourg, parfois un peu plus loin, dans notre
propre pays. C'est donc la géographie qui décide
au premier chef de la personne, comment dit-on
déjà ?… ah oui, de la personne pour laquelle nous
sommes faits. Ha-ha-ha ! Quelle sottise ! Qui me
dit que la personne pour laquelle je suis faite, moi,
Lysiane Augusta, ne vit pas présentement en
Mongolie ou au Pérou, hein ? Pourtant, je ne la
rencontrerai jamais, donc l'amour, ça n'existe pas
en soi. Ici, à Grand-Anse, sur nos cinq mille âmes,
les neuf dixièmes ont épousé ou vivent en concubinage avec quelqu'un de notre commune. Le
reste, un petit dixième, vit avec quelqu'un de
Fond d'Or, de Macouba ou de Basse-Pointe, qui
se trouvent à vingt kilomètres d'ici. Est-ce cela

l'amour ? J'affirme moi qu'il n'y a qu'un seul exemple de vrai amour à Grand-Anse, celui qui m'unit à Osvaldo !

— Ce n'est pas par hasard que nous naissons dans tel lieu plutôt que tel autre, ripostait le prédicateur un peu ébranlé, c'est Dieu le Tout-Puissant qui décide souverainement de nous faire naître en Martinique plutôt qu'au Pérou et il sait très bien pourquoi. Oui ! Il sait que l'être avec lequel nous partageons l'amour, notre future moitié, il sait qu'elle se trouve en Martinique et nulle part ailleurs. »

Selon lui, cet Osvaldo inconnu auquel la jeune femme faisait fréquemment référence n'était qu'une des incarnations du Malin qui tentait, grâce à ce subterfuge, d'attirer Lysiane dans ses rets. Aussi pressait-il cette dernière de se convertir à son culte de la Rédemption universelle. Bien entendu, l'entêtée faisait la sourde oreille.

Ou peut-être — c'était là aussi, Man Irmine en était convaincue, une hypothèse à ne pas écarter — le docteur Beaubrun trouvait-il que Lysiane avait le teint beaucoup trop sombre. Pourtant, la belleté de sa fille avait bel et bien fini par éclater au grand jour et celui qui l'avait découverte le premier, Dachine, l'unique éboueur municipal, le claironna des mois durant d'En Chéneaux à

Morne Carabin et de Fond Gens-Libres à Rivière
Claire.

CALENDRIER D'UNE ABSENCE

*Je vous plains, vous femelles, qui ne cessez de vous
précautionner contre le sentiment de la détresse. Vous
mentez même à vos miroirs en vous fardant et pou-
drant paupières, joues et lèvres, et l'image rassu-
rante… (illisible) … semble vous exalter. Vous
chantonnez dès le devant-jour, vos bras sont pris
d'une sorte de frénésie balayeuse, récureuse, asti-
queuse, votre rire que l'on dit canaille insuffle à vos
mâles, encore à moitié endormis, des désirs qu'ils
s'entêtent à assouvir sur-le-champ. Les quatre fers en
l'air, à même le plancher, vous supportez, stoïques,
chiennes que vous êtes depuis… (illisible) … leurs
ahanements grotesques et toute cette rousinée de
vilaine sueur matinale dont ils imprègnent chaque
parcelle de votre peau.*

*À vrai dire, je ne vous plains pas. Vous l'avez bien
cherché! N'avez-vous pas passé votre jeune temps à
gracieuser devant eux, à faire la roue, à vous com-
plaire en basses minauderies? N'avez-vous pas guetté
leurs sourires pleins de stupre? Il ne vous est jamais
venu à l'esprit que le monde, autour de vous, n'était*

qu'un vaste dégoût. D'abord vos mères et les mâchures de rêves avortés qu'elles charroient au long des jours comme si c'était là l'indispensable viatique leur permettant de traverser ce désert qu'est leur vie. Puis, les grandes sœurs, les amies-ma-cocotte, les tantes, les marraines, les conseillères-qui-ne-paient-pas-de-mine, les hypocrites-à-bondieu-sans-confession, les méchantes plus méchantes que mouches à miel ou tout bonnement les oisives, négresses stupides qui attendent chaque année que leur ventre se ballonne, et qui déclarent y voir une bénédiction du ciel.

Mon homme à moi — qui n'est pas d'ici-là, qui ne sera jamais d'ici-là —, je le porte en mon sein depuis le premier jour où j'ai aperçu son visage introublé par-dessus les soubresauts de l'Atlantique. Vous... (illisible) ... de ce matin d'hivernage, si lointain qu'à l'époque il n'y avait que Dame Losfeld pour posséder un Gramophone, où un bateau de pêche égaré est apparu au large de notre bourg. Nous étions tous accourus sur le sable noir de la plage, pour une fois indifférents à la rage de la mer, et des enfants avaient cogné à qui mieux mieux sur des casseroles ou des boîtes en fer-blanc pour l'aider à accoster. Les femmes avaient adressé aux marins de grands gestes d'amicalité, empreints de désirs inavoués. Quant aux hommes, hon ! Souvenez-vous de l'anxiété de leur regard et de leur bouche cousue ! Seul Bogino, parce

qu'il est un nègre fou, avait pénétré dans le tour-
billon de vagues jusqu'à la ceinture, en braillant :

«*Nou las ka èspéré zot, fout!*» *(Nous sommes*
fatigués de vous attendre, bon sang!)

La mer de Grand-Anse furibondait plus qu'à l'or-
dinaire. Et le grand navire, au drapeau inconnu des
plus instruits d'entre nous (bleu ciel, blanc et noir),
valsait dangereusement à Miquelon. Nous voyions les
marins agrippés au bastingage, les traits déformés par
la terreur, qui nous observaient sans demander
secours, sans faire mine de jeter leurs canots de
sauvetage à la mer. Fatalistes et beaux... (illisible)
... Nous autres, dans un semblable coup de chien,
nous aurions hurlé en nous arrachant les cheveux,
nous aurions pris la Vierge Marie à témoin, nous
aurions prié Madévilin, le dieu indien, en notre for
intérieur, nous aurions tapagé afin d'invoquer les
divinités de Guinée pour contraindre le destin à
dévirer de sa route. Pour finir par retomber sur nos
corps comme des paquets de hardes sales, ignorant
que l'impudeur dans la détresse est la chose la plus
odieuse au monde.

Avais-je sept ans sur ma tête ou le double quand
ce navire venu de nulle part vint s'échouer sur notre
côte maléfique? Je ne saurais le dire. Mon âge m'a
toujours semblé ne point faire partie de ma personne.
Juste une énième convention que la stupidité sociale

nous pousse à vénérer à grand renfort de gâteaux,
champagne, bougies multicolores et « happy birthday
to you »... (illisible) … La tourmente dura-t-elle un
seul jour ou bien une tralée de jours et de nuits ?
Qu'importe ! Des lames gigantesques s'écrasaient sur
la coque du navire dont nous percevions distincte-
ment les craquements. Des grand-mères, aux cheveux
papillotés avec de vieux journaux, s'agenouillaient
dans le sable et s'écriaient :

« Pô djab, sa yo fè Bondié ? » (Pauvres diables,
qu'ont-ils fait au Bondieu ?)

C'est alors que je me suis mise à rire mon compte
de rire. Un rire féroce, irrépressible. Un rire surgi des
profondeurs de mon être et que j'avais un immense
plaisir à expectorer. Mon père s'est immédiatement
signé, lui qui ne fréquentait pourtant plus l'église
depuis son mariage. Des regards accusateurs se sont
appliqués à l'accabler. Il était responsable de ma dia-
blerie ! Une enfant qui se gausse de la peine d'autrui
ne pouvait qu'avoir été éduquée dans la déshonnê-
teté et la sorcellerie. Ma mère s'escampa pour éviter
la lapidation publique. Une horde de bien-pensants
m'encercla, les yeux rougis par le sel marin et la
colère. Et de m'invectiver, de voltiger des crachats sur
ma petite personne. Ils m'accusèrent, final de compte,
d'être l'auteur du naufrage qui s'éternisait là, en face
de notre bourg, sur cette mer si démontée qu'il eût

*été déraisonnable de tenter la moindre action en
faveur de ces désespérés qui nous faisaient des signes,
juchés sur le pont avant, la seule partie du navire à
ne pas s'être déjà enfouie dans les flots. Pourtant, j'ai
continué dans mon rire. À arpenter mon rire. À
farauder dans ma joie, pour eux immotivée et blas-
phématoire. On me criait :*

*« Di an bagay, ti soukounian ki ou yé! Di nou
kéchoy, tonnan di sô! » (Dis quelque chose, espèce
de petite sorcière volante! Dis-nous quelque chose,
tonnerre du sort!)*

*Pendant tout le temps qu'ils s'étaient détournés du
désastre pour se consacrer à moi, le navire continua
à sombrer et quand enfin une âme soi-disant chari-
table scruta à nouveau l'horizon, elle n'y distingua
plus rien. Un calme subit s'était installé sur l'Atlantique. Plus une vague, pas le moindre souffle de vent.
Rien. Seulement le drap bleu de la mer picoté de
vomissures d'écume. Alors, tous se sont enfuis en bra-
mant :*

*« Ouaille! Bondieu-La Vierge Marie-Les Saints
du ciel, protégez-nous de cette enfant tourmentée par
le Malin! Ouaille! Ouaille! »*

*Depuis ce temps-là, je l'espère mon homme. Il se
tenait solitaire à la proue du navire, une longue-vue
sous le bras, sa casquette blanche étrangement immobile sur sa tête...* (illisible) *... Il n'était pas particu-*

lièrement beau. Son teint était couleur d'acajou ancien. Sur ses traits, on ne lisait ni terreur ni désespoir. De temps à autre, il parcourait un livre qu'il avait appuyé contre le bastingage et ce qui semblait jaillir de ses lèvres ne ressemblait ni de près ni de loin à une prière. Il disait simplement qu'il m'aimait. Qu'il m'avait enfin trouvée! Celle qu'il cherchait dans toutes les escales où il avait mené un corps sans ombre. Carthagène des Indes, l'impudique. Valparaíso, l'austère. Vigo, la brumeuse. Bordeaux, l'arrogante.

C'est depuis ce jour-là que je l'attends et que je sais qu'il est en moi. Son absence est là pour ne plus finir et je m'en réjouis… (illisible)…

*

«*Joy nègres ki bèl!*» (Comme elle est belle, cette négresse!) était devenu son mot de passe partout où il mettait les pieds et chacun en était venu à demander à Dachine, l'éboueur, de raconter les circonstances exactes de cette fameuse illumination. Avant Lysiane, en effet, une seule mamzelle de Grand-Anse pouvait mériter le titre de princesse : Amélie Losfeld, la fille de la tenancière de l'Océanic-Hôtel situé non loin de chez la famille Augusta. Mulâtresse flamboyante aux cheveux amarrés en queue de cheval jusqu'à la naissance de

la croupière, cette créature transportait du rêve
sous ses semelles chaque fois qu'il lui arrivait de
traverser le bourg. On la disait pourtant atteinte
d'asthme, cette affection qui faisait tant de tragé-
dies dans certaines familles. Quoique n'adressant
la parole à personne ni ne répondant à leurs « Bien
bonjour ! » appuyés, elle souriait à chacun et gratifiait la meute de ses soupirants du vert limpide
de ses yeux. Quand elle s'en revenait de la bou-
langerie, Victor, qui était un véritable Michel
Morin en matière de mécanique-charpenterie-
soudure-électricité et patati-patata, se roulait lit-
téralement à ses pieds en dépit de l'asphalte brû-
lant et s'écriait :

« Tu es plus belle que Sophia Loren ! Plus res-
plendissante que Gina Lollobrigida ! Plus admirable que Martine Carole ! Plus appétissante que
Jayne Mansfield ! Plus magnifique que… »

Il n'avait pas achevé la liste de ses exagérations
que la mulâtresse le toisait avec un modèle de
dédain (de hautaineté, disait-on dans le langage
d'ici-là) qui le clouait sur place et lui, intimidé, les
mains encore maculées de cambouis, implorant
presque le ciel, de marmonner :

« Foutre qu'elle est belle, oui ! Foutre qu'elle est
belle ! »

À ce que l'on rapportait, bouche dissimulée

sous le bras, Amélie était la fille d'un gendarme blanc vite reparti sous des cieux plus cléments, en dépit, ajoutait-on, des séances diaboliques qu'avait manigancées Dame Losfeld pour l'attacher définitivement à sa personne. Le bougre s'était mis alors à déserter nuitamment la caserne, à traînailler au bar de l'Océanic-Hôtel jusqu'au jour où sa hiérarchie décida de le muter en Nouvelle-Calédonie. L'honneur de la gendarmerie fut donc sauf. Celui de la fière Dame Losfeld beaucoup moins. Mais, selon d'autres malparlances, Amélie était plutôt l'une des nombreuses filles-dehors du Grand Blanc Chénier de Surville que l'on avait toujours connu s'acoquinant avec la tenancière au motif de jouer au rami avec elle. Il est vrai que la clientèle de l'Océanic-Hôtel était des plus maigres et que la dame vivait surtout de ses rentes. N'y venaient épisodiquement que des Blancs-France exerçant des professions aussi bizarroïdes que celles d'ornithologue, entomologiste ou archéologue, sur la recommandation expresse de Chénier de Surville qui se piquait de collectionner des restes de poteries amérindiennes. Comme il se doit, ces hurluberlus étaient indifférents au confort plus que spartiate de l'unique établissement hôtelier de Grand-Anse, le seul immeuble du bourg qui offrît cependant, avec ses quatre étages et sa

terrasse, un magnifique panorama sur cette mer
déchaînée où nul, hormis les fous et la marmaille,
ne se serait aventuré à se baigner.

Peu de Grand-Ansois avaient eu l'insigne honneur de pénétrer dans le salon de Dame Losfeld,
qui avait une très haute idée de sa personne et des
convenances socio-épidermiques régissant, en cet
exact mitan du XXᵉ siècle, la société martiniquaise.
Et de fait, il n'y avait guère que trois familles,
toutes mulâtres, dont les rejetons mâles pouvaient
prétendre demander la main d'Amélie, mais deux
d'entre elles avaient déjà procédé à des choix
matrimoniaux plus avantageux ou plus prestigieux, tandis que la dernière avait marié son unique garçon à une sienne cousine pour de sombres
questions d'héritage terrien. Si bien qu'en son for
intérieur, Dame Losfeld avait décidé de faire
d'Amélie une vieille fille «car aucun nègre noir
comme un péché mortel ne posera ses pattes
dégoûtantes sur la peau de satin de ma fille», s'ex-
clamait-elle quand quelque quidam d'une autre
commune ou d'En-Ville avait l'impudence de
venir parler affaires avec elle.

«Ma fille n'est pas à vendre au plus offrant! Surtout pas à un descendant d'Africain!», concluait-
elle, oubliant qu'un quart au moins de sang noir
lui coulait dans les veines.

À cette charmante époque, les épousailles se traitaient comme de véritables affaires : il fallait d'abord séduire (au sens chaste du terme) la mère, circonvenir le père (quand il y en avait un, les concubins étant plus courus), avant de pouvoir prétendre approcher l'élue de son cœur. Un bon parti devait avoir la peau plutôt claire et les poches raisonnablement gonflées d'espèces sonnantes et trébuchantes. Sinon, il devait se contenter de se choisir une dulcinée au sein de la négraille ou pire (disait-on), chez les Coulis, qui étaient tenus dans la plus infamante des mésestimes. Ainsi Dame Losfeld entreprit-elle de mener une guerre de cent ans contre le prédicateur millénariste Milo Deschamps qui, sous couvert de religion, tentait tout bêtement d'étourdir Amélie de belles paroles en sucre-saucé-dans-miel. Elle dut se résoudre à lui interdire de stationner sur le trottoir de l'Océanic-Hôtel et même sur la chaussée attenante, bien que le bougre protestât que cette dernière était « la propriété du gouvernement » et qu'à ce titre, en tant qu'honnête citoyen français qui payait ses impôts, il avait le droit imprescriptible d'y demeurer tant que cela lui chantait.

« Allez chansonner cette folle de Lysiane Augusta ! lui voltigeait l'hôtelière, et foutez la paix à ma fille, espèce de mécréant ! »

Elle feignait alors de nettoyer ses balcons à
grandes eaux, détrempant l'ex-ouvrier sochalien
qui n'en avait cure. Bien au contraire, il ouvrait
sa bible et lisait quelque passage approprié à sa
situation de « chrétien publiquement humilié »,
clamait-il, s'attirant du même coup la sympathie
de tous les habitants — et ils n'étaient pas peu
nombreux — qui ne portaient pas la quarteronne
Losfeld dans leur cœur. Les langues les plus vipé-
rines ne souhaitaient qu'une chose : qu'Amélie
finisse par fauter avec un nègre bon teint (Milo
Deschamps ou un autre, peu importait !) et que
son ventre s'arrondisse au vu et au su de tout le
monde, ce qui n'aurait pas manqué de rabaisser
l'outrecuidance de sa mère ou, du moins, de la
ramener à de plus justes proportions. À entendre
le prédicateur protestant en tout cas, s'il ne
conduisait pas Amélie à l'autel nuptial avant le
premier janvier de l'an 1962, le bourg de Grand-
Anse subirait avant le reste de l'univers les foudres
du Jugement dernier.

*

L'Église de la Rédemption universelle ne commença vraiment à attirer du monde qu'à partir du
moment où il se fit bruit qu'un pasteur américain,

mister Donaldson, se roulait par terre comme un épileptique afin de demander pardon à Dieu pour le crime d'esclavage commis par sa race à l'encontre de celle des nègres. Jusque-là, seules quelques âmes en perdition avaient osé s'aventurer dans cette minuscule maison en bois de la Rue-Derrière où chaque soir Milo Deschamps prêchait, stoïque, devant six bancs le plus souvent vides et tenait des propos à faire dresser les cheveux sur la tête des plus incroyants d'entre les Grand-Ansois.

« Jésus-Christ était noir, mes frères ! Voici la bonne nouvelle, mes frères ! Noir tout comme chacun d'entre vous ! Et c'est pourquoi il a porté toute la souffrance du monde sur ses épaules et a été crucifié pour sauver l'humanité ! Nous sommes la douzième tribu d'Israël, mes frères, la tribu perdue, celle qui rachètera à son tour les péchés du monde et lui ouvrira les portes de la vie éternelle. »

Très vite, son indéniable talent oratoire séduisit deux, puis trois, puis vingt personnes. Deux mois seulement après son retour d'En-France, l'ex-ouvrier des usines Peugeot avait réussi à convaincre un nombre considérable de gens de toutes conditions, ravis, il est vrai, de pouvoir donner libre cours à des pulsions qu'ils avaient

contenues jusque-là. Dans le Temple de la
Rédemption universelle, en effet, on pouvait
chanter en s'égosillant, battre la mesure avec les
pieds, s'esclaffer, tomber en sanglots ou faire de
grands gestes en direction de la divinité. Surtout,
certaines femmes s'étaient mises soudain à parler
en langue dès qu'elles entraient en transe. De leur
bouche coulait un flot de mots inconnus, dans un
idiome étrange et rauque que Milo Deschamps
identifia aussitôt comme étant de l'araméen, la
langue originelle de la Bible.

« Vous parlez la langue de notre Seigneur Jésus,
mes sœurs ! N'est-ce pas la meilleure preuve qu'il
a pénétré au plus profond de votre âme et qu'il a
bouleversé votre existence ? Alléluia ! »

Mais les prêches de Milo Deschamps n'étaient
rien à côté de ceux de cet homme en tenue de clergyman, au regard sévère et à la tignasse rousse,
qu'il présenta à ses fidèles comme un « mission-
naire du Temple de la Rédemption universelle
spécialement venu des États-Unis pour apporter
la parole divine dans l'archipel des Antilles ». S'il
avait d'abord choisi la Martinique, et Grand-Anse
en particulier, c'était la preuve du dur labeur
entrepris par lui, Milo Deschamps. Quand il se
mettait à débiter à la vitesse d'une mitraillette ses
harangues dans un jargon mi-anglais mi-français

mi-créole haïtien, mister Donaldson semblait en effet en proie à une force supérieure, il paraissait s'élever soudain au-dessus de l'autel et fondre à la manière d'un rapace-mensfenil, doigt pointé sur quelque malheureux fidèle auquel il hurlait :

« *You m'entends? You are a stupid mécréant! Doubout pou kouté the true words of Dieu le père! Stand up and priez, vakabon!* »

L'infortuné pécheur s'agenouillait aussitôt, terrorisé et sanglotant, tandis que le pasteur américain lui cognait frénétiquement la nuque avec sa bible en cuir noir. Mais le clou de ce qui avait toutes les apparences d'un véritable spectacle, c'était le moment où mister Donaldson, transfiguré, les traits déformés par une intense douleur, se jetait de tout son long, face contre le plancher, les bras en croix, en criant :

« Pardon, Seigneur Jésus! Pardon pour les abominations commises par la race blanche contre celle d'Afrique! Esclaves dont les âmes errent sans sépulture par la faute de maîtres cruels, je vous entends! Votre souffrance monte *adan kè mwen*, elle me déchire le cœur, elle m'arrache les yeux! Je sais que vous réclamez la présence de Jésus et je vous dis qu'il est là parmi nous, *around us*, qu'il s'apprête à irradier ceux d'entre nous qui auront le cœur pur. Prions, *my brothers*! Prions! »

Mister Donaldson s'affaissait alors sur le sol, comme si toute vie s'était échappée de lui. Milo Deschamps et deux autres fidèles le soulevaient pour le ramener dans l'arrière-salle du temple où ils lui aspergeaient le visage d'eau fraîche. L'assemblée, tétanisée, attendait le retour de l'ex-ouvrier sochalien qui leur tendait un petit panier dans lequel il interdisait qu'on mît moins de cent francs.

« On n'est pas à l'Église catholique ici ! s'énervait-il parfois. Il ne suffit pas de déposer cinq sous à la quête pour se croire quitte auprès de Dieu. »

L'abbé Stegel, qui ne s'était guère inquiété d'abord de la concurrence du pasteur américain, assuré qu'il était que les nègres préféreraient toujours sa grande église en pierre de taille à la misérable cahute de l'épiscopalien, vit rouge quand on lui rapporta l'acte de contrition envers l'esclavage auquel le clergyman se livrait chaque soir. N'avait-il pas toujours clamé en chaire que la cruelle destinée des fils de Cham était le juste châtiment du comportement déshonorant de leur ancêtre à l'endroit de son père Noé ?

« Chers paroissiens, tonnait-il, Sem et Japhet se sont précipités pour couvrir la nudité de leur père Noé, qui était ivre, tandis que Cham, lui, s'est mis à le tourner publiquement en bourrique. Voici la grande faute que vous et votre race payez depuis le commencement des temps! Dieu vous a punis et votre pénitence durera tant qu'il restera un seul païen en terre d'Afrique. Amen.»

Les fidèles courbaient l'échine, maudissant en leur for intérieur leur impudent ancêtre, prêts à supporter tous les sacrifices et toutes les avanies afin d'obtenir de Dieu le Grand Pardon. Pendant la sinistre époque où l'amiral Robert, cousin par alliance du maréchal Pétain, gouverna la Martinique, quand la guerre faisait rage en Europe et que des millions de Juifs furent exterminés, l'abbé Stegel leur avait appris que les nègres n'étaient point la seule et unique race honnie par le Très-Haut. «Ceux qui ont osé insulter Jésus, humilier Jésus, ceux qui ont attenté à la vie de Jésus, ceux qui l'ont crucifié, paient aujourd'hui leur ignoble forfait, chers paroissiens. Le règne de Dieu sur terre est imminent!» Et de fustiger ces jeunes nègres qui, bravant une mer déchaînée, s'en allaient nuitamment rejoindre les Forces françaises libres du général de Gaulle dans les îles voisines tenues par les Anglais. Et d'encourager la population à les dénoncer à la Milice.

Mais aujourd'hui, l'abbé alsacien demeurait sans voix. Face à son adversaire protestant, qui se servait de la Bible tout comme lui, qui était blanc tout comme lui, il ne savait plus quel discours tenir. Alors, par un coup de génie dont il était coutumier, il leva l'interdiction de pénétrer à l'église qu'il avait prononcée une décennie plus tôt à l'encontre des femmes adultères, des joueurs de combats de coqs et de dés, des zélateurs du culte hindouiste, des communistes et autres syndicalistes, des quimboiseurs, des libertins et des francs-maçons, et même des athées, messieurs et dames. Même des athées !

« Cette maison est la maison de Dieu », déclara-t-il, pathétique, quand il apprit que Milo Deschamps avait réussi à débaucher l'une de ses plus fidèles catéchistes. « Elle est ouverte à tous. Que messieurs Nestorin Bachour et Siméon Désiré sachent que Dieu a finalement accédé à ma demande d'absoudre leurs péchés ! S'ils reviennent le cœur pur, ils seront les bienvenus. »

Il n'y avait guère que Lisyane Augusta pour demeurer indifférente aux disputailleries théologiques qui agitaient depuis deux bonnes années la commune de Grand-Anse.

DEUXIÈME CERCLE

*Où il sera question du comment éblouir le cœur,
puis les sens, de la créature féminine et du pourquoi
de la mort brutale de deux enjôleurs les plus émérites
de Grand-Anse et d'une boule de feu qui ne cessait
de virevolter, à la nuit close, par-dessus les toits du
bourg, où les chiens sans maître courent la sarabande
et final de compte, des cahiers volés de Lysiane,
négresse féerique. Ô désordre!*

Ainsi donc, l'ébaubissement de l'éboueur Dachine, affublé du nom de ce légume à cause de son mètre et quarante-deux centimètres de taille (il tenait à ses deux centimètres), fut tant et tant de fois raconté, soupesé, critiqué et amplifié qu'il n'est guère possible de le relater tel qu'il se manifesta vraiment. Tout ce qu'on savait de l'affaire, c'est qu'elle se déroula à l'heure de l'Angélus, qu'à cette heure-là, il n'y avait pas encore grande foison de gens dans les rues du bourg et que seuls les chiens sans maître ou les mauvais vivants arpentaient les alentours. Lysiane était accoudée à la fenêtre qui s'ouvrait sur la Rue-Devant, contrairement à son habitude qui était de préférer celle du fond, laquelle lui permettait d'assister à la naissance du jour au miquelon de la mer. Elle portait une gaule de nuit vaporeuse qui laissait deviner le galbe de sa poitrine et même les tendres touffes de ses aisselles. Hypnotisé, l'éboueur fixa la scène un siècle de temps, incapable de bouger ou de prononcer une seule parole, quand il finit par remarquer la splendeur du teint de la jeune femme, la noirceur irisée de sa peau, les éclats moirés qui émanaient de ses avant-bras, la finesse de sa membrature malgré l'imposance de sa croupière, ainsi que la rondeur voluptueuse de ses hanches.

«*Papa lasa!*» (Sacredieu!) marmonna Dachine en se frottant les yeux.

Car c'était surtout l'éclat du noir de la peau de Lysiane qui l'hypnotisait, un noir si pur qu'il rivalisait avec le blanc des nuages de beau temps qui commençaient à emplir de larges empans de ciel. Un noir immaculé! Il n'y avait point d'autre mot. Dachine se ressaisit au bout d'une demi-heure de muette contemplation et courut par mornes et ravines, par savanes, hameaux et, bien sûr, par toutes les ruelles du bourg, clamer l'extraordinaire belleté de la négresse Lysiane Augusta. Belle, on la savait telle, mais belle parce que noire, nul n'aurait jamais eu l'idée de faire un rapprochement aussi saugrenu. Belle mais noire, comme le proclamait le Cantique des cantiques, là d'accord! Pourtant, l'éboueur, ô miracle, réussit à convaincre un par un les habitants de Grand-Anse et du coup, la surestime dans laquelle ils tenaient la

mulâtresse Amélie Losfeld s'effondra blogodo!
D'autant qu'elle était loin de posséder l'instruc-
tion de Lysiane et que son niveau de conversation
ne dépassait guère celui des commentaires des
innumérables romans-photos italiens dont elle se
régalait à longueur de journée. Après tout, sa seule
occupation consistait à seconder sa mère à l'Océanic-Hôtel, ce qui représentait fort peu de chose :
balayer la devanture, épousseter les rideaux et
tenir le registre des rares clients. Elle disposait
donc de tout le reste de son temps pour s'attifer
ou plutôt «jouer à la bébelle», comme disaient les
langues jalouses.

Ce fut pourtant la réaction de Lysiane qui
sidéra le monde. Elle déclara tout de go : je ne suis
point belle, laissez-moi, s'il vous plaît! Elle refusa
désormais de coiffer l'ébouriffure de ses cheveux
et de se mettre du fard et du rouge à ongles, bref
de se comporter comme toutes les jeunesses de son
âge. En outre, elle se cloîtra quinze jours durant
dans sa chambre, au grand dam de ses courtisans
dont l'un finit par grimper à l'en-haut du poteau
électrique, se hissant à hauteur du galetas où il
surprit la troublante négresse en train d'écrire.
D'écrire, oui, messieurs dames! Secret jusqu'alors
bien gardé au sein de la famille Augusta, y compris par nous, la marmaille (sous peine de volées

de liane de tamarin, il est vrai). On refusa d'abord de le croire, s'agissant d'un individu aussi infiable que lui, Siméon Désiré, dont les menteries, mensongeries et autres mentaisons avaient fait le tour du nord du pays, puisqu'il était connu jusqu'à Grand-Rivière pour avoir fait accroire à une directrice d'école primaire qu'il était lieutenant dans l'armée de terre et décoré de la guerre d'Indochine. Devant tant de patriotisme, la dame ne put que lui céder son pucelage quadragénaire, ainsi que la moitié de ses économies, jusqu'au jour fatal, cruel, scélérat, abominable, criminel où monsieur Siméon décida, sans aucune raison valable, de se démarier.

À présent, d'aucuns le soupçonnaient de convoiter l'une des deux déesses de Grand-Anse, la mulâtresse Amélie et la négresse bleue Lysiane, la première pour convoler en justes noces, l'autre pour lui servir de femme-dehors. L'enjôleur ne faisait d'ailleurs nul mystère de ses intentions et se pavanait, bague à chaque doigt, parfum violent sur le corps et les vêtements, cheveux à l'embusqué, entre le parvis de l'église où de vieux nègres s'adonnaient au jeu de quine et le marché, s'autorisant même de brèves incursions à la Rue-Derrière, où pourtant une veuve, mercière de son état, l'attendait de pied ferme, un fusil de chasse posé à même son comptoir. On n'avait pas réussi à démêler l'écheveau de leur liaison, tout ce qu'on savait, c'est que Siméon l'avait dépouillée à son tour de la totalité de ses économies placées sur un compte d'épargne au Crédit martiniquais. Il est vrai que le bougre cherchait, depuis trois décennies, le trésor qui avait été caché dans une jarre d'or par l'ancêtre des De Surville, quelque part dans le cimetière de Grand-Anse, et qu'il revenait toujours bredouille de ses fouilles nocturnes.

« Je vous jure sur la tête de ma défunte marraine que cette petite mamzelle Lysiane, eh ben elle écrit, les amis ! Je vous le jure ! déclara Siméon.

— À ce qu'il paraît, t'es pas baptisé, foutre ! Ha-ha-ha ! rétorqua l'un de ceux qui s'étaient agglutinés au pied du poteau électrique, alors cesse de nous bassiner avec tes couillonnades !

— Et puis, dis-moi un peu, qu'est-ce qu'elle pourrait bien avoir à écrire, hein ? demanda Nestorin le bâtard-Syrien, il n'y a rien de bien intéressant qui se passe dans nos vies par ici. Vous êtes bien d'accord ? D'ailleurs, Lysiane elle-même n'a-t-elle pas qualifié Grand-Anse de bourg de petite conséquence ? »

À dire la franche et totale vérité, l'endroit ne méritait pas une demi-ligne dans la presse des Blancs ni une phrase dans leur radio, lesquelles,

presse et radio, ne s'occupaient — à juste titre ! —
que de Fort-de-France, notre capitale. Mais nous
allions apprendre, à dater de la stupéfiante découverte du baliverneur Siméon Désiré, que chez
nous, dans notre petit cercle étroit, se déroulaient
des événements tant secrets qu'extraordinaires
qui eussent pu constituer, pour peu qu'une âme
dévouée eût accepté de les consigner, une biblio-
thèque entière. Ainsi Bogino, l'à moitié dérangé
du cerveau, s'entêtait à rapiéceter un vieux canot
qui n'avait pas servi depuis le temps du marquis
d'Antin et cela bien que la mer de Grand-Anse fût
réputée bréhaigne de toute éternité. La nuit, plusieurs personnes dignes de foi l'avaient surpris
en train de s'élancer sur les flots déchaînés, assis
sur son frêle esquif, riant à la lune et aux étoiles
ou savourant le chanter douceureusement diabolique des Manmans-d'Eau. Ainsi la veuve de la
Rue-Derrière (celle que Siméon avait amblousée)
revoyait chaque soir la personne de son mari, avec
lequel elle éclatait en chamailleries insoufrables
comme au temps de son vivant (qu'il y aurait eu
quelque ironie à qualifier de bon vieux temps).
Ainsi… ainsi… ainsi…

Toujours est-il qu'il fallut se rendre à l'évidence : Lysiane Augusta était une écriveuse ! Cela
eut pour effet immédiat de refroidir bon nombre

de ses prétendants pour lesquels l'abus d'ouvrages trop grands-grecs et la rédaction de choses trop compliquées ne pouvaient vous conduire qu'à la déraison. La ronde des abonnés au poteau électrique en vint à s'éclaircir au fil du temps et n'y demeura qu'une poignée d'irréductibles, au sein de laquelle Nestorin, le bâtard-Syrien, Milo Deschamps, le prédicateur de la fin du monde, et Siméon Désiré, le rentier malhonnête, tous trois coursailleurs de jupons émérites, faisaient figure de mieux placés. Les bougres qui gardaient quand même un œil sur la mulâtresse Amélie Losfeld (sait-on jamais quand une femme glisse?) s'étonnaient que ces deux créatures divines, quoique à peu près du même âge, n'eussent jamais pris la hauteur l'une de l'autre. Elles semblaient même s'éviter avec soin, quand bien même le hasard les faisait se rencontrer chez Man Talmène, la couturière, ou bien à la salle paroissiale, où toutes deux assistaient exclusivement aux séances de cinéma du jeudi soir, réservées aux adultes.

Tant que la belleté de Lysiane ne se mit pas à éblouir le monde, c'est-à-dire en fait tant que l'éboueur municipal, le ci-devant Dachine, n'eut pas la soudaine révélation que noirceur pouvait équivaloir à splendeur, l'héritière de l'Océanic-Hôtel feignit d'ignorer celle que de tout temps elle

avait considérée comme sa rivale. Mais une guerre
sans merci péta entre les deux mamzelles du soir
où Siméon Désiré dévoila à son tour que Lysiane,
en plus d'être une liseuse, était aussi une écriveuse.
Amélie Losfeld en fut dévorée de jalouseté. Elle se
mit à arborer un rictus amer, lâcha ses cheveux à la
venvole sur ses épaules délicieusement mordorées
et éructa, en direction de la maison Augusta, des
« tchip » à tout bout de champ, ce claquement de
langue mi-méprisant mi-agacé que seules savent
produire les femmes créoles. Ce que voyant, sa
mère n'eut de cesse qu'elle ne lui répétât :

« Pourquoi tu te mets dans pareil état ? Cette
Lysiane, ce n'est qu'une petite négresse-tête-sec,
eh ben Bondieu !... Et puis, son diplôme d'institutrice, il lui sert à quoi, hein ? »

Mais rien n'y fit : la réputation de l'écriveuse
enfla au déroulé du temps, semailla à travers la
plupart des communes avoisinantes, avant —
chose inévitable — d'atteindre l'En-Ville. On vit
alors des Chrysler ou des Plymouth décapotables
débarquer à Grand-Anse, conduites par des sexa-
génaires portant beau, panama élégamment posé
sur le crâne et foulard à pois artistement noué
autour du cou, fumant des cigarettes américaines
mentholées, ce qui était le comble du chic en ce
temps-là. Ces prétendants, qui nous mignon-

naient les cheveux, à nous la marmaille, afin de se
ménager d'éventuels alliés, n'avaient bien évidemment d'autre ressource que de s'auberger chez
Dame Losfeld et ils en profitaient pour promettre
à son insu monts et merveilles à sa fille dont ils
découvraient seulement l'existence : voyage de
noces en France à bord du transatlantique *Colombie*, villa au Plateau Didier à Fort-de-France, là où
vivait l'aristocratie békée, et consorts. Mais ils
tiraient tous leur révérence quand la situation
devenait par trop périlleuse. Comme ce jour où
l'hôtelière trouva sa charmante fille accroupie au
salon, en train de besogner la braguette d'un
notaire retraité qui se retenait avec difficulté à ses
bretelles pour ne pas tomber du haut-mal. Dame
Losfeld hurla :

« Sacrée petite salope, va te laver la bouche là-
même ! À partir d'aujourd'hui, je ne veux plus
manger dans la même assiette que toi ni me servir de la même fourchette. Excusez-la, monsieur,
elle a perdu la tête !... »

En réalité, comme Lysiane se réfugiait à la
fenêtre de sa chambre qui faisait face à la mer dès
qu'elle avait vent de l'arrivée d'un de ces gandins
décatis, ces derniers furent peu à peu persuadés
que son existence relevait de la légende. Ces gens
des communes étaient de tels bavardeurs, hon !

Déjà qu'En-Ville, lorsque la nouvelle était parvenue à leurs oreilles («À Grand-Anse, là-bas, au
nord, vit une négresse si noire et si belle qu'on
tombe à genoux devant elle au premier coup
d'œil»), ils s'étaient montrés pour le moins scep-
tiques! Déjà qu'ils n'avaient parcouru la cinquantaine de kilomètres de route tortueuse et défoncée
séparant la capitale du bourg de Grand-Anse que
par acquit de conscience!

Leur venue ne réjouissait qu'une seule personne, Man Irmine, laquelle ne désespérait pas
trouver un parti intéressant pour sa fille parmi
tous ces citadins surexcités. Elle se campait sur le
seuil de sa boutique et, d'une voix timide, leur lançait :

«Chez moi, la bière Lorraine est plus fraîche
qu'ailleurs, oui…»

Mais dès que l'un d'entre eux faisait mine d'approcher, Tête-Coton, le père de Lysiane, se mettait ostensiblement à affûter son coutelas seize
pouces sur une meule, surveillant nostre homme
de bisque-en-coin jusqu'à ce que ce dernier, témé-
raire mais pas fou, rebroussât chemin vers sa déca-
potable, comme une mangouste qui aurait aperçu
un serpent-fer-de-lance.

«*Si ou ka kouri dèyè tout nonm ki bôdé isiya, ki
manniè Liziàn kay trapé an mayé?* (Si tu pour-

chasses tous les hommes qui s'approchent d'ici, comment Lysiane fera-t-elle pour dénicher un mari ?) s'indignait Man Irmine.

— *Sa ki di'w fi-mwen bizwen mayé ?*» (Qui te dit que ma fille a besoin de se marier ?)

*

Lysiane Augusta était donc redoutée par les habitants de Grand-Anse parce qu'elle n'éprouvait aucune crainte de la mer. Certains avaient bien tenté de la dépersuader de driver sur le rivage à n'importe quelle heure du jour et de la nuit comme elle en avait l'inquiétante habitude, mais ce fut peine perdue. Quand elle pénétrait dans l'eau, comme à l'assaut des vagues parfois plus hautes que des maisons, son père se tenait à portée de la secourir, ce qu'il n'eut jamais à faire. La jeune fille nageait dans la tourmente avec une aisance qui arrachait au monde des cris d'admiration, se laissant chavirer-mater par les rouleaux, charroyer par ce courant qui était réputé déverser le cadavre des noyés jusqu'à l'île anglaise de la Dominique que l'on apercevait dans le lointain par beau temps, puis, au moment où l'on croyait l'irrévérencieuse perdue à jamais, voici qu'elle se redressait, goguenarde et flamboyante, poussant des cris de joie. À ses soupirants massés à distance prudente, elle lançait, rire et larmes mêlés sur sa face :

« Qui m'aime me suive, foutre ! »

D'où l'idée tenace qui se répandit dans tous les causers d'hommes à Grand-Anse et qui finit par devenir une vérité d'évidence, selon laquelle le nègre qui saurait braver en sa compagnie les fureurs de l'Atlantique, gagnerait l'assentiment de son cœur. Inutile de préciser qu'il y avait fort peu de candidats prêts à se présenter à ce périlleux examen ! Nestorin Bachour, le bâtard-Syrien, mettait au point, pour sa part, une stratégie subtilissime qui devait lui permettre d'éviter cette épreuve et ferait de lui le premier à abattre le mur d'indifférence dont s'entourait Lysiane. À ses propres dires, il avait peaufiné sa combinaison plusieurs années durant et s'en montrait passablement fier. Aussi se moqua-t-il des efforts du rentier Siméon Désiré, pour lequel seule une coulée bien faite — une coulée d'amour, comme on dit une coulée d'or — pouvait venir à bout de la résistance acharnée de la liseuse-écriveuse.

Au bar Le Rendez-Vous des Compères, à la Rue-Derrière, Siméon Désiré vantardisait à longueur de journée sur l'extraordinaire coulée qu'il avait été amené à entreprendre pour raisonner,

puis arraisonner une certaine bougresse de Morne
l'Étoile que son concubin abandonnait une
semaine sur deux pour s'en aller djober sur le port
de Fort-de-France. Les mots de Siméon s'ordon-
nancèrent de la sorte devant les soiffards qui se
retrouvèrent tous la bouche ababa-gueule-sans-
dents devant un créole aussi grandiose qu'énigmatique :

« Coulée d'amour… d'abord faire glisser le mot
entre tes lèvres, le tournevirer, le mater, le polir
car tu prépares ainsi sa descente dans le corps
même, ce corps de femme tant convoité, non pas
dans sa ligne du mitan couleur de cacao doux qui
bée de sueur cristalline (puisque la touffaille de ses
poils ne cessera de te happer-te happer-te happer
jusqu'au verso du silence), mais en t'insinuant
dans l'ombrage de sa chaleur. Coulée, lente
approche d'Elle, la femme debout qui organise à
son entour — plus majorine et tigresse en cela que
le casque du soleil — toute une drapée de frémis-
sements qui s'emparent net et du plat de tes mains
et du rebord de ta bouche… En bas, les pièces de
canne s'élancent en flèches de tendresse, ne s'ar-
rêtant qu'au murmure de la ravine où l'on devine
les lessiveuses qui, comme de coutume, battent
leur petite misère. Cette eau, qui a pour titre
Rivière La Capote, malgré les haussements d'épaule

des géographes et des grands-grecs, nous conti-
nuons à prétendre qu'elle s'ensource dans les
flancs mêmes du Morne Jacob… Coulée d'amour
jusqu'à l'Élue qui dame de ses pieds nus la cour
de terre jaune tout en feignant de la propreter à
l'aide d'une branche de rameau bénit : c'est pour
se rassurer sur ses intentions de la journée, oui. Et
si la femme bute sur quelque cheval-bondieu qui
s'avance d'un pas forfantier avec son corps de
bûchette et ses antennes démesurées, elle attrape
l'insecte et rit de la blancheur de cassave de son
rire et toi, tu dois t'instaurer gardien de la boîte
dans laquelle elle aura placé son protégé, après
l'avoir forcé à replier ses pattes graciles. Alors, tu
la vois emplir l'air des mouvements langoureux de
sa chair brune et ferme. Elle s'écrie : "C'est ma
chance aujourd'hui, alors !" Ses hanches montent-
descendent, tout près de toi qui trembles déjà,
dans le fourreau qui lui sert de harde-pour-dor-
mir. Tu t'approches un peu plus, attentif, mieux
que ça, veillatif à ses moindres propos, et ce qu'elle
se met soudain à entonner, c'est une comptine
créole où il est question d'une demande en
mariage entre un lézard-anolis et un caméléon-
margouillat. Ou alors, consciente du bouillonne-
ment qui s'agite à l'en-bas de sa peau, elle se fait
timide et te déclare en toute simplicité : "Aujour-

d'hui, comme tu me vois là, j'ai pas encore vu devant moi, non."

«Et avant que tu ne t'avises de t'apitoyer sur son sort de négresse emmaillotée dans la déveine éternelle, elle s'esclaffe à l'instant même où les mulets de l'Habitation Fond Massacre cavalcadent dans le chemin de pierre à la recherche des bottes d'amarre que les négrillons leur ont préparées. Si tu tentes de la presser contre toi, elle se dégage sans ménagement et installe sur son semblant de véranda de quoi te faire tenir le cœur et l'estomac pour le restant de la matinée. Ce qui veut dire : café, mabi, farine de manioc, tranches d'avocat, sucre roux et bouteille de tafia. Elle s'approche ensuite du bambou effilé qui conduit l'eau d'une lointaine source jusque derrière sa case et s'assied en dessous, nue et muette, nue et immobile. Elle t'espère. Cela peut durer un siècle de temps ou au contraire moins que la culbute d'une puce. C'est selon. De toute manière, c'est elle et elle seule qui finira par décider. De la sorte : "Hé, mon homme! Tu viens savonner ta chérie-doudou, siouplaît?"

«Le savon est un gros morceau de chair ocre qui vient de Marseille et devient onctueux dès qu'on le présente à la caresse de l'eau. Les épaules de la femme chavirent toute une toison d'écume qui glisse sur ses seins dressés, aux pointes étonnamment larges, et quand tes doigts s'y égarent, elle t'attrape et te tord le poignet sans jamais perdre une once de son allégresse. Le creux de ses bras, elle ne t'y autorise pas non plus. Encore moins pour la fente qui orne le quartier de ses jambes. À peine pour celle de son derrière. Mais les chevilles, oui. Ses orteils, elle te les impose et tu dois masser chacun d'entre eux jusqu'à ce que s'éparpille la terre rougeâtre qui s'incruste sous leurs ongles. Dès que l'eau de la source se fait plus frette — inexplicablement puisque le jour est monté d'un cran et que les mouches-à-miel vonvonnent déjà dans les goyaviers —, elle se précipite dans sa chambrette où elle se sèche avec une couverture. Elle s'y enroule complètement, telle une momie, et se laisse choir, blip! sur son lit. C'est là l'indication qu'il te faut, toi, venir la délivrer. Au début, tu t'étais demandé comme ça si elle n'était pas un peu zinzin. Si la rage sourde qui s'empare de la saison du carême dans les champs de canne à sucre n'avait pas fait fondre sa raison. Ah! Ce n'est plus du jeu, non! De temps en temps, on voyait un coupeur de canne jaillir de sa rangée, coutelas brandi très haut dans la figure du ciel comme pour défier quelque divinité tutélaire, puis disparaître vers les confins du Morne Carabin. Le commandeur de la plantation haussait tout bonnement les épaules en concluant : "Encore un qui est tombé fou, les amis. Raide fou ! Ha-ha-ha !"

« Si par contre elle te hèle pour que tu l'aides à se sécher le corps, c'est qu'elle est décidée à affronter la matinée avec toute une charge de lassitude et ce n'est pas à dire qu'elle se soit trop esquintée au travail. Simplement, la pesanteur des jours lui entrave ses désirs. Le léger remuement des poils de ses yeux est une invite au mutisme. Elle va et vient de sa véranda à la cuisine qui se trouve à l'ombre d'un arbre à pain, de son jardin créole, où elle dégrappe, d'un geste nonchalant, deux-trois christophines, à la case-à-rhum du hameau, insensible aux railleries des boit-sans-soif. Sa bouche est cousue raide et dur. Tu l'observes depuis la dodine où tu te balances en feignant de parcourir "La Paix", l'ennuyeux journal de l'évêché auquel elle se flatte d'être abonnée, tressautant quand elle sombre dans la colère à cause de rien qui vaille : une poule-ginga en drivaille qui a traversé sa minuscule salle à manger ; le petit chabin-rouquin d'une voisine qui vient lui demander de la part de sa mère de la monnaie contre un billet de mille francs flambant neuf ; une soudaine et brève avalasse de pluie qui détrempe le linge qu'elle vient de mettre à l'ablanchie au soleil, sur les gros rochers volcaniques d'une savane toute proche.

« C'est à toi que sont adressés ses gestes grandiloquents et la fine écume qui pointe aux fentes de ses lèvres. "Chien-fer, va !" Cette injuriée t'est destinée. Elle est désormais ta marque, ton sceau. Accepte-la comme tu te dois d'accepter tout ce qui en elle dévoile la femelle qui se débat avec une existence sans trouée d'air ni promesse d'inouï. Laisse-toi couler-couler-couler au long de sa chair, puis arpente l'arrondi de ses cuisses si-tellement lisses avant de grimper jusqu'au sommet de sa croupière. Elle viendra d'elle-même à tes caresses et empoignera ton braquemart d'une main ferme avant de l'enfourner dans son giron… »

Habituée aux propos cochonniers des fidèles du Rendez-Vous des Compères, aux invectives qu'ils se jetaient à la tête quand le rhum à 55° avait fait son effet, la tenancière, mamzelle Hermancia, une chabine encore piquante en dépit de son âge, demeura bec coué. Les nègres avaient écouté pour leur part avec une attention suspecte la démonstration alambiquée du sieur Siméon Désiré, grand phraseur et folâtreur devant l'Éternel, et avaient fini par tomber dans une prostration proche de l'hébétude. Bogino, le bougre fou de Grand-Anse, était le seul à bougonner :

«*Fout an koulé dous! Fout an koulé dous, sié-danm!* (Comme c'est doux de faire une coulée d'amour!)

— Nul... nul ne m'a jamais fait de coulée, non... », murmura, songeuse, mamzelle Herman-cia.

Le bâtard-Syrien Nestorin, dont le père possé-dait un magasin de quincaille et toilerie au bas de la Rue-Devant et qui escomptait sur ce futur héri-tage pour continuer à mener son existence de bambocheur invétéré jusqu'à la fin de ses jours, fut le premier à réagir. Il argua du fait que Lysiane Augusta n'avait rien à voir, ni de près ni de loin, avec une campagnarde illettrée telle que cette Julienne dont Siméon Désiré avait forcé la pudeur; que la plus belle négresse du nord du pays était une liseuse et donc une grande-grecque; qu'elle était en outre une écriveuse, c'est-à-dire une manière de génie et qu'il faudrait inventer bien mieux qu'une grossière coulée d'amour à la créole pour la circonvenir. Que lui, Nestorin, avait déjà pèleriné deux fois en Syrie avec Wadi Bachour, son père, et que là-bas, il avait fait l'achat d'une poudre d'Arabie qui avait le pouvoir d'énamourer la plus réticente des pucelles. Que s'il ne l'utilisait pas encore, c'est qu'il voulait essayer de vaincre Lysiane par ses propres moyens,

car il n'était pas le premier venu, mais un mâle
bougre, un nègre respecté de tous et à qui beaucoup (il le savait pertinemment!) enviaient la
Simca Aronde rouge vif qu'il conduisait d'une
seule main pour faire des gammes et des dièses.

«Oui, mesdames messieurs, je me pavane,
insista-t-il, je n'ai pas peur d'employer le mot et
que ceux que cela dérange fassent mieux que moi!
Ici-là, à Grand-Anse, la jalouseté règne en maître.
Le nègre refuse de voir son frère péter plus haut
que lui. Dès qu'un voisin possède un bien quelconque, tout le monde le suspecte de s'être
alliancé avec le Diable. Ou s'il a fait la démonstration qu'il s'agit d'une richesse honnêtement
acquise, on va consulter, à la nuit tombée, un
quimboiseur ou, pire, un melchior, pour tenter
d'entraver son existence. Quand ce n'est pas pour
dérailler son esprit! Ah, le nègre! C'est une mauvaise nation, je vous le dis.

— Hé là! Tu oublies que ta mère est une
négresse de Morne Savon, hurla un tafiateur tandis que mamzelle Hermancia tentait de calmer les
choses, et puis les Syriens, c'est pas une meilleure
race que nous autres. S'ils l'étaient, ils n'auraient
pas quitté leur pays une main tendue devant une
main tendue derrière, hein? Tous des malpropres
et des voleurs, oui!»

Siméon Désiré intervint d'un geste qui imposa le silence à tous. Il fixa Nestorin, rouge de colère, dans le mitan des yeux et le goguenarda :

« Tu t'imagines peut-être que les coulées d'amour, ça ne marche qu'avec les femmes qui ne sont pas allées à l'école ? Très bien ! Mais explique-nous alors comment tu t'y prends avec les mes-dames de-ce-que-de que tu fréquentes ? Vas-y, on t'écoute ! »

Le bâtard-Syrien s'était levé de sa chaise et s'ap-prêtait à faire à son tour une plaidoirie grandilo-quente lorsqu'un petit mouscouillon débraillé, le nez couvert de rhume, toqua au battant de l'en-trée du bar. Il tendit à Nestorin une boule de papier, happa la pièce de cinq francs que ce der-nier lui balança et déguerpit dans les ruelles alen-tour. Nestorin se rassit, l'air important, la boule de papier précieusement serrée entre ses doigts, et se mit à scruter la figure de chacun des clients, qu'il savait démangés par une curiosité sans-man-man. Seul Siméon Désiré faisait semblant de n'en avoir cure et s'appliquait à battre un jeu de cartes usé en tentant d'y intéresser son plus proche com-pagnon de table. Nestorin Bachour commanda un porto d'une voix volontairement traînante, puis ajouta, triomphal :

« Hermancia, sers ceux qui le veulent, s'il te plaît ! Aujourd'hui, c'est ma tournée. »

*

Au-dehors, la chaleur ramollissait l'asphalte qui collait aux souliers des passants plutôt rares. Le Rendez-Vous des Compères devenait, à la saison du carême, une manière d'oasis. Le calme qui s'abattait sur le bourg de Grand-Anse en début d'après-midi n'était entrecoupé que par les mugissements de quelques bœufs que l'on sacrifiait à l'abattoir municipal.

« Salopes de Coulis ! maugréa un chabin-griffe aux yeux déjà rougis par quatre ou cinq coups de tafia.

— Ils font leur métier, compère ! Toi, tu es conducteur de cabrouet, c'est très bien pour toi. Eux, ils sont bouchers de père en fils, c'est aussi bien ! » protesta mamzelle Hermancia.

À cette époque-là, les Coulis, que nul n'aurait eu l'idée saugrenue de qualifier d'Indiens, bien que l'on sût vaguement que leurs ancêtres venaient de quelque part appelé Calcutta ou Madras (était-ce le même lieu qui portait deux noms différents ou deux endroits qui n'entretenaient aucun rapport entre eux ? Mystère !), vivotaient à l'écart du bourg de Grand-Anse et les longs couteaux de boucherie avec lesquels ils se promenaient provoquaient des frissonnades chez les plus artabans des nègres. D'aucuns soupçonnaient la tenancière du Rendez-Vous des Compères, mamzelle Hermancia, de s'acoquiner nuitamment avec René-Couli, un individu maigre-jusqu'à-l'os, dont les yeux semblaient avoir été taillés dans de la braise et qui était le souffre-douleur des bandes de gamins dès qu'il était un peu gris. À jeûn, le bougre suscitait crainte et respectation à cause de son poste de géreur à l'Habitation Séguineau, où l'on prétendait qu'il était le seul à avoir l'entière confiance du maître, monsieur Chénier de Surville. Mais tout cela n'était que suppositions et supputations, car dès que René-Couli obtenait un congé, il venait se poster juste en face de l'Océanic-Hôtel sans mot dire, sans remuer un seul poil d'yeux, sans réagir aux quolibets de la négraille, sans même se rendre compte qu'il risquait de périr d'insolation, tout cela dans l'unique but de contempler les moindres faits et gestes de la mulâtresse Amélie Losfeld. Aussitôt que cette dernière notait la présence de ce peu conventionnel soupirant, elle se terrait au plus profond de l'hôtel, n'apparaissant qu'en cas de nécessité absolue, par exemple lorsque le facteur lui apportait ses maga-

zines d'En-France préférés, *Intimité* ou *Nous
Deux*. À ces moments-là, elle avançait les yeux
baissés, se dépêchait de balbutier quelque remerciement avant de rentrer plus vite qu'un manicou
qui aurait aperçu la lumière du jour. Dame Losfeld n'était pas indifférente au manège de René-
Couli, mais comme elle avait eu recours en secret
à certains rites hindouistes, elle craignait que le
bougre, si elle lui faisait quelque remontrance,
ne s'en allât le claironner sur les toits, ce qui lui
aurait valu l'excommunication immédiate du père
Stegel. L'abbé alsacien ne proclamait-il pas que
« Jean XXIII est pape à Rome, moi, je suis pape à
Grand-Anse ! » à chacun de ses prêches ?

À force de vivre parmi les nègres — cela faisait
plus de trente-cinq ans, assuraient les anciens —,
le père Stegel avait fini par manger comme eux,
boissonner comme eux, parler leur créole rugueux
et surtout œillader les jeunes filles en fleur, jusqu'au jour où il se prit les pieds dans sa soutane
et glissa tout droit dans la luxure, pire, dans la
paillardise. Cela ne fut pas sans incidence sur la
vie du bourg, car le père Stegel menait grand train
de guerre non seulement contre l'athéisme de
quelques francs-maçons mulâtres, esprits raisonneurs tels que Marceau Delmont, le géomètre,
mais aussi contre les forces obscures du quimbois

et du paganisme nègres, ainsi que les diableries du culte hindouiste. Il se considérait donc toujours en terre de mission et ne relâchait pas sa vigilance d'une maille. Sa hargne était particulièrement vive à l'endroit des Coulis, qu'il soupçonnait de lui ravir ses ouailles à la faveur d'une de ces guérisons miraculeuses dont leurs prêtres sataniques avaient le secret.

Ainsi lorsque la fille d'un coupeur de canne de Morne Carabin, paralysée à la suite d'une chute, s'était remise soudain à marcher et que trois jours plus tard, elle gambadait à travers les savanes à goyaviers avec les garçons du voisinage, on en avait été si-tellement impressionné qu'on en vint à douter de la Bible elle-même. Des années durant, en effet, l'homme avait économisé sur sa maigre solde hebdomadaire afin de pouvoir payer à son enfant le voyage jusqu'à Lourdes, multipliant dans l'intervalle les pèlerinages à Notre-Dame-de-la-Salette et à Notre-Dame-du-Rosaire, les réunions de prière dans son quartier, l'achat de médailles bénies par les plus hautes autorités ecclésiastiques, tout cela en vain. Jusqu'au jour où la déesse Mariémen jeta sa grâce sur le corps de l'infortunée créature…

Entre René-Couli et le père Stegel, la hargne et

la haine, que nous préférons appeler d'un seul et unique mot, la haïssance, étaient à leur comble.

CALENDRIER D'UNE ABSENCE

On ne me volera pas ma folie. Puisque c'est ainsi qu'ils désignent — même ma très chère mère ! — mon refus de ces jours médiocres et de ces années incolores qui constituent toute une existence passée au bourg de Grand-Anse. L'océan, renouvelé à chacun de mes regards, me rappelle avec insistance que là-bas, « dehors » comme on dit par ici, existent d'autres mondes que la plupart d'entre nous ne connaîtront jamais. D'autres exaltations, d'autres peurs, des tristesses ou des joies inédites et, sans doute, ce qui fait le plus défaut à notre vie dans ce pays : la sérénité d'âme. Nous vivons à fleur de jour, nous nous débattons dans une fureur de tous les instants. Trépidations créoles. Épuisement dans le rien et le dérisoire. Que j'abhorre vos cris de femelles en rut, vous femmes qui vous esclaffez au devant-jour lorsque vous allez vider vos pots de chambre à la mer ! Et aussi les exclamations de victoire des champions du bonneteau assis de toute éternité au rond de l'église, insensibles au sacré du lieu, engoncés dans leur grand âge dont ils monnayent la soi-disant sagesse. Et puis toute cette marmaille, ces volées d'enfants comme qui dirait des merles, qui ne cessent de monter-descendre-courir-dégringoler à travers notre maison, qui dérobent mes écrits pour les remettre aux adultes contre une sucette ou une pièce jaune, pourquoi sont-ils venus au monde?

Ce docteur Honoré Beaubrun a peut-être été brillamment reçu à ses examens de médecine à la faculté de Bordeaux, mais il n'est qu'un fieffé imbécile. Je le surprends qui murmure à ma mère, laquelle l'avait comme d'habitude invité à prendre le punch, qu'il me prescrira des médicaments afin de me « calmer les nerfs », au prétexte que je serais la proie de « bouffées de chaleur », affection, tient-il à préciser, qui n'atteint généralement que les femmes entrées en ménopause. Elle est vraiment mignonne, votre fille, quel dommage! répète-t-il par deux fois. Et les rêves d'union matrimoniale de ma mère de voler en éclats! Ha-ha-ha! Quelle sottise de sa part! Comment a-t-elle pu imaginer un seul instant que j'accepterais de convoler avec un individu qui ne voit pas plus loin que le bout de son stéthoscope et de son compte en banque? Il n'y a qu'à observer les regards inquiets qu'il lance à sa Fiat toute neuve parce que deux-trois bambins admiratifs menacent d'en caresser la carrosserie.

L'océan est par conséquent mon unique consola-

tion. C'est lui qui m'apporta le premier les effluves du dehors, le souffle de vies autres, quand bien même, déchaîné ce jour-là, il les éteignait à l'instant. Le navire avait fini par sombrer et seules des planches ballottées en tous sens témoignaient encore un peu de son existence passée. Des oiseaux-mensfenils tournoyaient leurs mauvais augures au-dessus du lieu du naufrage. Accablée, la populace avait peu à peu regagné son chez-soi, retrouvé ses occupations journalières. De fil en aiguille, de rire nerveux en injuriée salace, de sentence appuyée en chanter du temps de Saint-Pierre d'avant l'éruption, tout le monde reprit le cours de sa médiocre vie. Quelle folie s'était emparée du capitaine de ce bateau hispanique pour que le marin s'imagine pouvoir accoster à Grand-Anse ! Ne savaient-ils donc pas ces Vénézuéliens, Colombiens ou Mexicains que sur les cartes marines figuraient deux grands trous noirs, deux lieux à éviter comme la peste : la mer des Sargasses et la baie de Grand-Anse du Lorrain ? Même le détroit de la Dernière Espérance, en Patagonie, est moins redoutable que ces deux-là.

Comme à l'accoutumée, le désastre fut oublié en quelques heures. Et si un voyageur de passage avait demandé : « Vous avez assisté au naufrage ? » on lui aurait rétorqué froidement, l'esprit ailleurs : « Le naufrage ? Quel naufrage, monsieur ? Y a jamais eu *ça par ici, non.»* Les Grand-Ansois sont des autruches. Ils aiment à enfouir leurs peurs ou leurs joies sous un amas de feinte débonnaireté. Ils fuient votre regard. Ils sont experts en détournement de conversation. En dissimulation appliquée. J'ai eu la tentation de cavalcader toute nue à la Rue-Devant — nue pour les obliger à lever les yeux des faux tapis d'Orient et des innombrables et grotesques bibelots de leurs minuscules salons, des comptoirs poussiéreux de leurs magasins, de leurs étals de fruits et légumes — et de héler :

«Que faites-vous du repos de l'âme de ces infortunés que la mer vient d'engloutir ? Ne sont-ils pas des chrétiens tout comme vous, hein ?»

Je me suis rétractée… (illisible) … ne désirant pas bailler du sucre et du miel aux regards libidineux de Nestorin et de ses compères qui hantent, la nuit venue, le poteau électrique qui fait face à ma chambre. Je sais qu'ils m'observent quand je fais ma toilette, mais je n'en ai cure et c'est tétés au vent que je m'en vais jeter l'eau de ma bassine par la fenêtre. J'ai donc erré au bord de mer toute cette nuit-là, recueillant un à un des débris de coque du navire, des malles bourrées de vêtements somptueux, des caisses de bouteilles de vin fin, des débris de cordage. Mais pas un seul corps ne fut ramené au rivage. Pas un seul témoignage d'une quelconque présence *humaine. Avions-nous donc rêvé? Ce bateau était peut-être vide, à la dérive. Peut-être avait-il été dépouillé par les ultimes pirates de la mer des Caraïbes et que voulant fuir, il avait gagné l'Atlantique où il avait vogué des jours durant, au hasard des courants et des tempêtes, jusqu'au moment où le magnétisme funeste de la baie de Grand-Anse l'avait attiré.*

Alors, je me suis étendue à même le sable humide, m'embarquant immédiatement dans un sommeil rempli de rêves. Des monstres enlacés se riaient de moi aux confins du ciel et la noirceur de l'infini me clouait de terreur. Des nuages rose orangé s'entêtaient à me parer de colliers de perles que je repoussais des deux mains avec horreur, car de près, ce n'étaient que fœtus avortés, glaires de poitrinaires, postillons de scrofuleux, furoncles de nègres ladres. Soudain, je vis votre figure et me rassis, contente du poids des étoiles sur mes épaules. Rassérénée. Votre figure avait plus que du charme : une douceur pleine de fermeté, qui me faisait tressaillir chaque fois que vos yeux se posaient sur ma peau. Ah, vos yeux d'Indien ténébreux! Votre bouche sensuelle de fils de l'Afrique-Guinée! Vos cheveux et leurs boucles chatoyantes de Blanc manant! Et votre peau de goyave mûre, l'éclat moiré de vos bras de Chinois! La première question

qui me vint à l'esprit fut idiote mais si naturelle dans
notre pays :

« Sa ki ras ou ? » *(Tu es de quelle race, toi ?)*

J'aurais dû plutôt te demander ton nom, si tu étais
accompagné de parents ou d'amis qui avaient péri
dans le naufrage, quelle était la véritable destination
de ton navire, pourquoi ton capitaine avait voulu
débarquer à Grand-Anse, ce que tu comptais faire à
présent. Mais j'étais hypnotisée par ta personne, car
je n'avais jamais vu quelqu'un qui arborât de si pres-
tancieuse manière les traits de toutes les races de
l'univers. Ici-là, chez nous, nous pratiquons le
mélange depuis l'époque où le Diable lui-même
n'était qu'un gamin, mais jamais nous n'avons
obtenu un produit aussi harmonieux que toi. Jamais.
Notre mélange à nous s'étale dans le disparate. Quel
est ton secret ? Ou alors celui de ton peuple ? Viens-
tu vraiment de l'Amérique du Sud comme je l'ai sup-
posé ?

L'homme, accablé, demeura emmuraillé dans son
mutisme. Il se contentait de me tenir les mains et de
me caresser les doigts. Sans doute s'imaginait-il lui
aussi qu'il était en train de rêver. Tout cela, ces cris
de terreur, ces vagues gigantesques, ce brusque nau-
frage, ce n'était qu'une vilaine ruse de son esprit fati-
gué par des nuits de veille. Car il n'avait pas décollé
des cinq tables de jeu du pont supérieur depuis le

départ du bateau, me révéla-t-il. Le black-jack et le
poker avaient ses faveurs, mais il ne dédaignait pas
la roulette. Les jetons s'accumulaient devant lui et
une demi-mondaine lui avait prédit une chance
insolente durant tout le voyage, en tirant avec ner-
vosité sur son fume-cigarette. Il l'avait surprise qui
chuchotait à l'oreille du quartier-maître qu'elle ne
savait pas encore comment mettre ce bel oiseau en
cage...

*

Les meuglements provenant de l'abattoir s'étant
apaisés, tous les clients du Rendez-Vous des Compères avaient maintenant les yeux rivés sur la personne de Nestorin qui prenait un malin plaisir à
les faire languir. Ils avaient hâte de savoir ce que
contenait cette boulette de papier que lui avait
remise le négrillon, même si aucun d'entre eux
ne voulait, en posant la question, se montrer le
plus curieux. Le bâtard-Syrien la défroissa avec
une lenteur étudiée, un sourire finaud sur les
lèvres, puis il y passa plusieurs fois la paume de sa
main afin de l'aplanir complètement. On devinait
qu'il était en proie à une sourde jubilation,
comme s'il avait attendu cet instant-là depuis une
éternité de temps et que cela représentait pour lui

une manière de délivrance. Quand il baissa les yeux sur son mystérieux document, ses lèvres battirent sans qu'aucun son ne s'en échappât et il demeura interloqué, à tel point que mamzelle Hermancia crut bon de lui porter rapidement un vermouth.

«Cette… cette négresse-là n'est… n'est pas pour nous…, finit-il par déclarer en regardant Siméon Désiré droit dans les yeux.

— De qui tu veux parler? s'enquit le rentier.

— Hon!… de celle qui écrit ce genre de… rêveries.»

Et de tendre le papier au vieux beau qui le déchiffra fiévreusement avant de s'exclamer à son tour:

«Bondieu-Seigneur, mais cette jeunotte est un vrai hiéroglyphe!»

Tout un chacun avait compris que Nestorin venait de récupérer l'un de ces feuillets que Lysiane rédigeait au plus noir de la nuit (sa chambre demeurant allumée jusqu'à des heures indues, se plaignaient certaines bigotes qui n'arrivaient pas à trouver le sommeil) et dont sa mère, Man Irmine, se saisissait au petit matin pour les envoyer valdinguer sur le sable noir, en pâture aux flots démontés ou à la perspicacité de quelque négrillon venu y déféquer.

« *Ravine encore innommée / L'écorce cendrée des mahoganys* », commença à égrener Siméon, abasourdi.

Un nouveau (et inhabituel) silence couvrit la salle principale du bar. Mamzelle Hermancia faisait mine de cirer le comptoir avec une application suspecte, ce qui était signe qu'elle était troublée, mais, comme à l'ordinaire, elle tenait à montrer une équanimité totale et lança d'une voix faussement rieuse :

« Mais continue, mon cher Siméon !… De quoi tu as peur, hein ?

— *Ravine encore innommée / L'écorce cendrée des mahoganys / En au-delà de feuillage / Dresse le mât du jour / Embusqué derrière l'ombre du Temps…* Hé, je continue ? Cela ne veut rien dire tout ce charabia !

— Ne t'arrête pas, compère ! fit la tenancière.

— *La terre / tresse un conte d'antan / Dis-moi / Dis-moi, ô ravine du devant-jour / Toute la belleté des feuilles / Tailladant la queue du vent / Dis-moi / Le prémonitoire de la langue des cabris / Où s'ensourcent les langues créoles / Et l'eau de café du ciel / Lavant les lèvres bleues du matin / Ravine innommée / Tu avances en moi, / Amicalité secrète et pure !* »

Le rentier n'avait pas buté sur un seul de cet étrange assemblage de mots. Sa voix s'était même empreinte d'exaltation à mesure qu'il avançait dans sa lecture. Les clients du Rendez-Vous des Compères ne savaient quelle contenance adopter. Ils avaient l'habitude des discours grandiloquents, que le rhum infatuait encore plus, mais ce chapelet de courtes paroles leur était un pur mystère. Elle était folle de la bonne qualité de folie, cette Lysiane! Il n'y avait pas à dire. Seul Milo Deschamps, le prédicateur protestant, qui venait de faire son apparition — dans le but de ramener, comme d'habitude, la gueusaille dans le droit chemin — éclata de rire. Debout sur la pointe du trottoir, se refusant à pénétrer dans cet antre de la débauche qu'était à ses yeux le bar de mamzelle Hermancia, il était secoué de hoquets frénétiques. Il allongea un doigt vengeur en direction de Siméon Désiré, mais était tout-à-faitement incapable d'articuler une seule parole. Des larmes lui embuaient même les yeux à présent. Un tafiateur, plus vexé que les autres, surgit du bar et lui balança en plein front un coup de tête méchant qui l'étala de tout son long sur la chaussée défoncée de la Rue-Derrière. Le sieur Milo Deschamps, allongé sur l'asphalte, le visage ensanglanté, entama un prier-dieu frénétique.

«*Fouté kou an tjou'y, isenbot-la! I ké sispann mété nou adjendjen*» (Cogne-le, ce salopard! Il va

cesser de se payer notre tête), approuva Nestorin
Bachour, le demi-Syrien.

Siméon Désiré redoubla donc d'ardeur : coups
de pied, directs du droit, tchôc au tibia et tutti
quanti. On l'applaudit à tout rompre : ici-là,
on haïssait qui Adventistes, qui Évangélistes, qui
Témoins de Jéhovah, qui toute cette bande de
souffreteux qui prétendaient interdire les anneaux
aux oreilles des femmes et le collé-serré des dan-
sers du samedi soir à la Paillote-Bambou. Et quant
à ce Temple de la Rédemption universelle qui soutenait que la vie terrestre toucherait bientôt à sa
fin, on le vouait aux gémonies. Par terre, l'ex-
ouvrier des usines Peugeot à Sochaux tentait de se
protéger tant bien que mal tout en braillant :

«Laissez-moi tranquille ! Lysiane est une poétesse, mesdames et messieurs. Cela ne vous épate
pas ? Une petite négresse du fin fond d'une île
perdue comme la Martinique… »

Le visage tuméfié, le prédicateur s'assit péni-
blement sur le trottoir, sortit une bible de la poche
de son veston et se mit à la lire en silence. On
s'était toujours demandé comment le bougre arrivait à supporter ce vêtement européen sous nos
latitudes torrides, cela tous les jours que Dieu faisait, car même monsieur le maire, qui pourtant
embrassait chaque matin le drapeau bleu-blanc-

rouge avant de pénétrer dans son bureau, semblait souffrir de mille morts lorsque, le 14 juillet ou le 11 novembre, il était contraint de se parer d'un costume trois pièces et d'une cravate. Milo Deschamps, lui, ne suait pas une seule misérable petite demi-goutte de sueur. Sa figure n'indiquait aucune souffrance physique et le millénariste ne dégageait nulle mauvaise odeur. On en conclut que le climat de là-bas, après tant et tellement de rudes hivers sochaliens, avait dû modifier les fibres de son corps.

« C'est vrai, notre Lysiane est une poétesse..., admit à regret Nestorin.

— Ça veut dire qu'elle est folle alors? demanda quelqu'un la voix chargée de peine.

— Hon!... si elle ne l'est pas, fit Siméon, le soi-disant rentier, en tout cas, elle est en chemin de le devenir. Faudra prévenir son papa. Maître Tertullien est un nègre sérieux qui ne songe jamais à causer du tort à autrui. Qu'en dites-vous, les hommes? »

Les soiffards approuvèrent d'un signe de tête. Mamzelle Hermancia cirait son comptoir de plus belle en murmurant : « Pauvre petit diable! » Alors la voix du prédicateur s'éleva depuis le trottoir où il se tenait recroquevillé, voix solennelle et rauque, faisant frissonner ceux qui se savaient les plus coupables de débauche, les plus acharnés à commettre les sept péchés capitaux. Le passage de la Bible qu'il avait choisi de lire (cette fois-ci à voix haute), à savoir le début de l'Apocalypse, freina définitivement les velléités vengeresses de Nestorin et de ses compères. Quand Milo Deschamps eut terminé, il avança sa tête par la fenêtre du bar et demanda :

« Y aurait quelqu'un ici qui sait ce qu'est la poésie, foutre ? »

Chacun se pétrifia sur son siège.

« Ha-ha-ha ! Toi, Nestorin, beau parleur, couillonneur de première, t'es fort quand il s'agit de galantiser et toi, Siméon, vieux chien, de cacher ton âge ! Il a soixante-deux ans, mesdames et messieurs ! Soixante-deux ans et pas quarante-neuf comme il le prétend ! En plus, il s'invente des propriétés et des cases à louer, comme par hasard loin de Grand-Anse. Ha-ha-ha !... Regardez-moi cette infâme engeance ! Regardez-les-moi se vautrer dans la dévoyure du monde et ils ne savent même pas ce qu'est la poésie. Ô tristesse !... »

Cléomène, l'instituteur franc-maçon, qui se tenait toujours seul dans un coin du bar et compulsait, l'air important, toutes sortes d'ouvrages mystérieux, condescendit cette fois-ci à mêler sa voix au concert de la plèbe. Le raclement de sa

chaise sur le carrelage fraîchement nettoyé fit sursauter les boit-sans-soif. S'approchant de la fenêtre
où Milo Deschamps les haranguait, il déclara
d'une voix sentencieuse :

« Retirez ces propos inqualifiables, mon cher
monsieur ! En d'autres temps, je vous eusse convoqué en duel sur l'heure. La poésie ? C'est vous qui
ne savez pas du tout ce que c'est, espèce de bonimenteur que vous êtes ! La poésie possède des
pieds et des rimes, chose qui fait totalement défaut
aux moignons de phrases incohérents que vient de
nous lire Nestorin.

— *Fouté'y an kout poézi an tjou'y, isalop-la !* »
(Flanque-lui un coup de poésie à ce fils de pute !)
s'écria Siméon Désiré.

L'instituteur se rengorgea et, s'éclaircissant la
voix, commença à déclamer un poème de Lamartine :

Il est des jours de luxe et de saison choisie
Qui sont comme les fleurs précoces de la vie,
Tout bleus, tout nuancés d'éclatantes couleurs,
Tout trempés de rosée et tout fragrants d'odeurs…

Le chef du Temple de la Rédemption universelle arrangea le col de sa chemise et partit d'un
rire dédaigneux. Ce que voyant, mamzelle Her-

mancia, prise d'une inspiration subite, se précipita
dans son arrière-salle et, s'emparant d'une fiole
d'eau bénite, en aspergea la personne du prédicateur.

«Satan, retire tes pieds de ma porte!» hurla-
t-elle.

À cet instant précis — le 12 juillet 1959 à
11 h 47 minutes 33 secondes, comme le chrono-
métra un client qui avait ramené de Fort-de-
France une de ces montres japonaises que les
Syriens vendaient au kilo —, se produisit un phénomène inouï. En furent témoins non seulement
les amateurs de tafia du Rendez-Vous des Compères, mamzelle Hermancia qui se confessait
chaque semaine bien qu'elle fût encore notoire-
ment vierge à quarante ans et des poussières, mais
aussi et surtout bon nombre d'honnêtes et cré-
dibles citoyens des environs, des gens qui ne bali-
vernaient pas pour un oui ou pour un non. Le
bruit épouvantable que fit la fiole d'eau bénite en
se fracassant contre la poitrine du prédicateur les
avait fait accourir, leur révélant ainsi la vraie
nature du dévot : il était un sorcier volant, un souclian comme nous disions dans notre parlure
naturelle. Les forces du mal ébullitionnèrent au-
dedans de son corps, tambourinant contre sa peau
pour tenter de s'en échapper, brûlées vives qu'elles

avaient été par l'eau sacrée. Le ventre, les membres et les yeux du faux prédicateur furent en proie à d'effrayantes saccades qui obligèrent les plus curieux d'entre nous à reculer de dix pas. Soudain, Milo sembla se muer en une énorme boule de feu orangée qui tournoya à une vitesse démentielle telle une toupie-mabialle, avant de prendre son envol par-dessus les toits de tôle de la Rue-Der-rière.

« C'est lui qui a détourné l'esprit de Lysiane! accusa quelqu'un, une fille si-tellement intelli-gente, qui a réussi à son brevet supérieur avec les deuxièmes meilleures notes de toute la Marti-nique!

— Qui aurait soupçonné ça, marmonnait la tenancière accablée.

— Je ne suis pas tout-à-faitement d'accord, fit Nestorin. Lysiane était déjà en chimères bien avant que Milo Deschamps ne s'en revienne de Sochaux. »

Et le bâtard-Syrien de préciser qu'il n'avait aucunement l'intention de prendre la défense d'un misérable de l'espèce du sorcier volant, mais qu'il tenait à ce que la vérité vraie soit dite. Il était tombé amoureux de la fille de Man Irmine Augusta depuis l'époque où Lysiane était au Cours moyen première année et il pouvait certifier à tout le monde ici présent qu'il n'avait jamais rencontré depuis lors de donzelle aussi lunatique.

«La preuve, qui a compris sa poésie, hein ? Lequel parmi vous ?»

Or donc, au fil des jours et des semaines, il s'avéra que les habitués du bar de la Rue-Derrière avaient eu des visions, tout comme sa propriétaire, mamzelle Hermancia, et de même tous les honnêtes citoyens qui avaient assisté à la scène. Eh oui ! Bel et bien des visions ! Le prédicateur Milo Deschamps n'était point l'esprit malfaisant qui empêchait le bourg de Grand-Anse de dormir depuis des lustres. Simplement, le bougre avait allumé une cigarette (il avait ramené d'En-France la vilaine habitude de la Gauloise sans filtre, alors qu'on préférait ici la Job avec son tabac de Madagascar) et ses vêtements étaient faits d'un tissu extrêmement inflammable, ce qui faillit le transformer en torche vivante lorsque mamzelle Hermancia lui voltigea ce qu'elle croyait dur comme fer être de l'eau bénite et qui se révéla en fait, après enquête de la maréchaussée, de l'alcool à brûler ! Furieux, Milo Deschamps porta plainte auprès du procureur de la République à Fort-de-France et annonçait déjà à la cantonade que non seulement il obtiendrait de substantiels dommages et intérêts, mais aussi que Le Rendez-Vous des Com-

pères ferait bientôt l'objet d'une fermeture admi-
nistrative.

« Y en a qui ont tendance à oublier qu'on vit
dans un pays français ici ! s'exclamait-il, c'est pas
parce qu'on n'est qu'à quelques encablures de
Bénézuèle ou de la Floride que la rigueur de la loi
métropolitaine ne s'appliquera pas à l'encontre
des contrevenants. Cette Hermancia, possède-
t-elle vraiment une autorisation de vente de bois-
sons alcoolisées ou bien a-t-elle, comme je le crois,
transformé petit à petit, en catimini, une case-à-
rhum occasionnelle en un véritable bar ? La jus-
tice des hommes tranchera bientôt. Quant à celle
de Dieu, Hermancia ne perd rien pour attendre ! »

Il faut dire que certains spectateurs de l'événement stupéfiant-terrifiant-abasourdissant, ceux
que l'on ne pouvait décemment soupçonner de
déparler (ou de délirer, comme disent les poin-
tilleux sur le langage) vu la sérieusité de leurs
métiers respectifs, n'avaient point vu de souclian,
mais tout simplement la chemise en flammes que
l'infortuné prédicateur avait ôtée de justesse et
qu'un vent chamailleur venu du tréfonds de l'Atlantique avait happée. Final de compte, le coup
de grâce à cette illusion collective fut baillé par
Lysiane en personne qui, à cette occasion, accom-
plit une manière de miracle. Elle sortit, en effet,

de sa réserve ce qui veut dire qu'elle descendit de
son donjon, traversa la Rue-Devant sous le regard
hébété des vieux-corps en train de jouer au bonneteau sur le parvis de l'église, et gagna d'un pas
ferme la Rue-Derrière pour se planter devant le
bar de Man Hermancia. Son arrivée inopinée
déclencha un début d'émeute, quoique personne
n'osât s'approcher de sa personne ni engager le
moindre causement avec elle. Alors, elle écarta les
jambes et inonda de son sang l'entrée du Rendez-
Vous des Compères, avant de rebrousser chemin,
toujours aussi hiératique.

Un tonnerre de woulo-bravos accueillit sa pres-
tation. Ceux qui, quelques jours auparavant,
avaient chaudement félicité mamzelle Hermancia
pour avoir aspergé le prédicateur de la fin du
monde, entreprirent cette fois-ci de taquiner la
tavernière avec la dernière des férocités. On
maquerella sur son compte, révélant qu'elle était
si pingre qu'elle ne déposait qu'une seule et unique fleur sur la tombe de sa mère le jour de la
Toussaint. On la traita de tous les noms, même
les plus empreints de cochoncetés, et elle dut se
boucher les oreilles pour ne plus entendre les « tête
de hareng sauré », « femelle-chienne » et autres
« fausse-couche d'éléphant » dont la badaudaille
l'accablait. Si bien que les tafiateurs se mirent peu

à peu à déserter son bar et qu'elle finit par ne plus
ouvrir que le dimanche soir fort tard, quand il n'y
avait plus guère que les nègres vagabonds et les
sans-aveu pour traînailler encore dans les rues
pauvrement éclairées. Le coup de grâce arriva le
jour où le prédicateur Milo Deschamps loua une
maisonnette juste en face du Rendez-Vous des
Compères et y ouvrit son Temple de la Rédemption universelle. En un mot, mamzelle Hermancia fut contrainte de se cloîtrer et en vint à haïr
cette gourgandine de Lysiane, dont l'insolenceté
avait quasiment ruiné son négoce jadis si prospère.
C'est la raison pour laquelle, en désespoir de
cause, précisa Radio-bois-patate, elle chercha à
faire alliance avec la mulâtresse Amélie Losfeld
afin de ruiner à son tour la réputation de la prétendue plus belle négresse-noire du nord de la
Martinique. Leur vengeance conjuguée fut terrible. Dévastatrice, même, et depuis, elle ne se
détaille qu'à mots couverts, indéchiffrables par
la marmaille, et encore! par bribes hâtivement
lâchées au détour d'une plaidoirie quelconque ou
à l'occasion d'une veillée mortuaire.

TROISIÈME CERCLE

Où il sera révélé les raisons de la déraison du sieur Bogino, celui qui — ô solitude! — ne craint point les déferlantes de l'Atlantique, et comment Lysiane Augusta, la plus formidablement belle négresse de céans, sauva une créature masculine d'une mort certaine au moment même où deux de ses plus brillants prétendants enjambèrent les frontières de l'au-delà.

Lysiane était donc l'unique personne à ne pas éprouver de craintitude envers la boule de feu qui roulait dans le ciel nocturne de Grand-Anse, dévirait sur son axe en évitant soigneusement le clocher de l'église avant de fondre sur les flots glauques de l'Atlantique. La jeune fille demeurait accoudée à sa fenêtre — celle qui s'ouvrait sur la Rue-Devant — et semblait sourire à cette force inconnue à propos de laquelle aucune explication digne de ce nom n'avait pu être proposée. Et soudain d'éructer, ô sibylline :

Hommes tant pis qui ne voyez pas qu'au fond du réticule
où le hasard a déposé nos yeux
il y a qui attend un buffle noyé jusqu'à la garde des yeux du marécage

En fait, tout le monde n'avait pas le don d'apercevoir l'inquiétant phénomène. Il y avait ceux qui avaient beau coquiller le grain de leurs yeux et ne distinguaient pourtant pas une miette de lumière dans le faire-noir. Il y en avait d'autres qui doutaient si fort, comme monsieur Cléomène, l'instituteur franc-maçon, qu'ils ne levaient même pas la tête au moment où la boule de feu faisait sa dévalée sur le pourtour du ciel. Mais, depuis qu'elle avait foudroyé Bogino et qu'il en avait perdu la raison, ces raisonneurs furent contraints d'admettre qu'elle existait bel et bien.

Avant son accident (comme on disait pudiquement), le bougre était un employé plus que sérieux de l'abattoir municipal, lequel se trouvait presque dans la gueule de la mer démontée de Grand-Anse. Sa tâche principale consistait à charroyer des boquittes d'eau à une fontaine publique toute proche et à en voltiger le contenu sur le dallage de la salle principale où dégouttait en permanence le sang violet des taureaux que sacrifiaient deux Coulis que le monde méprisait et redoutait tout à la fois. Hormis les hurlements intermittents des bêtes, un silence quasi sépulcral régnait dans cet antre où seul le policier municipal et le vétérinaire osaient s'aventurer afin de contrôler la qualité de la viande. Les deux Indiens-Coulis n'ouvraient presque jamais la bouche. Ils débarquaient d'on ne savait où sur les trois heures du matin, de l'Habitation Séguineau sans doute, leurs longs couteaux soigneusement aiguisés à la main, halant une ou deux têtes de bétail, et traversaient l'en-haut du bourg sans se préoccuper de respecter le sommeil des honnêtes gens. René-Couli, le chef, était toujours le premier à pénétrer dans l'abattoir où l'espérait déjà Bogino et, sans se bailler une quelconque forme de salutation, sans même s'entrevisager, les trois compères entreprenaient d'amarrer solidement les pattes de l'animal à sacrifier. Le deuxième Indien se mettait alors à marmonner une mélopée lugubre en tamoul, tandis que René-Couli affûtait une dernière fois ses couteaux sur une meule. À l'instant précis — telle était en tout cas sa version officielle de l'événement — où le boucher enfonçait la lame dans la gorge de l'animal, Bogino détournait la tête. Le sang jaillissait à gros bouillons et le chabin devait se précipiter à la fontaine pour l'évacuer avant qu'il ne caille sur le sol, toujours sans découdre la bouche. À Grand-Anse, une fois par semaine, l'Angélus s'annonçait par un mugissement désespéré qui nous terrifiait, nous, la marmaille encore endormie, et rendait songeuses les grandes personnes en train de siroter leur café matinal dans

l'ombre de leurs cuisines. Man Irmine, la mère de
Lysiane, qui, au bord du bassin de la petite cour
intérieure de sa demeure, se frottait les talons à
l'aide d'une pierre ponce, jurait entre ses dents :

« Les Coulis, hon ! C'est vraiment une race qui
a de la maudition dans son corps, foutre !

— Pourquoi mangez-vous leur viande alors ?
Elle n'est pas maudite elle aussi ? » lançait sa fille
depuis le premier étage.

Alors la boutiquière pétait sa première colère
dévastatrice de la journée. Elle se mettait à balayer
le rez-de-chaussée avec acharnement, tout en
déclarant que si jamais mamzelle Lysiane s'avisait
de venir lui présenter un Indien-Couli en guise de
fiancé, elle les tuerait tous les deux, là, net et
propre, sur le pas de la porte de sa boutique, au
vu et au su de tout le monde, urbi et orbi. Son
mari, Tête-Coton, se moquait gentiment d'elle
en répétant, sur l'air d'une comptine célèbre à
l'époque, « Irmine va attraper une congestion !
Tout ça n'est pas bon pour la digestion ! » et cette
facétie avait le don de calmer sur-le-champ Man
Augusta. Elle s'empressait d'ajouter à haute et
intelligible voix, de peur que sa fille ne se soit
assoupie :

« J'ai rien contre les Coulis en particulier. Qu'on
le sache, oui ! Ni contre les mulâtres ni contre les

Blancs créoles ni même les Syriens d'ailleurs, mais reconnaissez que les Coulis vivent en accointance avec les forces du mal. Vous avez déjà vu les statues grotesques de leur temple de Rivière Claire, hein ? Et puis tous ces noms à dormir debout qu'ils baillent à leurs dieux : Mariémen, Nagourmira, Paklayen, Bomi et consorts !...

— Saperlipopette ! Fiche que tu connais bien leurs simagrées, ma commère ! continuait à se gausser son mari, on jurerait que tu es une fidèle du Bondieu-Couli, oui. »

La boutiquière se signait vitement-pressé, récitait quatre « Pater Noster » avant de s'exclamer, les poings sur les hanches :

« Moi-même ? Moi Irmine Augusta ? Seigneur Jésus, préservez-moi d'une telle infamie ! »

*

À sept heures du matin, les jours d'abattage, Bogino, le nettoyeur de sang, était le premier à faire honneur à la boutique de Man Irmine, où il buvait son décollage matinal. Le chabin appartenait à cette race nerveuse que le blanc de la peau et le jaune des cheveux rendaient encore plus redoutable. Ses yeux étaient si-tellement bleus qu'ils étonnaient à chaque fois ceux qui le regardaient en face, aussi les tenait-il le plus souvent baissés comme s'il ne voulait pas déranger la tranquillité d'autrui. Sa bouteille de rhum Courville ainsi que son verre personnel l'attendaient sur une étagère, non loin des boîtes de beurre salé et des rangées de gros savon. Nul n'avait le droit d'y toucher durant la semaine. Le bougre devait cette attention particulière au morceau d'épaule de bœuf qu'en fin de matinée il apporterait à la boutiquière, le déposant avec moult précautions sur le comptoir.

Son verre de rhum dégluti, Bogino ne prenait même pas le temps d'en diminuer l'amertume avec un peu d'eau de café et allait se poster sur le trottoir qui faisait face à la fenêtre de Lysiane. Sans jamais l'affronter du regard, il la courtisait de manière assidue, tout en extrayant des chiques d'entre ses orteils. En fait, il ne lui adressait pas la parole en particulier et ses propos auraient pu passer, aux yeux de quelque étranger à Grand-Anse, pour de la douce démence. Ici, on y était habitué et personne, pas même nous, les négrillons sur le chemin de l'école, ne nous serions avisés d'interrompre l'élégie de Bogino. Car il s'agissait bien, quoique ce mot savant l'eût certainement fait sursauter, d'une élégie, d'un hommage conjugué à la splendeur sauvage de la mer de Grand-Anse et de

Lysiane, dont il était bien le seul à ne pas désap-
prouver la secrète complicité. Et sans doute Bogino
était-il déjà un candidat naturel à la déraison. On
ne s'étonna donc guère lorsque la boule de feu
enflamma ses pensées. Ce jour-là, il était arrivé au
bourg beaucoup plus tôt qu'à l'ordinaire et traî-
naillait par les ruelles sombres, dans l'attente que
Man Irmine veuille bien ouvrir sa porte, lorsque
la force s'éleva depuis le cimetière, toupina à la
verticale de la mairie, au fronton duquel un drapeau tricolore froissé était ballotté par le vent, et
s'orienta tout droit sur la personne du chabin. Ce
dernier s'agenouilla et escompta, sans un mot, la
fin du monde, celle qu'avait prédite, avant le premier janvier de l'an 1962, le prédicateur Milo
Deschamps. On n'avait aucune raison de douter
de la prophétie, puisque le sieur avait vécu près
d'une vingtaine d'années en France et ne pouvait
de ce fait raconter des sornettes. Mais la boule de
feu n'était point le signe annonciateur de l'apocalypse : elle n'était, tout bêtement, que la manifes-
tation d'un sorcier volant à qui le Mal avait confié
la mission de terroriser les natifs-natals de Grand-
Anse. On en eut la certitude quand le chabin
enflammé se mit à gambader du parvis de l'église
jusqu'au bord de mer et inversement, cela cinquante fois au cours de la même journée, riant aux

éclats, le bleu de ses yeux se confondant avec celui du ciel.

« Il avance dans l'envers du monde. Ne mal-traitez pas sa démesure, non ! sentencia Lysiane, que la métamorphose de Bogino fut la seule à ne pas décontenancer. Sachez que le soleil est un cla-quement de balles et la nuit un taffetas qu'on déchire ! »

À l'époque de la boule de feu, Lysiane accom-plissait son ultime année au Pensionnat colonial de Fort-de-France et Man Irmine claironnait partout qu'une fois le Brevet supérieur obtenu, elle organiserait en l'honneur de sa fille une bam-boche du tonnerre de Dieu dont la population se souviendrait pendant etcetera de générations. Elle inviterait monseigneur l'évêque, le préfet de la Martinique, le général commandant les forces armées des Antilles-Guyane et même — ce ne sont pas des couillonnades, non ! — Papa de Gaulle en personne. En réalité, derrière ces extra-vagances de langage dont la boutiquière était cou-tumière, se cachait un plan beaucoup plus terre à terre et beaucoup plus précis (et donc redou-table) : inviter tous les gendarmes célibataires de la commune afin que parmi eux, Lysiane pût trou-ver le Blanc-France qui accepterait de l'épouser et l'emmènerait vivre en Auvergne. Car Man Irmine

n'avait retenu des leçons de géographie des quatre
misérables années scolaires qu'elle avait effectuées
que deux seuls noms de lieu, Paris et l'Auvergne.
La capitale française étant à ses yeux un endroit
de perdition, un nouveau Sodome, comme la
décrivait le prédicateur Milo Deschamps, qui assu-
rait avoir beaucoup fréquenté le quartier interlope
de Pigalle, la boutiquière priait tous les soirs pour
que sa fille n'y eût pas à vivre quand elle suivrait
son époux en l'autre bord de l'Atlantique. Car
Man Irmine était habitée par une certitude et une
seule : Lysiane s'installerait un jour en France et
lui enverrait des photos des bébés presque blonds
qu'elle ne manquerait pas de mettre au monde. Et
ce jour-là, elle se voyait parader dans le bourg,
narguer les familles de soi-disant haut parage qui
avaient dédaigné sa fille en lançant, la gueule
écalée :

« Mesdames et messieurs, à la neuvième génération, les Augusta seront aussi blancs que les De
Surville ou les Duplan de Montaubert, foutre ! À
ce moment-là, on verra qui troussera son nez sur
qui ? »

Sa haine viscérale des Blancs créoles et sa méfiance envers les mulâtres n'avaient d'égal que son
amour déborné pour les Blancs-France. Jamais
elle n'oubliait que quinze ans auparavant, elle

s'était usé les os comme amarreuse dans les champs
de canne à sucre du planteur de Surville, qui à
Fond Massacre, qui à Morne Céron, qui à Vivé.
Que le maître l'avait maintes fois forcée à même
la paille de canne, en dépit des fourmis rouges et
de la sueur fétide qui lui couvrait les membres.
Qu'elle avait été obligée d'avorter trois fois avec
une décoction d'ananas vert et d'herbes-mou-
dongue, pour que le fruit de ce qu'elle était bien
la seule à considérer comme un déshonneur ne
vienne pas au monde. C'est d'ailleurs la raison
pour laquelle Sossionise, la guérisseuse et experte
en «dégrappement de fœtus», comme elle se présentait elle-même, était l'unique cliente à qui Man
Irmine ne menait pas la vie dure lorsqu'elle
oubliait de régler, à chaque quinzaine, les commissions inscrites sur son carnet de crédit.

«Tu es une sacrée couillonne, chère! s'excla-
maient les camarades de travail d'Irmine, tu aurais
eu de beaux enfants avec des cheveux presque plats
et la peau sauvée, oui!

— Des mulâtres comme ça, j'en veux pas!»
grommelait l'entêtée.

Par bonheur pour elle, le jour même où le
commandeur du béké de Surville lui remit son
billet-ce-n'est-plus-la-peine parce que le planteur
ne supportait plus d'avoir une négresse aussi

fiéraude au sein de son personnel, une négresse qui ne le saluait ni à l'embauchée ni à la débauchée, qui refusait de devenir sa femme-concubine et se tenait roide, plus frette qu'une roche de rivière en hivernage lorsqu'il la chevauchait de force dans les halliers, ce jour-là donc, un bonhomme aux cheveux entièrement blancs, mais d'aspect vaillant, se présenta à la devanture de la case d'Irmine et lui déclara d'une manière abrupte :

« Je suis Tertullien Augusta. Vous êtes Irmine Clémentin. J'habite au bourg, à la Rue-Devant, où j'ai hérité d'une boutique dont je n'ai guère le temps de m'occuper. Je sais que vous n'êtes plus attacheuse de cannes depuis ce matin. Nos vies étaient faites pour se croiser. La destinée est chose écrite. Ramassez vos affaires. Je vous emmène sur mon mulet. Dépêchez votre corps, oui ! »

Irmine fut pétrifiée devant une telle harangue. Les phrases comme taillées à la hache et, pour tout dire, définitives de ce bougre qu'elle ne connaissait pas, la firent agir telle une automate. En temps normal, elle se serait cabrée — « Vous croyez m'avoir sans même me faire une petite zaille ou bien une coulée d'amour ? Je ne suis pas une traînée, non ! » —, aurait envoyé le prétendant chier ou coquer sa mère, puis, en cas d'insistance, l'aurait arrosé d'une bassine d'eau de vaisselle, mais

là, elle prit conscience qu'elle avait soudain perdu
cette hautaineté qui la faisait redouter à des kilomètres à la ronde, hautaineté que n'avait pu
vaincre le Grand Blanc Frédéric de Surville lui-
même.

Irmine obtempéra donc sur-le-champ, livrant
sa case à tous vents, n'emportant qu'une minuscule table de nuit en merisier, ainsi qu'un panier
caraïbe rempli de vêtements. Elle refusa de grimper sur le dos du mulet de Tertullien et préféra
le suivre à pied jusqu'au bourg de Grand-Anse,
silencieuse et soumise, sous le regard ébahi des
campagnards auxquels elle avait toujours tenu la
dragée haute. Des femmes enquiquineuses entreprirent même de la piquer sur son passage :

« Hé, amie-ma-cocotte, pas possible ! Ce nègre-
là, il t'a baillé à boire un bouillon-onze-heures, ma
fille ? Ha-ha-ha ! »

Agaceries qui laissèrent de marbre Irmine
Clémentin, la bougresse la plus maniérée et la plus
ombrageuse d'ici-là. Comme dit comme fait : elle
s'installa dans la boutique de Tertullien Augusta,
qu'elle fit prospérer en six-quatre-deux grâce à son
sourire enjôleur et au contrôle discret mais implacable qu'elle exerçait sur la trentaine de carnets de
crédit de sa clientèle. Dès le départ, Dame Losfeld, très imbue de sa personne et de son hôtel à

quatre étages qui accueillait des Blancs-France prestigieux, ne prit pas la hauteur de sa nouvelle voisine et lorsque Lysiane naquit, deux ou trois ans après Amélie, sa propre fille, la propriétaire de l'Océanic-Hôtel fut la seule personne qui ne se dérangea pas pour venir féliciter l'ex-campagnarde, pas plus qu'elle ne lui envoya de cadeau. Plus tard, elle s'opposa à ce que les deux fillettes jouent ensemble sur la plage de Grand-Anse, pourtant royaume de la marmaille jusqu'à la fin de l'école primaire, et elle éduqua sa petite mulâtresse dans l'idée — parfaitement admise à l'époque — qu'elle était, de par son teint clair et ses cheveux bouclés, supérieure à toutes les autres créatures féminines des alentours. Ce qui ne put empêcher cependant que s'établisse, par le biais des jeux et autres zouelles des cours de récréation, une manière d'amicalité entre Amélie Losfeld et Lysiane Augusta. Amicalité discrète, secrète même, puisqu'elle ne se manifestait qu'aux rares moments où les donzelles se retrouvaient toutes seules, certains dimanches après-midi, quand leurs parents s'octroyaient un brin de pauser-reins. Les deux jeunottes brocantaient alors des journaux d'amour italiens. Amélie collectionnait les photos d'actrices, tandis que Lysiane se repaissait insatiablement non tellement des romans-photos eux-mêmes que des

courtes histoires ou des extraits d'œuvres littéraires qu'on y trouvait parfois. Elle était déjà, à
douze ans, une liseuse effrénée, mais cela, il n'y
avait qu'Amélie à le savoir.

Bien que la boutique, à l'étage de laquelle se
trouvaient les chambres à coucher et un petit
salon, fût envahie toute la sainte journée par le
vacarme que faisait notre quiaulée de frères, sœurs,
cousins ou voisins, Lysiane parvenait à trouver la
concentration suffisante pour se pénétrer de ces
histoires-là et s'imaginer un avenir doré (ou en
tout cas grandiose) loin de la chape d'ennui qui
pesait de toute éternité sur le bourg de Grand-
Anse. Cette atmosphère l'insupportait déjà, bien
qu'elle ne trouvât pas encore les mots justes pour
formuler les sentiments qui l'agitaient, se contentant d'égrener, les dents serrées presque à craquer,
des « pff! » ou des « tchip! » à longueur de temps.
Parfois, elle m'élisait au mitan de toute cette marmaille tapageuse et d'un geste qui ne souffrait
aucune contradiction, elle m'attirait dans son
giron, se balançant dans sa berceuse aux accou-
doirs branlants, et posait simplement son visage
sur l'en-haut de ma tête.

Pour sa part, Amélie Losfeld, la mulâtresse flamboyante, révélait en des propos sibyllins qu'un
jour, proche ou lointain, elle s'en irait d'ici-là elle

aussi. Elle se rendrait d'abord dans la capitale, ce
Fort-de-France qui faisait rêver tous les nègres de
Grand-Anse, puis en France, ou alors à Bénézuèle,
pays dont elle avait souvent entendu vanter les
charmes par un couple de retraités dont l'homme
— un natal du Morne Céron — avait été navigateur au long cours et qui continuait à s'habiller en
marin tous les jours que Dieu faisait. Sa femme
était originaire de ce pays hispanique et le jais de
ses très longs cheveux, qui lui tombaient quasiment sur l'arrière-train, contrastant avec la pâleur
de son teint, était un perpétuel sujet d'étonnement pour les Grand-Ansois, bien qu'elle résidât
dans la commune depuis au moins deux décennies. Miranda Hernandez, tel était son nom, avait
pris la jeune Lysiane en bonne passion et lui avait
offert un transistor, le tout premier qu'on ait vu
par ici, qu'elle avait ramené d'un bref séjour dans
sa terre natale. Leur relation s'était nouée grâce à
l'espèce d'adoration qu'éprouva la jeune négresse
pour la musique latine que l'on pouvait entendre
du matin au soir dans la demeure des Hernandez.
Tout le monde avait fini par oublier le patronyme
du mari et on lui avait attribué celui de sa femme
sans lui demander son avis. Au devant-jour, il
dansait le cha-cha-cha de son pas lourd de sep-
tuagénaire ; plus tard dans la matinée, il chalou-

pait au son de merengues de Saint-Domingue ;
l'après-midi, il affectionnait les guagancos de Cuba,
tandis que ses soirées étaient bercées par des rum-
bas de Bénézuèle ou de Colombie. Le couple parlait d'ailleurs l'espagnol lorsqu'il se trouvait seul,
ce qui ravissait beaucoup de voisins qui tendaient
l'oreille, non point pour tenter de dénicher quelque ragot, mais juste pour savourer cette langue
sirupeuse (« siroteuse », disions-nous dans notre
parlure créole), qu'on aurait jurée portée à expri-
mer l'amour. Rien à voir avec la froideur glaciale
du français ni la rudesse grivoise du créole !

« Quand je serai en classe à Fort-de-France,
soliloquait Lysiane face à une Amélie incrédule, je
brocanterai d'existence, je deviendrai serveuse de
bar sur le port et je parlerai espagnol toute la journée aux marins. Serveuse ou alors bonne à tout
faire chez un bourgeois ou, pourquoi pas, femme
de mauvaise vie.

— Tais toi, Lysiane ! Si tes parents t'enten-
daient…

— Il y aura un homme d'En-Ville qui m'ai-
mera d'amour fou, un homme de bien, dont je
repousserai les avances jusqu'à le dégoûter de moi.
Je l'obligerai à ramper à mes pieds, à marcher à
quatre pattes. Il perdra son travail, sa femme, sa
maison. Tout ça pour moi, pour moi seule, et je

lui rirai au nez. Je me gausserai de son désarroi.
Je changerai de nom et lui dirai : appelez-moi
Philomène !

— C'est toi qui es folle !» s'écriait Amélie
épouvantée avant de s'enfuir, déterminée à éviter
son amie pendant toute la semaine qui suivait.

CALENDRIER D'UNE ABSENCE

*Créatures inconséquentes que nous sommes, qui
avons inventé vingt noms différents pour chaque
variété d'igname! La bokodji à la pulpe jaune
safran, la saint-martin si blanche et tendre, la por-
tugaise couleur de crème, la chacha torturée sur son
corps, si délicieuse, et tant d'autres. Mais pour ce qui
nous concerne en propre, notre langage est d'une pau-
vreté affligeante. Pourquoi usons-nous du seul et
même mot d'amour (ici-là, passion, ça n'existe pas !)
pour désigner trente douze mille sentiments différents ? Mot passe-partout. Mot fourre-tout. Mot sans
chair ni pulpe. Mot sans foi ni loi.*

*Ce que j'éprouve pour le rescapé du naufrage —
celui que nul dans le bourg ne veut voir et c'est pourquoi ils déclarent qu'il s'agit d'une boule de feu, les
imbéciles ! — est aux antipodes de cette tendresse rou-
tinière qui lie mes parents. À des années-lumière des*

étreintes pleines de sueur et de bave, entrecoupées de halètements bestiaux, auxquelles s'adonnent le sieur Nestorin Bachour et les jeunes filles qu'il réussit à enguillebauder. Ils viennent faire leurs cochonneries jusque derrière le dépôt de notre boutique, sur un amoncellement de cartons vides et de caisses de morue séchée, cela à n'importe quelle heure du jour et de la nuit. Je ne saurais… (illisible) *… L'amour, ce n'est pas non plus cette relation malsaine qui unit Dame Losfeld et Amélie, car si elle le pouvait, la tenancière de l'Océanic-Hôtel aurait fait tatouer sur le front de sa chère fille : « Propriété privée. Défense d'entrer ». Quant à René-Couli, qui se poste des heures durant sur le trottoir pour contempler la mulâtresse, ce qu'il éprouve, c'est de la fascination hébétée, pas de l'amour.*

Je dois donc lutter avec chaque mot avant de le tracer sur la feuille, comme pour le purger de ses miasmes. Comme pour le purifier. Sinon je me trahis à chaque pas et me joue de moi-même. Je plains donc ceux qui n'écrivent jamais, car ils passeront à côté de leur vie, munis pour tout sésame d'un faux langage, comme on dit de la fausse monnaie. Croyant échanger des sentiments profonds ou des désirs, ils demeurent étrangers à eux-mêmes et aux autres, et de ne pas le savoir, ils jubilent, se congratulent, s'exaspèrent, s'exaltent ou pérorent à la manière de grands enfants. Il n'y a guère ici-là que la coulée d'amour et son chapelet de phrases apparemment biscornues pour s'approcher un tant soit peu d'un langage qui soit notre vérité vraie.

Or donc, au lendemain de cet effrayant naufrage, la grève se mua en corne d'abondance. Les lames nous déversèrent des draps aux broderies inhabituelles, des dames-jeannes de vin espagnol, de l'argenterie et quelques bijoux, du bois précieux du Brésil, des outils à clouer-charpenter-maçonner-carreler-cimenter. On se servit à tour de bras. Sans vergogne aucune. Myrtha récupéra un calice en or pour son monsieur l'abbé, lequel annonça en chaire que le chiffre romain qui était gravé dessus signifiait « dix-huitième siècle », ce qui ne voulait strictement rien dire pour le vulgum pecus de Grand-Anse, mais en épata plus d'un. Des nègres qui voulaient faire l'important se mirent à user et abuser de l'expression « dix-huitième siècle ». À les entendre, ils possédaient des « coqs de combat dix-huitième siècle ! De sacrés becquetants, oui ! » ou bien leur vieille camionnette bâchée ne tombait jamais en panne « parce qu'elle a un châssis dix-huitième siècle, messieurs ! ».

Chacun trouva son compte dans les débris du bateau naufragé. On bénit pour une fois le ciel d'avoir plongé la mer dans une enrageaison sans nom. Deux jours et demi durant, on revint, à la lame battante, recueillir cette manne et fatalement, un imprudent ou un avide s'aventura trop loin et fut emporté par un tourbillon sous-marin. Cette calamité est parfaitement invisible à la surface de l'eau, mais elle sait vous happer par les pieds et vous entraîner dans les abysses qui font face à l'hôpital. Un garnement — le fils de Man Sossionise — se perdit à jamais et sa mère, puis des grappes de femmes éplorées, puis des vieux-corps édentés qui s'ennuyaient, puis des gens de partout, vinrent pleurer le disparu sur la plage, multipliant les prières et les invocations au Très-Haut. En vain. Le corps ne fut pas rendu. On cracha au visage de la mer de Grand-Anse, on l'insulta, on lui déversa les pots de chambre les plus immondes et l'on se détourna d'elle à jamais, oubliant que deux semaines durant, elle avait apporté à tout un chacun un petit présent inopiné et bien venu.

Mais ce qui m'écœura le plus fut la démonstration de grand deuil à laquelle se livra la parentèle du garçon défunt, des tantes du côté manman aux cousins par alliance, de la marraine aux demi-frères du côté papa. Certains se vêtirent entièrement de noir de la tête aux pieds ; d'autres se contentèrent d'une chemise ou d'un corsage sombre ; les plus discrets arborèrent un bouton noir sur le devant de leurs costumes. Pour moi, le deuil est l'obscénité même. Il est une façon

vicieuse et mesquine de contraindre autrui à partager votre chagrin, quand bien même il ne vous
connaîtrait ni en bien ni en mal. À la seule vue de
la couleur de vos vêtements, le premier venu vous
pare aussitôt d'une auréole de respect, voire d'intou-
chabilité. On vous parle à voix plus basse et plus
lente, on se montre empressé à votre endroit, on vous
propose de l'aide pour n'importe quoi. Et vous, l'en-
deuillé, d'abuser de votre avantage ! D'ennuager
encore plus votre regard d'incommensurable chagrin,
de briser un peu plus votre voix ou de feindre d'être
abîmé dans un profond mutisme. À la limite, l'éta-
lage du deuil oblige autrui à vous porter davantage
de respect encore qu'au décédé. Quelle indécence !

Pour ma part, je ne porterai que le deuil de
l'unique rescapé du naufrage et cela sans le moindre
apparat. La vraie souffrance ne se partage pas. Le
marin m'est apparu au septième jour, celui-là même
où le cortège des pleureuses se décida enfin à désen-
combrer le rivage. Il s'était agrippé au rebord effilé
de la Roche, petit amas de récifs qui troue l'océan,
non loin du promontoire de La Crabière, cette pierre
sur l'océan élochant de sa bave. En juillet et en août,
des téméraires munis d'un simple masque de plongée
s'y rendent après avoir compté les vagues, car en cette
saison-là, des embellies se produisent à intervalles
réguliers. Ils s'en reviennent, brandissant triompha-

lement des poulpes ou des araignées de mer qu'ils vendent à la gendarmerie. Le restant de l'année, aucun regard ne se pose jamais sur la Roche. Sauf le mien. Je sais y déceler les Manmans d'Eau qui y font leurs ablutions avec des tranches d'arc-en-ciel, ou les baleines qui s'assemblent alentour pour entonner leurs hymnes d'amour. Sa forme insolite de château fort me donne à rêver.

Le rescapé s'était accroché à ses douves. Ses yeux ne couvaient plus aucun espoir. Il ne luttait plus vraiment. Chaque vague le soulevait, puis le cognait contre la paroi rocheuse avec une violence inouïe. Pourtant, son visage ne portait nulle trace de blessure et aucun de ses membres ne semblait disloqué. De ma fenêtre, je baillai aussitôt l'alerte, mais mon cri se perdit dans le grand vide de l'après-midi. La Rue-Devant, accablée, muette de chaleur, était parsemée de mirages. Les joueurs de dés ressemblaient à des statues de sel à la devanture des maisons. Ma mère dormassait, la bouche ouverte, dans sa dodine. Je descendis l'escalier quatre à quatre et me mis à parcourir les rues à grand ballant, hurlant :

« Un homme a survécu au naufrage ! Il est là-bas, agrippé à la Roche. Il faut lui porter secours là-même ! »

Nul ne fit écho à ma voix. On ne m'accorda pas

une miette d'attention. Seul Bogino, avachi contre le
marché, puant à dix pas le rhum de mauvaise qua-
lité, me lança :

  « *Hé, Lysiane, tu déparles ou quoi ? Personne n'au-*
rait pu échapper à la fureur de la mer ce soir-là.
Personne ! Tu m'entends ? »

  Je nageai seule jusqu'à la Roche et ramenai à
terre celui que tout le monde appellerait plus tard
Osvaldo, bien qu'il n'eût jamais prononcé son nom
devant quiconque, même pas moi, son amoureuse…

                        *

  C'est donc Myrtha, la bonne du presbytère,
qui, par pur hasard, découvrit que Lysiane
conciliabulait au plus fort de la nuit avec la boule
de feu qui semaillait tant et tellement de terreur
au cœur des honnêtes citoyens de Grand-Anse.
Créature sans âge, au visage ingrat, mais pulpeuse
à souhait, que d'aucuns soupçonnaient (à juste
titre !) de n'avoir pas que des rapports spirituels
avec le père Stegel, elle avait perdu la faculté de
dormir depuis ce jour funeste de 1942 où elle
avait appris la mort de son fils, parti en dissidence
à l'île de la Dominique. Malgré les tracasseries
que lui infligea la Milice, elle n'avait pas désavoué

sa progéniture et faraudait même à travers le bourg en proclamant :

« Il est parti rejoindre le général de Gaulle. Mon fils sera le sauveur de la patrie, que l'amiral Robert et sa bande de pétainistes méprisants le veuillent ou non ! »

Les circonstances du décès du jeune homme ne furent, semble-t-il, jamais éclaircies. Certains prétendirent que le gommier sur lequel il avait embarqué avec trois autres compagnons s'était renversé dans le canal de la Dominique ; d'autres firent courir le bruit qu'il avait pu se faire enrôler dans les Forces françaises libres et qu'il avait gagné l'Afrique du Nord, via les États-Unis. Là-bas, en Tunisie, sa jeep avait sauté sur une mine, à la frontière libyenne que contrôlaient les troupes de Mussolini. Quoi qu'il en soit, une fois la guerre terminée, Myrtha reçut une médaille que le gouvernement avait accordée à son fils à titre posthume, ainsi qu'une petite pension à vie. Mais depuis, elle vivait dans l'inconsolabilité. Elle avait, comme nous disons, une dérive de mangouste dans le corps, c'est-à-dire qu'à l'instar de ce petit animal folâtre, Myrtha avait pris l'habitude de sarabander dans les rues désertes du bourg, même quand les grosses ondées d'hivernage se fessaient avec violence sur la terre, à la recherche d'on ne savait trop quoi, peut-être l'ombre de son fils chéri disparu dans sa prime jeunesse. Elle était l'une des rares personnes à ne pas craindre le sorcier volant, car elle s'était bardé le corps, y compris la culotte, de petits crucifix qui étaient censés la protectionner contre les menées licencieuses du Vilain, lequel pouvait à tout moment se métamorphoser en incube. On murmurait aussi que l'abbé alsacien lui avait confié la mission d'identifier le mécréant qui se défaisait ainsi de sa peau humaine, s'enduisait le corps d'huile magnétique, plus brillante que l'éclat de la lune, et, en un battement d'yeux, se muait en une boule de feu qui jouait nuitamment à la comète à travers le ciel de Grand-Anse.

D'aucuns pensaient que la folie subite de Bogino, le récureur de l'abattoir, les prédications délirantes de Milo Deschamps, l'ex-ouvrier des usines Peugeot, l'arrogance chaque jour plus insoufrable de Dame Losfeld, l'entêtement de Siméon Désiré à fouiller tous les coins et recoins du cimetière pour retrouver la jarre d'or des De Surville, ou encore l'insupportable comportement de Lysiane étaient en grande partie dus aux effets maléfiques du sorcier volant. Sans même comptabiliser une foule d'autres emmerdations qui ne laissaient pas d'accabler la population de Grand-Anse : le carburateur du taxi-pays de maître Salvie qui avait brûlé du côté de Vallon ; le plafond du bar Le Rendez-Vous des Compères qui s'était effondré sur la tête d'un groupe de tafiateurs, fracassant le crâne d'un nègre de Morne Savon ; la mer qui s'était déchaînée du côté du promontoire de La Crabière et avait charroyé deux petites marmailles imprudentes, lesquelles, par chance, avaient eu le temps de s'accrocher à un tronc d'arbre mort. Bref, si les autorités de Fort-de-France avaient daigné prendre au sérieux les mœurs d'ici-là, il y aurait eu beau temps qu'elles y auraient dépêché un escadron de gendarmerie pour mettre fin à cette série d'événements hors du commun. Hélas ! L'édilité ne réussit pas à convaincre qui de droit de la nécessité de déployer tous les moyens utiles à la destruction de la boule de feu et la population grand-ansoise en fut réduite à des expédients pour assurer sa sécurité. Certains citoyens se claquemuraient dès que le soleil avait plongé derrière les flancs déchiquetés de la montagne Pelée, étouffant de chaleur à l'intérieur de leur maison en ciment ; d'autres ne dormaient que d'un œil, un fusil de chasse et une fiole d'eau bénite posés au pied de leur lit. Dame Losfeld avait demandé la protection spéciale du dieu hindou Nagourmira au cours d'une cérémonie secrète à Basse-Pointe. Seule Myrtha,

l'impudente, drapée dans ses certitudes chré-
tiennes, s'aventurait la nuit à travers le bourg en
ronchonnant :

« *Anni kité mwen trapé'w, sakré isalop ki ou yé!*
Man ka koupé grenn ou ba'w, va! » (Laisse-moi t'attraper, mon salaud, et je te couperai les génitoires!)

Or, un beau soir, à minuit pile, alors qu'elle
passait au ras de la boutique de Man Irmine, la
bonne du presbytère se rendit compte non sans
stupeur qu'à l'étage, Lysiane avait allumé sa chambre et qu'elle riait aux éclats, comme si elle devisait avec quelque amie-ma-cocotte, chose hautement improbable à cette heure-là. Soudain, la
boule de feu grimpa le long de la gouttière, vire-
volta autour de la fenêtre avant d'émettre à son
tour une tralée de rires sardoniques. Et si cet
adventiste de Milo Deschamps était dans le vrai ?
Et si la fin du monde était plus proche que ne se
l'imaginait le père Stegel! Myrtha bredouilla deux
« Au nom du père » et trois « Je vous salue, Marie »,
s'agenouilla sur la chaussée et ferma les yeux dans
l'attente du Jugement dernier. Elle demeura dans
cette position jusqu'à ce qu'un chien-fer facétieux
s'approchât d'elle, levât la patte gauche arrière et
lui pissât dessus. Myrtha hurla de terreur et, se
rendant alors compte du ridicule de la situation,

pourchassa l'infortuné animal à coups de roches
en braillant :

« *Landjet manman'w, chen san pwel ki ou yé !* »
(Le cul de ta mère, espèce de chien sans poil !)

L'animal ricana d'un rire « sardonique et hispanique », décréta la bonne du presbytère qui crut
avoir affaire à Hernandez, le retraité de la marine,
qui était réputé se transformer en chien quand il
avait quelque méfait à commettre. Tout en s'es-
suyant l'épaule à l'aide de son mouchoir de tête,
elle s'approcha d'un peu plus près de la fenêtre
de Lysiane. Des coulées de lumière s'échappaient
de la boule de feu qui se maintenait en équilibre
à présent, vibrionnant comme un colibri-madère
à hauteur de l'encadrement où était appuyée la
jeune fille. Myrtha entendit la voix étrangement
rauque de la donzelle, qui délivrait ses habituels
messages incomprenables pour le vulgum pecus.
Elle l'écouta, figée :

« Grand-Anse n'est qu'un bourg de petite conséquence où chacun de nos gestes éparpille des
mâchures de rêve avorté. L'intempestivité de notre
existence n'en est que plus criante… »

Le sorcier volant répondait par des tournoie-
ments que Lysiane semblait décrypter à la perfection. Cet insolite conciliabule dura un siècle
de temps. Myrtha fut mouillée par la rosée, souf-

fletée par ce vent rageur qui déferlait depuis
l'Atlantique peu avant le devant-jour, mais elle ne
bougea point. Elle voulait à tout prix connaître
l'identité de la personne qui se cachait derrière
cette boule de feu, ce *souclian*, comme nous le
désignions en créole. À quatre heures tapantes,
Lysiane éteignit la lumière de sa chambre et referma sa fenêtre, tandis que son mystérieux interlo-
cuteur, dans un interminable chuintement qui
insuffla moult chatouillades et frissonnades à la
bonne, fifina dans le lointain avant de disparaître
définitivement aux quatre points cardinaux. Myrtha tenta de suivre cette fuite éperdue, mais il lui
aurait fallu deux paires d'yeux, chacun regardant
dans une direction, pour pouvoir comprendre le
comment et le pourquoi du phénomène. Natu-
rellement, elle s'empressa de se présenter chez
Man Irmine dès l'ouverture de la boutique pour
lui révéler ce qu'elle avait vu durant la nuit, ce qui
eut pour effet de nous réveiller brutalement, nous
la marmaille, et de déchaîner l'ire de la mère de
Lysiane.

« *Disparet douvan lakay mwen, vyé fizi ki ou yé!*
(Disparais de ma vue, espèce de soi-disant vieille
fille!) hurla-t-elle. *Sé wou ka fè djab lannuit épi ou
ka prétann sé Liziàn, sakré mantez!* » (C'est toi

l'esprit malin qui hante nos nuits et tu veux faire croire que c'est Lysiane, menteuse va !)

CALENDRIER D'UNE ABSENCE

Les jours s'enfilent aux jours dans une en-allée dépourvue de sens. Personne ne veut admettre que le naufrage du navire ne nous a pas seulement livré victuailles et soieries. Qu'il y a bel et bien eu un res-capé. Qu'il a la figure d'un demi-dieu. Qu'il a pour nom Osvaldo. Pourtant lui et moi, nous ne cessons de nous entretenir, dans une langue connue de nous seuls, de toutes les merveilles de l'univers. Ma mère, idiote qu'elle est, me crie, depuis le comptoir de sa boutique :

« Lysiane, cesse de parler toute seule ! Tu uses mes nerfs, oui… »

*

Le troisième prétendant de Lysiane, celui qu'on jugeait généralement le moins apte à franchir la muraille de Chine dont s'était entourée la jeune fille, à cause de son âge avancé et de la douteuse renommée que lui avaient procurée ses frasques, Siméon Désiré, était donc à la recherche d'une jarre d'or depuis au moins une trentaine d'années. Il n'en faisait aucun mystère, ce qui poussait certains à douter de ses dires, mais ce n'était là qu'une ruse pour écarter de son chemin d'éventuels concurrents. Toute une légende courait en effet sur l'arrière-grand-père du Blanc créole Chénier de Surville, qui, à la veille de l'abolition de l'esclavage, en 1846 ou 47, avait fait enterrer bijoux et argent à l'emplacement où se trouvait aujourd'hui le cimetière de Grand-Anse. Bien entendu, son descendant démentait dur comme fer ce qu'il qualifiait de billevesée.

« Si les nègres étaient dans le vrai, ne perdait-il pas une occasion de se gausser, eh bien vous pensez que je m'éterniserais dans cette ferme pouilleuse qu'est l'Habitation Séguineau? Je me serais plutôt fait construire une belle villa au Plateau Didier, à Fort-de-France, et au moins là, je vivrais avec ceux de ma race. »

La raison de l'acharnement de Désiré à retrouver cet hypothétique trésor tenait à vrai dire à fort peu de chose : il lui était arrivé d'assister par hasard à l'agonie d'un vieux travailleur qui avait dépassé les cent quinze ans et qui était encore capable d'aligner quelques phrases pas trop incohérentes. En ce temps-là, à la veille de la guerre de 14-18, Siméon Désiré était un jeune homme sans le sou et sans éducation scolaire, qui traînait ses guêtres à travers tout le nord du pays en quête d'un bon coup. S'il ne commettait aucune de ces infractions que réprouve la loi, il n'hésitait jamais à offrir ses services à des gens qui étaient embarrassés par l'âge ou par la maladie et les dépouillait consciencieusement de leurs économies. Il s'adonnait encore peu au grugement des femmes au cœur désarroyé, parce qu'il avait perdu sa mère à l'âge de huit ans et qu'il en avait conçu une sorte de rancune mâtinée d'appréhension à l'endroit du sexe opposé. C'est que ce décès subit avait été la cause de tous ses malheurs. Son père s'était mis à boire, il le battait pour un oui ou un non et l'avait retiré pour finir de l'école, le contraignant à s'embesogner parmi les petites bandes qui ramassaient la canne à sucre à Séguineau à la fin de la récolte. Siméon Désiré en voulait à cette mère qui lui avait fait si cruellement défaut au moment où il aurait eu le plus besoin de sa présence, et en chaque femme, immanquablement, il avait tendance à retrouver un peu de la disparue.

Le centenaire avait bredouillé des jours durant une seule et même phrase :

« *Ni an ja lò nan senmitiè-a… an ja lò…* » (Il y a une jarre d'or dans le cimetière… une jarre d'or…)

Mais le vieux bougre évoquait une époque où l'endroit était un petit plateau boisé où s'enchevêtraient des courbarils, des pruniers de Cythère, des corrosoliers et des palmistes dont il ne restait plus aujourd'hui que quelques spécimens. La tradition chez les riches planteurs était de choisir un arbre au mitan des bois, d'y venir nuitamment avec un esclave, de lui faire creuser un trou de la taille d'une tombe, puis d'y enfouir la jarre après avoir abattu le nègre d'une balle dans la tête. Ensuite, il suffisait de reboucher le tout et d'y disperser des feuilles mortes et des branchages, pour que personne ne se doutât que se cachait là le fruit du travail de plusieurs générations de colons. En temps normal, il eût été déjà hasardeux de rechercher cette jarre puisqu'il aurait fallu fouiller au pied de chaque arbre, mais présentement, le plateau avait été déboisé et depuis un demi-siècle au moins, on y élevait des tombes. Pourtant, rien ne décourageait Siméon Désiré. Il était persuadé de pouvoir retrouver le trésor de la famille de Surville, qui transformerait d'un seul coup sa vie de «chien errant», comme il la qualifiait lui-même...

*

Or donc, Radio-bois-patate enfla aussitôt la révélation de la bonne du presbytère et Lysiane se vit accuser de se métamorphoser elle aussi en souclian pour s'en aller folâtrer dans les airs aux heures où seuls quelques chiens sans maître noctambulaient à travers le bourg. La jeune fille n'en eut cure. Au contraire, elle sembla s'en glorifier et fit savoir haut et fort qu'elle ne partageait absolument pas l'enrageaison de sa mère à l'encontre de Myrtha. Désormais, ses courtisans eurent peur d'escalader le poteau électrique qui faisait face à sa chambre. Ils se tenaient à distance prudente de la boutique, sirotant d'un air mélancolique une bière Lorraine ou se désaltérant avec une bouteille d'eau de Didier glacée, regrettant fort l'époque où la belleté de Lysiane n'était point entachée de soupçons d'endiablement. Et lorsqu'un matin, un négrillon dépenaillé vint hurler aux joueurs de quine et de bonneteau qu'il avait vu de ses yeux vu, au bord de mer, un bonhomme au ventre gonflé comme une manman-bœuf, tout le monde fut saisi de tremblade nerveuse. Chacun chercha des yeux qui son frère ou sa sœur, qui son plus proche ami ; des jeunes fiancés hurlèrent d'une seule et même voix, manière de conjurer le voile du malheur ; des mères tombèrent à genoux, les bras en croix, afin d'implorer la miséricorde de Jésus-Christ. Dame Losfeld s'écria :

« J'espère qu'il s'agit d'un nègre noir. Cette race-là ne cesse de nous tirer en arrière, sacré tonnerre ! »

Tertullien Augusta, dit Tête-Coton, fut le premier à oser s'approcher du cadavre, que les flots tempétueux de l'Atlantique roulaient comme s'il n'avait pas pesé plus lourd qu'une écale de coco sec. Le corps était effectivement enflé, énorme même, et sa peau avait pris une vilaine teinte violacée. Comme il reposait face contre sable, il était difficile de lui mettre un nom de prime abord.

« C'est pas Bogino par hasard ? fit quelqu'un. Ce sieur-là, il se débat dans une telle folie, pauvre bougre.

— Je suis là ! rétorqua le récureur de l'abattoir municipal au mitan de la foule. Ha-ha-ha ! Vous m'avez tué trop vite. »

Massée au bordage de cette mer que tous abhorraient de génération en génération depuis une éternité de temps, sans que quiconque fût en mesure de fournir une raison plausible à semblable détestation, la figure dévorée par l'inquiétude, la population du bourg attendait. En son for intérieur, elle accusait la mer de tous les maux : de happer les bambins innocents, de scander le sommeil des humains de ses vagues fracassantes, de noircir l'argenterie avec ses embruns plus salés

qu'ailleurs et, surtout, d'être bréhaigne. Désespé-
rément bréhaigne. De mémoire de Grand-Ansois,
personne ne pouvait se vanter d'en avoir vu revenir le moindre canot rempli de bonites, de thons,
de coulirous ou de balarous comme à Marigot, à
Tartane ou là-bas, à l'extrême-nord, dans la commune de Grand-Rivière. Cette mer d'ici-là était
synonyme de maudition et voici qu'une nouvelle
fois, elle venait de justifier sa réputation.

« Qu'on appelle monsieur le maire tout-de-
suitement ! ordonna Man Irmine.

— Ce matin, il a dû descendre en ville. Y a
réunion du Conseil général, répondit quelqu'un.

— Eh ben, que son premier adjoint le rem-
place ! s'énerva la boutiquière, c'est leur job, ce
genre de choses, non ? »

Entre-temps, le père Stegel était venu rejoindre
ses ouailles, revêtu d'une magnifique soutane pare-
mentée de jaune et de mauve, fraîchement repassée. Son regard inquisiteur et accusateur dévisageait
chacun dans le blanc des yeux, tandis qu'il tapotait
le crâne d'un enfant de chœur qui portait un petit
seau d'eau bénite et un goupillon argenté. Ceux qui
avaient quelque mauvaiseté à se reprocher détour-
nèrent le regard flap ! D'autres esquissèrent des
sourires à deux francs-quatre sous. L'abbé alsacien
leva alors les bras au ciel, comme s'il voulait

prendre Dieu le père lui-même à témoin, et se lança dans une mémorable homélie :

«Voici où mène la mécréance, mes chers paroissiens, le culte des esprits africains, l'adoration des démons indiens! Déjà que vous êtes, pour bon nombre d'entre vous, noirs comme des péchés mortels, il ne vous vient même pas à l'idée de vous repentir, de venir vous confesser, de supplier Jésus de vous pardonner vos abominations. Pire : certains d'entre vous se sont entichés à présent de ce prétendu Temple de la Rédemption universelle. Eh bien, cet homme qui repose là devant nous avait sûrement renié les dix commandements et c'est pourquoi il a fini de la sorte. Comme un chien! Tel est le destin qui vous attend tous! À genoux! J'ai dit : à genoux!»

À l'instant où les habitants de Grand-Anse s'apprêtaient à obtempérer d'un seul mouvement, un cri strida dans l'air moite, pétrifia l'abbé et sa superbe avant de se muer en une cascade de rires effrayants. C'était Lysiane! Elle s'avançait en hurlant, cheveux au vent :

«Cet homme-là, je l'aimais! N'insultez pas sa mémoire, non! Je ne sais pas encore quel titre il porte, mais j'ai la certitude qu'il n'a jamais dérespecté la loi divine. Dieu ne se trouve pas dans votre église mesquine ni dans vos statues ni dans

vos Évangiles. Dieu est partout! Dans chaque
paillette de ce sable noir, dans l'envol des oiseaux-
kayali, dans les trémulements de l'alizé. Allez,
écartez-vous, je vous prie!»

Interloqué, on ouvrit le passage à la plus belle
négresse du nord du pays, laquelle s'avança directement sur le noyé et le retourna d'un coup sec.
Tandis qu'un «Oooh!» s'échappait des lèvres des
témoins, la jeune fille enjamba le cadavre bour-
souflé et se tint jambes écartées par-dessus lui.
Aussitôt, elle se mit à perdre du sang à jets conti-
nus, baignant de toutes parts celui en qui chacun
venait de reconnaître Milo Deschamps, l'ex-méca-
nicien des usines Peugeot à Sochaux, devenu prédicateur de fin du monde pour le compte d'une
secte protestante étatsunienne dirigée par un certain mister Donaldson.

«Ah! Ce n'est que toi! Je me suis donc trom-
pée, commença Lysiane dans son style énigmatique, tu t'es installé à l'aise dans la mort comme
si c'était un endormoir, mais tu sais bien que dans
ce pays-là, nous sommes en grande disette de pré-
sageurs et de prophètes. Ne nous abandonne pas
avec toutes ces petites cloisonneries qui empoi-
sonnent notre vie jour après jour! Pour toi, mon
nègre, je serai toujours debout au beau mitan du
temps. »

Puis elle tourna le dos au noyé et rentra chez elle, suivie par une petite troupe d'automates (nous autres, la marmaille!), sans un regard pour la négraille et son pasteur alsacien. La corne de l'ambulance municipale brama son inutilité depuis Morne Pavillon, rameutant les derniers bourgadins à n'avoir pas encore gagné le rivage. L'abbé Stegel en profita pour reprendre la direction des opérations. Il se mit à asperger le cadavre à coups de goupillon frénétiques, tout en s'efforçant de masquer une sourde jubilation. Ce damné adepte de l'Église adventiste ou épiscopalienne (ou peut-être baptiste, allez savoir!) ne viendrait plus jouer entre ses pattes! Il n'aurait plus alors qu'à demander aux autorités d'En-Ville l'expulsion du prédicateur yankee, avec sa tignasse rousse et ses gestes grandiloquents.

«J'espère que la boule de feu n'était autre que ce dévoyeur de conscience de Milo Deschamps. Maintenant, Grand-Anse retrouvera sa paix», marmonna-t-il à Myrtha, la bonne du presbytère.

*

Trois jours après la découverte du cadavre du prédicateur Milo Deschamps, ce fut au tour du fringant Nestorin Bachour, le bâtard-Syrien, d'aller

rejoindre la société des ventres-en-l'air et des sans-
chapeaux. « D'aller bouffer les pissenlits par la
racine », comme certains disaient à présent, après
avoir vu et revu un film d'Eddie Constantine à la
salle paroissiale, deux mois durant, sans doute
parce que monsieur l'abbé Stegel avait tardé à
s'acquitter de ses dettes auprès de la société
cinématographique qui l'approvisionnait depuis
la capitale.

Nestorin avait à peine atteint la trentième année
de son âge et etcetera de jeunes filles espéraient en
secret qu'il ferait d'elles sa femme-concubine ou
peut-être, mais il ne fallait pas trop s'illusionner,
connaissant l'appétence de Nestorin pour les
croupières bien bombées, sa femme mariée. Outre
sa prestance, son beau parler français plein de
gammes et de dièses, le fils du commerçant de
quincaille et toilerie de la Rue-Devant possédait
une Simca Aronde dans laquelle il emmenait ses
conquêtes faire des tours (« des ronds », préférions-
nous dire ici-là) du côté de Moulin-L'Étang. Plus
d'une mamzelle avait été ainsi dévirginisée sur la
banquette arrière de l'automobile, à cet endroit
isolé où il n'y avait que des plantations de canne
à sucre et, en s'approchant de la mer, une petite
plage déserte où les vagues faisaient mine d'être
moins menaçantes qu'ailleurs. C'est précisément

là que le garde champêtre de Grand-Anse le découvrit, un couteau à cran d'arrêt en travers de la gorge, allongé sur le capot de la Simca, visage tourné vers le soleil, comme dans un ultime effort pour happer un semblant de vie. Le sol aux alentours était recouvert d'une épaisse couche de sang caillé sur laquelle s'agitaient des colonies de fourmis-tactac. Nestorin avait été vidé à-quoi-dire un cochon de Noël! La première idée qui jaillit à l'esprit du garde champêtre, un bougre grossomodo qui se faisait appeler Justin Delmont et qu'on soupçonnait de dissimuler sa vraie identité, fut d'accuser les égorgeurs de bœufs de l'abattoir municipal.

« C'est du travail de Coulis, ça ! » soliloqua-t-il.

Arrachant quelques branches de raisiniers-bord-de-mer, il en recouvrit le corps qui commençait à dégager une forte odeur de pourriture. Puis, d'un pas tranquille, il continua à faire son inspection matinale, saluant les coupeurs de canne et les amarreuses qui se rendaient aux champs, brocantant des rigoladeries équivoques avec les lessivières qui charroyaient de lourds ballots de linge en équilibre parfait sur la tête. Ce ne fut qu'aux approchants de la mi-journée que le garde-champêtre se décida à aller avertir la mairie. Il avait en effet une sainte horreur de l'agitation du bourg,

du ballet incessant des voitures et des camions de
canne à sucre, du piaillement des marchandes de
légumes et, surtout, des sarabandes de petits bons-
hommes désœuvrés qui le gouaillaient à cause de
son accoutrement et de ses cheveux hirsutes. Justin Delmont ne s'y rendait qu'en cas de force
majeure, comme ce jour-là et, en bisbille tant avec
les gendarmes qui lui reprochaient d'abuser de ses
prérogatives qu'avec le maire qui l'accusait de fai-
néantiser, il préféra se diriger directement vers la
Galerie d'Orient, le magasin de Wadi-Bachour, le
père de Nestorin. Brutal comme à son ordinaire,
le garde champêtre lança depuis le trottoir :

« Hé, Syrien ! Ton fils, il dort avec un couteau
dans la gorge à présent, hein ?

— Entrez-entrez, monsieur La-Loi ! fit le commerçant obséquieux, j'ai reçu tout récemment une
paire de bottes qui vous fera sûrement plaisir.
Douze cents francs qu'elle coûte, mais pour toi, je
la fais à onze cents. Je te l'emballe !

— La Syrie, arrête tes couillonnades ! Je ne suis
pas venu acheter ta pacotille, mon bougre. Ton
fils, il est raide mort du côté de Moulin-L'Étang,
voilà ! »

La bedondaine de Wadi-Bachour se mit à tres-
sauter comiquement. Ses bajoues, qu'il avait pro-
éminentes et couperosées, se figèrent net et sa

figure vira verdâtre en un battement d'yeux. Il coupa le son de son gros poste de radio dans lequel miaulait une chanteuse orientale. Le bougre avait bien ouvert la bouche, mais aucun mot ne parvenait à s'en échapper.

«Il est mort! Tu comprends, Syrien? Ton petit monsieur poudré est bel et bien mort, oui», lui assena le garde champêtre.

Alors un événement inouï se produisit : Wadi-Bachour, que tout le monde croyait cloué à ses ballots de tissu du premier de l'an au trente et un décembre, Wadi-Bachour l'obèse, le court sur pattes, se mit à courir comme un dératé à la Rue-Devant en hurlant :

«Youssef! You-ou-ssè-èèf! Où es-tu? Qui a vu Youssef, s'il vous plaît?»

Et de prendre à témoin les djobeurs qui s'ombroyaient sous les arcades de la mairie, les mères de ribambelles d'enfants chargées de sachets de commissions, les vieux-corps taciturnes qui fumaient leur pipe, casque colonial blanc vissé sur le crâne tout en zieutant les collégiennes. Et le Levantin de scander :

«Il n'existe qu'un seul Dieu et Mahomet est son prophète!»

On l'observa de bisque-en-coin, de crainte qu'il n'effleurât quelqu'un de ses doigts à présent qu'il était habité par le malheur. Il en était la proie et tant que son fils Nestorin (qu'il s'entêtait à appeler Youssef) n'aurait pas été enterré, Wadi-Bachour pouvait transmettre la déveine autour de lui. Une grosse dondon s'écarta précipitamment, manquant s'affaler dans un dalot et s'écria :

« La déveine est une femme folle, oui !

— Non ! La déveine est un Syrien en dérade », plaisanta un gringalet qui se sentait protégé parce qu'il était juché sur le balcon de sa maison.

Le commerçant tomba de mal-caduc en plein mitan de la chaussée et l'on fut forcé de compatir à sa douleur. On le bassina avec de l'eau de fontaine, de l'eau bénite, de l'eau de Carmes et même un peu d'eau de toilette féminine, jusqu'à ce qu'il reprenne ses esprits, et à ce moment-là, les pompiers le conduisirent à l'hôpital. Man Irmine, qui avait assisté à tout ce cirque depuis le comptoir de sa boutique, ne savait que penser. Normalement, elle aurait dû être l'une des premières à venir secourir le Levantin avec lequel elle entretenait des liens d'étroite amicalité, d'abord parce que leurs négoces respectifs ne se faisaient pas concurrence, ensuite parce qu'il lui prenait parfois de rêver à la Syrie. Elle lui lançait, à chaque fois qu'il lui arrivait de passer à sa devanture :

«Dis-moi un peu, dans ton pays, là-bas, il fait aussi chaud qu'en Martinique?

— Plus chaud! Beaucoup plus chaud! répondait-il, jovial. Beaucoup-beaucoup plus chaud, ma câpresse. Tiens, entre, ma belle! Regarde-moi cette popeline que j'ai fait venir tout exprès de Paris pour toi. Soixante-quinze francs le mètre seulement, oui! Je t'en coupe cinq mètres?

— Syrien, cesse de bêtiser!»

Nestorin Bachour, son unique rejeton, avait donc bel et bien été assassiné, messieurs et dames de la compagnie...

QUATRIÈME CERCLE

Où l'on apprend, le cœur chamadant, à arpenter le territoire de la Négresse féerique et comment deux bougres bizarres, montés tout exprès de l'En-Ville, vont soudainement déranger l'immobilité séculaire de Grand-Anse, persuadés qu'ils sont de pouvoir dévoiler la vérité vraie!

QUATRIÈME CERCLE

C'est sur le dossier de la méridienne héritée, se vantait Dame Losfeld, d'une arrière-petite-fille de l'épouse de Napoléon Bonaparte — meuble qui n'accusait à l'évidence pas plus de trente ans d'âge — que le détective privé Amédien, monté tout exprès de Fort-de-France, nota des taches de sang suspectes. En effet, après le deuxième assassinat qui secoua la torpeur de Grand-Anse et mit le monde en émoi (certains ne sortaient plus de chez eux qu'armés d'un coutelas ou d'un bec de mère-espadon), le maire et le capitaine de gendarmerie furent bien obligés de faire appel à ces messieurs d'En-Ville, envers lesquels ils éprouvaient pourtant la plus solide méfiance. D'ailleurs, au lendemain même de la découverte du corps de Youssef Nestorin à Moulin-L'Étang, un grand escogriffe mi-mulâtre mi-indien, qui avançait en brassant de l'air autour de sa personne et tenait des plaidoiries ampoulées dans tous les bars du bourg, avait débarqué en claironnant :

« Mes braves amis, mon nom est Romule Casoar, fondateur-rédacteur-distributeur du plus illustrissime hebdomadaire en langue française des Amériques, autrement dit *Le Rénovateur*. Le seul journal qui voit tout, sait tout, dit tout. Ma plume acérée est appréciée jusqu'à Paris, commentée à Montréal et, ha-ha-ha !… redoutée à Fort-de-France et à Basse-Terre. »

Les deux nouveaux venus, le détective et le journaliste n'avaient pu, bien évidemment, s'auberger qu'à l'Océanic-Hôtel et s'étaient aussitôt mis à fouiner, chacun de son côté, s'ignorant avec superbe, dans les affaires d'autrui, mais refusaient tout net qu'on se mêlât des leurs. Le plus coriace des deux était le détective Amédien, un bougre long comme le Mississippi, qui vous regardait dans le blanc des yeux comme s'il vous considérait d'emblée comme le suspect numéro un. Il refusa de collaborer avec ceux qu'il qualifiait de « bouseux de gendarmes » et ne semblait avoir aucun égard particulier pour la blancheur de leur peau, ce qui ébranla la population grand-ansoise. Amédien se mit à traînailler à travers les rues du bourg, l'air désinvolte, mâchonnant un bois d'allumette entre ses dents, sans doute pour éviter de

fumer, et posait à n'importe qui des questions
d'apparence anodine, voire carrément oiseuse.
Ainsi voulut-il savoir quelle était l'heure la plus
propice de la journée pour se baigner à la mer. Ce
à quoi Man Irmine, agacée, lui assena :

«Y a pas de mer ici! De quoi vous voulez
parler?

— La mer de Grand-Anse est en proie à la
maudition, oui», lui fit mamzelle Hermancia, la
tenancière du Rendez-Vous des Compères. «*Anni
boug ki fou an tet épi manmay ka sosé adan lanmè-
tala*» (Seuls les fous et les enfants osent y faire
trempette.)

Le détective passait des heures entières à contempler les flots aux reflets métalliques qui soubre-
sautaient aller-pour-virer comme par exprès dès
qu'ils devinaient qu'un être humain leur prêtait
attention.

«Intéressant! Très intéressant…», marmon-
nait-il sans cesse.

Quant au vaniteux de journaliste, il entreprit
de faire une cour assidue à Amélie Losfeld, pour
qui il rédigeait des missives enfiévrées qu'il glissait
à la nuit tombée sous la porte de sa chambre, au
troisième étage de l'hôtel, ainsi que le révéla une
servante. Romule Casoar allait partout clamant
qu'il avait voyagé dans vingt-sept pays à travers le

monde et donc qu'il en avait vu des femmes à la belleté foudroyante, mais qu'à côté d'elles, la jeune mulâtresse de l'Océanic-Hôtel était rien de moins qu'une déesse incarnée. Il s'extasiait sur son « teint de pêche », alors même que personne n'avait jamais vu pareil fruit ailleurs que dans les livres d'école de la marmaille. Il affirmait qu'elle pouvait détrôner la plus ravissante des danseuses du « Moulin-Rouge » à Paris. Toute cette foisance de compliments résonnait avec doucereuseté aux oreilles de la mère Losfeld, qui échafaudait déjà des plans pour que ce monsieur d'En-Ville passât la bague au doigt à son Amélie adorée. La tenancière était aux petits soins avec le journaliste, lui préparait les plats les plus succulents et lui permettait d'utiliser gracieusement son téléphone, attitude qui contrastait fort avec celle qu'elle adoptait face au détective Amédien.

« Il n'y a que les voyous pour porter des blue-jeans », ronchonnait-elle derrière son dos en faisant la grimace.

L'homme n'en avait cure. Il s'affichait avec une chemise repassée de manière approximative, quoique parfaitement propre, et, sur le bras, repliée, une sorte de veste en kaki à manches courtes dans les poches de laquelle il cachait de gros stylos noirs, un encrier et une quantité invraisemblable de carnets, tous de couleur verte, sur lesquels il notait les réponses évasives des Grand-Ansois à ses questions incongrues. Un soir, il demeura appuyé contre le poteau électrique, désormais déserté par la garçonnaille, qui faisait face à la chambre de Lysiane et contempla la belle négresse jusqu'à ce qu'à trois heures du matin, elle se décidât à se désaccouder de sa fenêtre.

« On ne vous aime guère par ici… », finit-il par lâcher au moment où elle s'apprêtait à éteindre la lumière de sa chambre.

Lysiane, dans la nervosité d'un rire soudain, fit fuir une grappe de chats qui jouaient sur la gouttière.

« Pourtant j'ai un brin d'amour pour tout un chacun, monsieur le détective, chuchota-t-elle.

— Même pour Milo Deschamps ?

— Surtout pour lui ! Et pour Nestorin aussi ! Ce bâtard-Syrien était certes hâbleur, mais c'était un brave bougre. Il n'avait pas mérité de finir ainsi. »

Au matin, Amédien, qui avait installé son quartier général dans l'établissement de madame Losfeld, au grand dam de l'hôtelière, décida de cuisiner Amélie. Sans ménagement aucun. La donzelle avoua au bout d'une demi-heure, effondrée, qu'elle n'avait pas été insensible aux déclarations d'amour du prédicateur, d'autant que l'adventiste les avait entrecoupées de citations bibliques extraordinaires. Qu'il lui arrivait de le suivre sur la plage de Grand-Anse, à la nuit close, dès que sa mère avait avalé ses somnifères et basculé dans le sommeil. Que l'homme ne commettait aucun acte que la morale réprouve, puisque Deschamps ne faisait que lui tenir les mains en lui racontant le destin des étoiles dont il semblait connaître tous les noms.

«Il aimait par-dessus tout Bételgeuse...», conclut-elle en larmes.

Le détective griffonna sur plusieurs carnets avant de déclarer :

«Bon bon... ça va, ma belle. Pour aujourd'hui en tout cas. Au fait, vous savez jouer du piano? J'en ai vu un, magnifique, au deuxième étage.

— Il appartenait à feu mon père. Un virtuose en son temps...

— Heinrich Losfeld? Je sais, je sais. Il était allemand?»

La jeune fille, qui avait retrouvé son insouciance, se tortilla sur son siège. Elle réajusta sa longue natte de mulâtresse et se fit câline.

«Juif et allemand, monsieur le détective... mais de vieille souche martiniquaise. Il y avait des Losfeld, des Heineman et des Brauer à Saint-Pierre dès le début du XIXᵉ siècle. C'est l'éruption de la Pelée qui a exterminé la communauté et détruit notre synagogue.

— Bigre! Vous en savez des choses pour une jeune fille qui prétend n'être pas allée très loin en classe. C'est bien ce que vous m'avez affirmé vous-même?

— À la mort de mon père, j'étais en cinquième. Comme il ne vivait pas avec ma mère, il venait m'aider de temps à autre à faire mes devoirs... Après, j'ai été désorientée, perdue... j'ai... j'ai tout abandonné. Il me racontait souvent l'histoire de sa famille. »

Quelques heures plus tard, une voiture de police venue d'En-Ville investit l'hôtel, rameutant la populace. Sous la direction du détective Amédien, deux bougres prélevèrent les taches de sang qui se trouvaient sur l'accoudoir gauche du meuble, en dépit des récriminations indignées de Dame Losfeld. À l'entendre, l'État devrait lui rembourser plusieurs millions, car elle lui intenterait un procès. En outre, elle ferait casser la licence de détective privé de ce petit couillon d'Amédien et d'ailleurs, elle ne voulait plus qu'il loge sous son toit. Le longiligne détective garda un flegme admirable. Il la laissa faire tout son cirque tant qu'elle eut de

l'énergie, puis il lui colla un papier sous le nez en
martelant :

«Votre hôtel a été réquisitionné, vous m'entendez, chère madame? Ré-qui-si-tion-né! Alors,
dorénavant, vous allez me foutre la paix!»

Nous, la marmaille, émerveillés par son titre de
détective, nous ne le lâchions pas d'une semelle
et nous lui soutirions, à grand-peine il est vrai,
quelques bribes au sujet de ses investigations.

CALENDRIER D'UNE ABSENCE

*Il n'est pas totalement vain de s'interroger sur le
sens de sa vie. Même si chaque vie est un lot de mys-
tères. Celle d'Osvaldo plus que toute autre. Plus il
me parle, moins je parviens à assembler les fils de son
errance, depuis cette île, inconnue de moi jusqu'alors,
où il affirme être né, au large du Chili, jusqu'aux
docks de Vigo, de Liverpool et du Havre, où, à cha-
cune de ses escales, l'attendaient des épouses dévouées
— il en avait épousé sept! — en passant par l'archipel des Caraïbes dont il connaissait le moindre
îlot. Il avait projeté de prendre sa retraite à Saba,
un bloc rocheux d'un seul tenant, colonie
hollandaise, où les arbres peinaient à pousser à cause
de la violence des vents.*

« *J'aime le vent, me répète-t-il. Il charroie nos terreurs intimes, dissipe nos ténèbres. Il n'a ni commencement ni fin. Pourtant, il est toujours là.* »

Ma mère se précipite à l'étage, où j'ai ma chambre, et se plante devant moi, furieuse et désemparée tout ensemble :

« *Jette-moi ce livre, Lysiane ! Tu ne fais que lire-lire-lire depuis etcetera de jours. Ce n'est pas une vie, ça !* »

Que sait-elle de la vie, Irmine Augusta ? Pareille à tous les habitants de Grand-Anse, elle s'imagine qu'il suffit de s'épuiser dans des gestes et des litanies de mots, chaque jour ressassés à l'identique, dérisoires, grotesques parfois, pour comprendre le pourquoi de sa destinée.

En outre, elle ne remarque même pas la présence d'Osvaldo à mes côtés. Osvaldo qui caresse ma face tendre d'anses fragiles où tiédissent les lymphes. Elle, ma propre mère…

*

Le nègre qu'on enterre auprès de la jarre en est le gardien pour l'éternité. Ou du moins son âme, avait précisé à Siméon Désiré le centenaire à l'instant de rendre son dernier souffle, mais cette loi n'est valable que si les lieux sont demeurés intouchés. C'est d'ailleurs pour cela que les békés choisissaient toujours des lieux reculés au fond des bois pour y cacher leur trésor. L'ancêtre des De Surville ne pouvait savoir qu'un jour, le bourg de Grand-Anse s'étendrait si-tellement qu'il se mettrait à dévorer petit à petit la forêt environnante.

« Quand l'endroit a été bouleversé, continua le centenaire, l'âme du gardien du trésor pénètre dans le corps d'une ou de plusieurs autres personnes pour leur transmettre, à leur insu, sa charge. Cela veut dire qu'ici, autour de nous, il existe des gens qui gardent la jarre des De Surville. Peut-être en fais-tu d'ailleurs partie, Siméon Désiré… Ha-ha-ha!… »

Dès lors, pour accéder à l'endroit recherché, il fallait supprimer ces gardiens involontaires. Alors, le pacte diabolique serait aussitôt rompu et le découvreur de la jarre pouvait jouir à l'aise comme Blaise du trésor, cela jusqu'à la fin de ses jours. Même le Diable n'avait plus aucun compte à lui demander! De ce jour, Siméon Désiré se mit à scruter autrui, y compris sa propre parentèle, à sonder les regards, à étudier les faits et gestes de chacun, dans l'espoir un peu fou — Grand-Anse comptait tout de même plusieurs milliers d'âmes — de trouver quelque indice. Un petit quelque chose qui désignerait celui-ci ou celle-là comme probable gardien de la jarre d'or. On en vint donc à juger son comportement bizarre et les femmes le crurent vicieux (« vérat », disaient-elles), persuadées qu'elles étaient qu'il soupesait mentalement leurs seins ou leurs attributs fessiers. Les hommes, quant à eux, le soupçonnaient de fomenter quelque mauvais coup et hormis ses deux compères Nestorin Bachour et Milo Deschamps, tous se tenaient à distance respectable de celui qui s'était autodésigné comme rentier. Il avait trouvé le mot prestancieux. La première fois qu'il l'avait entendu, c'était de la bouche du maire, qui parlait au téléphone avec un ami. Siméon était venu quémander un petit job afin, disait-il, de tenir la brise, et le maire l'avait reçu en grande pompe dans son bureau, car la devise du premier édile de Grand-Anse était « un homme égale une voix, mépriser un homme, quel qu'il soit, c'est perdre une voix ! ». La sonnerie du téléphone avait interrompu plusieurs fois l'entretien et Siméon avait entendu le maire prononcer ce mot de rentier qu'il ne connaissait point jusquelà, mais dont il devina vite le sens à la teneur de la conversation qui se déroulait devant lui. Il jugea que cette expression convenait tout-à-faitement aux activités auxquelles il comptait s'adonner dans un proche avenir, dès que ses projets auraient

abouti : construire des cases ici et là et les louer à
ces gens qui abandonnaient les campagnes suite à
la fermeture des distilleries et à la ruine progres-
sive des plantations.

Pour l'heure, il n'obtint du maire qu'un job de
fossoyeur adjoint, poste dont personne ne voulait,
car le titulaire en était toujours tellement saoul
que c'est à peine s'il pouvait pelleter la terre. Au
bout d'un moment, l'essentiel du travail retom-
bait donc sur les épaules de l'infortuné adjoint,
qui démissionnait en général un mois plus tard.
Mais Siméon était ravi ! Il aurait désormais tout
son temps pour arpenter les allées du cimetière et
cela sans qu'il ait à se justifier. Il inspecterait
chaque tombe, chaque caveau et surtout la fosse
commune où l'on jetait les indigents, les incroyants et les Indiens-Coulis. Son instinct saurait
bien dénicher le petit détail qui le mettrait enfin
sur la piste de la jarre d'or.

En attendant, il profitait de son nouvel emploi
pour se venger de ceux qui lui avaient fait subir
des affronts ou qui avaient abusé de son dévoue-
ment au travail. Comment pouvait-il oublier
qu'il avait nettoyé une savane entière plantée en
goyaviers pour le sieur Démart, afin que ce dernier
y fasse paître des bœufs, et que le bougre lui
devait encore, deux ans plus tard, la moitié de son

salaire? Et Sylvanise, cette chabine arrogante de
Fond Gens-Libres, qui s'était moquée de lui devant
ses commères parce qu'il avait commis une légère
faute de français en tentant de lui faire la cour! Et
Bogino, bien qu'à présent il fût tombé fou, qui
l'avait provoqué à la lutte et qui, profitant de sa
force herculéenne, l'avait fessé sur l'écale pendant
la fête patronale! Et untel! Et unetelle!...

Les ennemis de Siméon Désiré ne savaient
même pas que le bougre abrégeait leur vie, tant il
leur souriait ou se montrait obséquieux à leur
endroit. Sa méthode était simplissime: il récupé-
rait des clous de cercueil à l'intérieur des tombes
fraîchement creusées et profitait des enterrements
pour repérer les empreintes de pas de ses ennemis.
Il y fallait un œil exercé, mais Siméon avait fini
par s'en forger un. Une fois le cercueil en terre et
les condoléances terminées, lorsqu'il se retrouvait
seul dans le cimetière avec le fossoyeur en titre, il
ôtait une poignée de clous de sa poche et, remon-
tant les allées, les fichait un à un dans lesdites
empreintes. Le sieur Démart ne tarda pas à dépé-
rir et se dessécha sur lui-même comme une canne
à sucre laissée trop longtemps au soleil. Quant à
la chabine de Fond Gens-Libres, elle se plaignit
de maux de ventre atroces, qui nécessitèrent une
grave opération à Fort-de-France, où elle décéda

à l'âge de trente-sept ans seulement. Seul Bogino résistait encore, mais Siméon considérait que sa folie était déjà un début de punition...

*

Le détective Amédien reprit ses aller-venir désinvoltes à Grand-Anse, feignant de ne plus s'occuper du tout de son enquête. Mais chacun nota qu'il s'appliquait à savoir si Milo Deschamps jouait au jeu de quine (qu'il appelait, Dieu sait pourquoi, « bonneteau ») sur le parvis de l'église, à quatre heures de l'après-midi, et avec qui en particulier. Il se fit expliquer ce jeu et y misa deux gros billets de mille francs, qu'il perdit avec bonne humeur. Il chercha à connaître le nom du gamin qui lavait la Simca Aronde de Nestorin le samedi, de beau matin, à la fontaine municipale, et le gratifia d'un paquet de biscuits sans rien lui demander de précis. Il observa longuement Bogino, le bougre fou dans le mitan de la tête, qui pointait un doigt dénonciateur en direction du soleil, le confondant probablement avec la boule de feu qui lui avait dérobé la raison une nuit de novembre de l'année d'avant. Les manigances du détective commencèrent à agacer sérieusement l'abbé Stegel, qui ne perdait jamais l'occasion, dans son sermon dominical, de livrer à la malignité publique l'identité de celui que Dieu le père en personne lui avait révélé être l'assassin des deux coursailleurs de jupons les plus émérites de Grand-Anse : René-Couli. L'ecclésiastique alsacien affirmait que l'hindouiste pratiquait en cachette des sacrifices humains.

« D'ordinaire, ils utilisent des enfants innocents, clamait-il, mais une fois tous les sept ans — j'ai étudié leurs diableries, moi ! — il leur faut des hommes dans la pleine force de l'âge. »

Malgré ces dénonciations vengeresses, le détective Amédien ne semblait prêter aucune attention à l'égorgeur municipal et à son aide, un Indien lui aussi. Les deux scélérats continuaient à officier à l'abattoir en toute tranquillité, un ou parfois deux jours dans la semaine, traversant le bourg armés de leurs longs couteaux de boucher, l'air vaguement goguenard. En fait, le détective d'En-Ville paraissait davantage préoccupé par la disparition du rentier Siméon Désiré. Car le gandin aux tempes grisonnantes avait bel et bien disparu, quoiqu'on eût mis du temps à s'en apercevoir ! C'est tout à fait par hasard, en traînant au Rendez-Vous des Compères, le bar de la Rue-Derrière, qu'Amédien apprit l'existence du troisième enjôleur de jeunes filles. Un charpentier, dont les

poches avaient des courants d'air et auquel mamzelle Hermancia refusait avec obstination de servir un énième punch gratuit, s'était écrié dans sa
saoulaison :

« Hon ! Si compère Siméon était là, il nous
aurait payé la tournée, foutre !

— *Ebé, mé koté neg-la pasé, han ?* (Mais où a-t-il
donc passé celui-là ?) s'étonna un autre tafiateur.

— *Zafè lézot toujou anlè kont zot !* » (Les affaires
d'autrui sont toujours sur votre compte !) s'offus-
qua la tenancière du bar, que l'on soupçonnait de
nourrir un petit béguin pour le rentier.

Le détective attendit le départ du dernier client
pour questionner mamzelle Hermancia. Elle pro-
pretait sans arrêt le sol à l'aide d'un torchon de
pied, tout en astiquant des verres qui brillaient
déjà à la perfection. Surtout, elle évitait le regard
du privé, qui se mit à rire tout doucement avant
de s'accouder au comptoir.

« Vous avez de l'absinthe ? » demanda-t-il.

Elle le servit prestement et disparut dans l'arrière-salle, prétextant « un manger sur le feu ».
Amédien l'entendit s'activer, bousculer des casseroles, verser des liquides dans un évier, refermer
bruyamment les portes d'un gardemanger.

« Vous nous préparez quoi aujourd'hui, madame ?

— Pas du manger de mulâtre d'En-Ville, cher monsieur! Rien qui puisse vous attirer...

— Dites toujours!

— Du hareng sauré en entrée et puis... et puis... du fruit à pain accompagné de queue de cochon salé...

— Excellent! Ça me va tout à fait. Quand ce sera prêt, vous me servirez à cette table là-bas, près de la fenêtre.

— Bien, monsieur...»

Un drôle de silence s'abattit sur le Rendez-Vous des Compères. Au-dehors, la même chaleur féroce emprisonnait la Rue-Derrière, qu'une longue rangée de maisons empêchait de bénéficier du vent de l'Atlantique. Des enfants jouaient avec une trottinette de leur fabrication, insensibles à la hargne du soleil. Amédien se mit à relire ses carnets avec application, tandis que la tenancière lui mettait son couvert. De temps à autre, il aspirait de l'encre dans une bouteille carrée avec un gros stylo noir et rédigeait à la va-vite des griffonnages que mamzelle Hermancia tenta en vain de déchiffrer. Elle déposa une bouteille de vin de Bordeaux de moyenne qualité sur sa table en disant que la boisson était offerte par la maison. Le bougre se remit à sourire, l'embarrassant à nouveau.

«Alors, vous me parlez un peu de ce Siméon...

comment encore? Ah oui, Siméon Désiré...,
fit-il.

— Lui!... c'est un amateur de combats de
coqs. J'ai rien à voir avec un malfaiteur de son
espèce, moi. Je ne trempe pas dans ces machins de
nègres sauvages.

— Il habite où?

— Vous savez, Siméon a trente-six cases à
lui tout seul. Il est entrepreneur en bâtiment,
n'oubliez pas ça! Il se déplace beaucoup, ici
même, à En Chéneaux, à Morne Pavillon, à Fond
Gens-Libres et puis dans d'autres communes du
nord aussi. À Basse-Pointe et à Ajoupa-Bouillon...
enfin, c'est ce que ce monsieur a toujours prétendu. Vous savez, je ne le connais pas bien. Il
venait boire chez moi de temps en temps. C'est
tout!

— Où est-ce que je peux le trouver?

— Hon! Siméon n'est pas un nègre qui reste
en place. Tantôt il vit à Grand-Anse, tantôt il est
ailleurs. Parfois, il lui arrive de s'absenter deux
semaines entières. Je ne me suis jamais mêlée de
ses trafics!»

Le détective Amédien avala le manger-nègre
avec un grand appétit. Il semblait en proie à une
sourde jubilation. Changeant brusquement de

sujet, il orienta la conversation sur la boule de feu qui hantait les nuits de Grand-Anse.

« Vous êtes déjà au courant ? s'étonna mamzelle Hermancia. Fiche que les gens d'ici ne savent pas taire leur langue, c'est pas possible !

— C'est des paroles en l'air selon vous ?

— J'ai pas dit ça… ici, vous savez, la sorcellerie, le quimbois, bref appelez ça comme vous voulez, ça roule très fort. La même personne qui prend l'hostie le matin à-quoi-dire une sainte, eh ben elle va faire du zinzin la nuit chez un nègre qui a les mains sales. Il y a beaucoup de gens par ici qui trempent dans le quimbois. Moi-même, si mon bar périclite, c'est à cause de la jalouseté d'une voisine qui ne peut pas supporter que je mette une robe neuve, alors qu'elle, elle traîne la même depuis etcetera de temps. C'est tout de même pas ma faute si elle a une âme de fainéante, tonnerre !

— Ce Siméon Désiré, il fait du quimbois lui aussi ? » demanda Amédien.

Mamzelle Hermancia clôtura sa bouche nettement et proprement. Elle fut sauvée par l'arrivée de deux rhumiers qui s'installèrent lourdement à une table et commandèrent du Courville.

« *Kon sa yé a, sé jòdi-a i pou pati ?* (Alors comme ça, c'est aujourd'hui qu'elle s'en va ?) fit l'un d'eux.

« — *Sé sa radio-bwapatat ka di…* (C'est ce que dit la rumeur…)

— *Kou-taa, i andwa déviré épi an bèl Bétjé-Fwans an bra'y, fout!*» (Cette fois-ci, sûr et certain qu'elle reviendra avec un beau Blanc-France sous le bras!)

Le détective paya précipitamment sa note et se rua au-dehors sous l'œil ahuri des deux boit-sans-soif. Il contourna l'église, ne répondit pas au salut des joueurs de bonneteau, enjamba la Rue-Devant et pénétra sans sonner à l'Océanic-Hôtel. La mulâtresse Amélie était vêtue de manière pimpante, un pull-over incongru lui couvrant le buste jusqu'au cou, ce qui faisait ressortir l'arrondi de ses seins. À ses pieds, des valises pleines à craquer encombraient le passage.

«Vous allez où comme ça? s'enquit le détective.

— Comment? s'interposa Dame Losfeld hors d'elle. Mes affaires sont sur votre compte, eh ben Bondieu? Vous êtes le parrain de ma fille ou quoi? Monsieur, vous commencez à dépasser les bornes, oui. Et puis d'abord, vous n'êtes même pas policier! Vous n'êtes qu'un détective privé et personne ici ne sait pour qui vous travaillez. Alors dégagez de chez moi!»

Amédien eut un bref sourire.

«Chère madame, je pense, sauf votre respect,

que vous n'avez pas bien saisi le pourquoi de ma
présence à Grand-Anse. Vous me confondez sans
doute avec l'un de vos chers touristes. Je ne traque
ni coléoptères ni oiseaux rares, moi. Je tiens tout
de même à vous rappeler que deux assassinats se
sont produits dans cette commune, dont l'un pas
très loin de votre hôtel, et pour votre gouverne,
sachez que je suis mandaté par le directeur de la
police de Fort-de-France pour tirer tout cela au
clair. Votre fille ne quittera pas la commune!»

Dame Losfeld laissa éclater sa colère, jura ses
grands dieux qu'elle écrirait à Papa de Gaulle en
personne pour dénoncer cet abus de pouvoir,
puis, devant l'impassibilité du détective, finit par
retrouver son calme. Une voiture corna longuement au-dehors.

« C'est le taxi-pays de maître Salvie. Il m'attend,
oui…, fit Amélie.

— Monsieur le détective, intervint l'hôtelière
d'un ton suppliant, chaque année, ma fille se rend
en changement d'air en France. C'est le docteur
qui lui a recommandé ça pour sa santé. Vous la
voyez là, grande, bien debout, souriante et tout,
mais elle couve un asthme méchant, oui. Vous
voulez tuer ma fille ou bien quoi?

— Quel docteur? Donnez-moi son nom que
je fasse vérifier!»

Le taxi-pays corna une nouvelle fois, d'une
manière si sèche qu'on devinait l'énervement du
chauffeur.

«Écoutez, je vais… je vais vous dire la vérité
à vous, monsieur le détective, fit la plantureuse
commère. Vous êtes quelqu'un de Fort-de-France,
un homme civilisé avec de bonnes manières, qui
sait bien parler français et tout ça, mais… mais ici,
à Grand-Anse, où est-ce que ma fille va trouver
ça, hein? Où? Depuis que vous êtes chez nous,
je suis sûre que vous n'avez eu affaire qu'à des
nègres sans éducation, des rustres qui se vautrent
à longueur de journée dans la charognerie et la
méchantise et…

— Comme vous y allez! Ha-ha-ha!

— Je ne plaisante pas! C'est pourquoi j'envoie
ma fille en France chaque année, pour rencontrer
ses correspondants. Il y a un agriculteur de la
Beauce qui est fou d'elle. Je peux vous montrer ses
lettres, si vous voulez. À Paris, elle a un avocat qui
n'attend que mon accord pour lui passer la bague
au doigt. Voyez-vous, je ne suis pas pressée… je
les étudie les uns après les autres et Amélie, chaque
année, se rend là-bas pour apprendre à mieux les
connaître. Comme ça, d'ici deux-trois ans au
grand maximum, elle pourra faire un choix qu'elle
ne regrettera pas.

— Tiens tiens, comme c'est bizarre! On raconte ici et là que votre voisine, Man Irmine Augusta, a forgé les mêmes projets que vous pour sa fille Lysiane…

— Ils imitent tout ce qu'on fait, ces gens-là! intervint Amélie, agressive. Vous savez, ils sont restés de vrais campagnards!»

Le détective Amédien dévisagea la jeune mulâtresse fardée et maquillée et lui trouva un sourire pervers.

«Je suis désolé, vraiment désolé, madame Losfeld, dit-il d'une voix embarrassé, mais pour les besoins de l'enquête, votre fille ne peut quitter ni Grand-Anse ni la Martinique.

— Quoi! Vous voulez dire que vous la croyez capable de tuer deux hommes à une semaine d'intervalle. Ha-ha-ha! Je préfère en rire. Non mais, monsieur Amédien, j'ai baillé une éducation chrétienne à ma fille, si vous voulez le savoir.

— Désolé! J'ai des ordres.»

Un gamin toqua à la porte et lança un «bien bonjour!» tonitruant. L'hôtelière le foudroya du regard, sans doute à cause de ses pieds nus couverts de sable.

«J'ai trouvé ça au bord de mer, madame! fit-il en lui tendant un morceau de papier froissé.

— Allez, tire ton corps de chez moi, petit

nègre! Amélie, va à la cuisine et prépare-lui un morceau de pain margariné.

— Merci, madame!»

Le négrillon sautilla derrière la mulâtresse d'un air malicieux. Au passage, il lança un clin d'œil complice au détective.

«Dès que je laisse une fenêtre entrouverte, le vent se met à charroyer mes papiers, expliqua l'hôtelière, un peu gênée, cette mer que nous avons là, elle ne rigole pas, non!

— Vous permettez?

— Comment?

— Juste une vérification!» fit Amédien en attrapant le papier des mains de la femme.

Il désencombra la feuille du sable noir qui s'y était collé et se mit à lire à mi-voix. Une grande stupéfaction se peignit aussitôt sur ses traits.

«C'est de vous ça?... d'Amélie alors?

— Ni l'une ni l'autre, répondit l'hôtelière, embarrassée.

— Très intéressant... très très intéressant, et beau en plus. Écoutez-moi ça, s'il vous plaît : *Désastre qui s'ordonne / En soudaines griffées de tendresse / Sur le sable, linceul étincelant du noyé, / Et se joue des roueries de l'alizé / À Moulin-L'Étang, / À l'endroit où l'égorgé rit béatement.*

Qu'est-ce que c'est, chère madame ? Un poème ? Un rébus ? »

Dame Losfeld arbora l'air le plus idiot qu'elle put et déclara que ce papier ne devait pas s'être envolé d'une de ses chambres. Le négrillon l'avait peut-être trouvé non loin de l'hôtel, mais de semblables paroles sans queue ni tête ne pouvaient être l'œuvre de bons chrétiens tels qu'Amélie ou elle-même.

« C'est du Lysiane craché ! lâcha-t-elle perfide.

— Fort bien ! Dans ce cas, je le garde, ce papier. Je le lui remettrai en mains propres, déclara le détective. Chère madame, je vous répète qu'il est hors de question que votre fille quitte Grand-Anse. De toute façon, j'approche du but. Retardez son voyage de quelques jours ! »

Amédien grimpa à la galopée l'escalier menant à sa chambre, où il s'enferma jusqu'au soir. Un singulier contentement gonfla la tenancière de l'Océanic-Hôtel qui dit à haute voix :

« J'aurais parié ma place au paradis que cette négresse noire de Lysiane était l'auteur de ces abominations-là. Mon dieu, quand débarrasserez-vous la terre de cette race-là ? »

*

Le célébrissime journaliste Romule Casoar
défraya la chronique de Grand-Anse dès le lendemain de son arrivée. En effet, il avait osé toiser Lysiane en s'appuyant sur sa canne à pom-
meau d'argent et s'était mis à ricaner comme un
coq d'Inde. Sous le bras, il tenait un paquet
de *Rénovateur* qu'il distribuait aux passants en
lançant :

« Le seul journal de l'Amérique française qui
voit tout, sait tout, dit tout ! »

Très vite, son insolite présence rameuta toute
une bande de désœuvrés, ravie d'assister à ce
cinéma-sans-payer, et, bien sûr, nous la marmaille
drivailleuse. Certains d'entre nous faisaient même
mine de lire attentivement quelque article, alors
qu'ils tenaient le journal tête en bas ou, pire, n'y
voyaient que des pattes de mouche sur du blanc.
Fier de son succès, Casoar redressa les mèches de
sa chevelure de câpre et proposa de lire, « sur
l'agora », précisa-t-il, son éditorial de la semaine à
venir. Peu de gens comprirent le sens de cette
expression de grand-grec, mais on l'invita, avec un
empressement suspect, à s'exécuter. Au moment
où il s'apprêtait à déclamer son billet, il aperçut le
détective Amédien qui sortait de l'Océanic-Hôtel,
aussi débraillé qu'à l'ordinaire. Le privé ne répon-

dit pas à ses salutations obséquieuses et fonça tout droit sur Bogino, qu'il saisit par le collet.

« C'est bien toi qui travailles à l'abattoir ?

— Oui… oui… pourquoi ?

— Le sang, tu dois aimer ça, hein ?…

— *Mwen menm ? Ou fou, nèg-mwen !* (Moi ? T'es dingue, mon vieux !) se cabra le récureur de l'abattoir municipal.

— Paraît que tu avais un vieux compte à régler avec Milo Deschamps…

— Hon ! Ce bougre-là… je sais pas qui l'a tué, mais je suis d'accord avec son assassin. Milo était un scélérat. Il prêtait de l'argent à tout le monde et quand il fallait le rembourser, monsieur exigeait qu'on ajoute cinq mille francs dessus. Soi-disant pour embellir son Temple de la Rédemption de je ne sais quoi ! Moi, quand il m'a fallu enterrer mon grand-père, eh ben il a refusé de m'aider à acheter un cercueil en mahogany. Alors le vieux bonhomme, il est entré en terre dans une vulgaire caisse en bois blanc, même pas peinturée, monsieur le détective. C'est une attitude de chrétien, ça ? »

Une femme d'âge mûr intervint pour accuser Bogino d'être un fieffé imprévoyant et un gaspillard. Son grand-père lui avait confié l'argent de la tontine à laquelle il avait cotisé sa vie durant et le récureur l'avait perdu au jeu de sèrbi et dans les combats de coqs. Il était même interdit de séjour au gallodrome de Vallon !

«On prétend que c'est le sorcier volant qui a dérangé l'esprit de Bogino, continua la femme, mais je n'y crois pas. C'est son grand-père qui vient lui tirer les orteils la nuit. Les morts, ça ne rigole pas avec les vivants malhonnêtes, non !»

Romule Casoar, dont la vêture soignée contrastait avec le blue-jean élimé et le tricot froissé du privé, exultait.

«Merveilleux! Qui a dit que dans nos campagnes ne régnaient que la barbarie et l'ignorance? Je suis heureux d'avoir quitté les miasmes de Fort-de-France pour savourer l'air pur dans lequel baigne cette population naïve de Grand-Anse. Naïve et généreuse… en ville, hélas, les morts continuent à être morts de leur belle mort. N'est-ce pas merveilleux ce qui se passe ici, cher défenseur de la loi?

— Tu la fermes, espèce de fouineur de merde! s'énerva Amédien, garde tes salades pour ta feuille de chou!… Bogino, dis-moi, ce vendredi soir où Milo Deschamps s'est noyé, t'étais où?

— Est-ce que je sais, moi? Je ne compte pas

les jours. Ils se ressemblent tous. Il n'y a que le dimanche à m'attirer.

— Milo avait l'habitude de se promener sur la plage ?

— Se promener, monsieur le détective ? Vous plaisantez ou quoi ? Personne ne traîne sur la plage de Grand-Anse. C'est d'une foutue tristesse, oui. La mer peut vous happer en six-quatre-deux et vous vous retrouvez dans la grande fosse qu'il y a à l'en-bas de l'hôpital.

— Là, Bogino ne ment pas, intervint à nouveau la femme d'âge mûr, même Hernandez qui a été navigateur au long cours, il la craint autant que le Diable l'eau bénite. »

Amédien mâchonna son bois d'allumette d'un air perplexe. Il avait l'intention d'aller rendre visite à un certain Germont, qui était censé connaître les faits et gestes de Deschamps et Nestorin, puisqu'il était le propriétaire du gallodrome de Vallon, fréquenté assidûment par les deux victimes. Il vérifia d'un geste machinal que son arme, un Remington qui aurait mérité d'être huilé, se trouvait bien dans la poche de la veste en kaki à manches courtes qu'il portait toujours sur son bras qu'on fût en hivernage ou en carême. Romule Casoar avait recommencé à jouer à l'important devant la badaudaille. Amédien se demandait comment un cancrelat de son espèce pouvait bien gagner sa vie.

« C'est tout de même pas ce torche-cul de *Rénovateur* qui lui permet de s'acheter des fringues aussi luxueuses ! » marmonna-t-il.

À maintes reprises, au cours de précédentes enquêtes à Fort-de-France, le privé avait dû affronter les fouailleries du journaliste, son esprit tortueux et sa morgue, qu'on aurait jurée innée. Casoar s'était toutefois bien gardé d'écrire ne fût-ce qu'une demi-ligne à propos du détective Amédien, tandis qu'il s'évertuait à révéler, dans chaque numéro du *Rénovateur,* les turpitudes, coucheries, salopetés et autres cochoncetés de la petite-bourgeoisie foyalaise. D'instinct, le journaliste savait qu'une telle chose aurait déclenché les hostilités avec le privé, lequel ne rêvait sans doute que d'en découdre avec lui. Amédien ne reconnaissait au plumitif qu'une seule vraie qualité : l'opiniâtreté. Casoar avait raté sa vocation d'indicateur de police, voire d'agent des renseignements généraux. Il était capable de rester toute une nuit planqué dans le jardin d'une villa à seule fin d'espionner les conversations des participants à quelque banquet donné par la mulâtraille ou la békaille. Une fois, il avait même enjambé le balcon du deuxième étage d'un

immeuble pour écouter les râles de plaisir d'une
épouse adultère en pleine activité fornicatrice et
avait malicieusement noté dans son journal que la
dame lui avait offert « un beau concerto en rut
majeur ». Le fruit de ses diverses investigations se
retrouvait donc, à peine voilé, dans les colonnes
du *Rénovateur* et le bougre avait déjà reçu maintes
convocations en duel, il avait été calotté en pleine
rue Schœlcher, au mitan de Fort-de-France, ou
rossé par des nervis à la solde des honnêtes gens
dont il avait eu l'occasion d'égraphigner l'honneur. À dire la franche vérité, le détective Amédien éprouvait une manière de sympathie pour ce
qui, à tout prendre, relevait d'une certaine forme
de courage, et il avait eu parfois la tentation de
faire la paix avec Casoar, dont les tuyaux pouvaient faire avancer ses propres enquêtes, mais il
en avait été dissuadé par l'insupportable hyper-
trophie de l'ego du fondateur-directeur-rédacteur
du *Rénovateur*.

Jacassier comme à son habitude, Casoar continuait à pérorer devant un groupe de Grand-Ansois
béats :

« Mes chers concitoyens, permettez-moi de
vous lire, comme je vous l'avais promis, le début
de mon éditorial de la semaine prochaine… En
voici le titre : *Mystère à Grand-Anse, sublime cité*

atlantique bénie des dieux. Écoutez-moi ça :
*Depuis plus d'un mois, le calme et bucolique village
de Grand-Anse, sis au bord de la mer océane, au
milieu de la luxuriante végétation tropicale du
nord de notre beau pays, est en proie à une agitation sans précédent.* C'est pas beau, ça ? Écoutez
la suite : *En effet, deux hommes que rien ne pré-
destinait à un si funeste destin, Milo Deschamps,
prédicateur adventiste, et Youssef Nestorin, commerçant de son état, ont été retrouvés morts, le premier par noyade, le second trucidé à l'aide d'un
couteau à cran d'arrêt. Devant l'incurie de la police
locale et de la gendarmerie (cette dernière est,
comme chacun sait, composée d'individus fraîchement débarqués de leur Bourgogne ou Vendée
natale, qui ne comprennent rien à nos mœurs
créoles et ne songent qu'à bronzer au chaud soleil
des Tropiques), son excellence monsieur le préfet de
la Martinique a été contraint de faire appel au
brillantissime détective privé Amédien, désormais
connu de tous nos lecteurs pour avoir résolu plusieurs affaires compliquées, dont le fameux enlève-
ment de l'héritière des rhum De Malvaud au mois
de mars de l'an dernier. À notre humble avis et sans
vouloir empiéter sur les plates-bandes du valeureux
gardien de la loi, il nous semble qu'il ne faut pas
chercher bien loin l'auteur de ces crimes atroces. Ils*

sentent la négraille à dix pas et nous dirons même plus, la négraille féminine. Bien entendu, nous vous tiendrons au courant, chers lecteurs, de l'évolution de la situation. »

Les badauds applaudirent à tout rompre, quoiqu'il y eût gros à parier que fort peu d'entre eux avaient compris la prose ampoulée du journaliste d'En-Ville. Nous autres, la marmaille, avions bu ses propos, fascinés, et de ce jour, certains d'entre nous ne lâchèrent plus les guêtres de celui qui, à nos yeux, exerçait une bien passionnante profession, tout aussi passionnante en tout cas que celle des ornithologues et autres archéologues qui déposaient de temps à autre leur baluchon à l'Océanic-Hôtel…

CALENDRIER D'UNE ABSENCE

Tant de grands pans de rêve, de parties d'intimes patries effondrées. Et le jour qui se lève en moi comme une promesse de désastres féconds. Le jour que j'appelle de mes mots qui ont la tiédeur fugace des prunes-mombin tombées, pilées, triturées, mâchonnées dans les chemins en déshérence. J'excelle dans la joie quand, au miquelon de la mer, montent les grandes orgues de lumière écarlate et que, magnifiant

le grand silence du matin, l'oiseau-mensfenil, soli-
taire et grave, cueille en plein vol d'imperceptibles
clameurs de vent. L'exil s'en va ainsi dans la man-
geoire des astres. Je crie et seules m'entendent mes
tempes qui battent d'un sang frais :

Donnez-moi la foi sauvage du sorcier
Donnez à mes mains la puissance de modeler
Donnez à mon âme la trempe de l'épée
Je ne me dérobe point…

Ils ont beau se précipiter à mon chevet. Ils ont
beau brandir rhum camphré, eau bénite, chandelle
molle ou cachets d'Aspro, je ne cède pas. Ma mère se
met au désespoir, mon père relit pour la millième fois
la dernière ordonnance du docteur Beaubrun. Bien-
tôt, ce sera au tour de la marmaille de venir m'im-
portuner dans mon refuge.

D'en bas, de la boutique, une fois le jour installé
dans ses aises, ne monteront plus vers moi que paroles
insignifiantes, oiseuses même, de la même clientèle
désargentée : qui a tué Milo Deschamps? Pourquoi
ce si beau jeune homme de Nestorin a-t-il eu la gorge
transpercée? Et si Siméon Désiré, le rentier, avait
pris la discampette à Bénézuèle, hein?

Choses, écartez-vous, faites place entre vous, place

à mon repos qui porte en vague ma terrible crête de
racines ancreuses...

*

Cette fois, l'inspecteur Amédien se décida à
franchir un nouveau pas :

«Casoar, ça vous dirait de visiter un pitt-à-
coqs ?

— Quoi ! Vous employez le vocabulaire de la
plèbe maintenant ! On dit "gallodrome", monsieur le détective. Du latin *gallus*, qui signifie
"coq" et de *dromus*, qui...

— ... signifie "dromadaire", je sais, plaisanta
le policier.

— Heu, c'est avec plaisir que je vous accom-
pagnerai. Un immense plaisir.»

Le journaliste insista pour aller d'abord se
rafraîchir à l'hôtel, ce qui, dans son esprit, signifiait se barder le visage et le cou d'eau de Cologne
et surtout recoiffer la longue chevelure dont il
était si fier. Les deux hommes s'embarquèrent
dans la Peugeot 403 de service d'Amédien. À
hauteur du marché aux poissons, ils furent arrêtés
par le déchargement d'un camion de Royal Soda.

«Que me vaut un tel honneur, cher détective ?
fit Casoar.

— Bof!… vous savez, les combats de coqs, c'est pas mon fort.

— Vous pensez qu'il y aurait une affaire de paris derrière tout ça?

— Je ne pense rien du tout, se renfrogna Amédien en redémarrant. Au fait, qu'est-ce que vous vouliez dire l'autre fois en parlant de négraille féminine?»

Romule Casoar esquissa un bref sourire, mais ne répondit rien. La 403 empruntait à présent un mauvais chemin de roches à travers une bananeraie. Des travailleuses des champs, vêtues de hardes carnavalesques, leur firent des signes d'amicalité.

«Vous soupçonnez quelqu'un… quelqu'une, je veux dire, en particulier?» reprit le détective.

Casoar se contenta de sourire à nouveau.

«Ne me dites pas que vous n'avez pas remarqué cette jeune négresse bizarroïde qui campe toujours à sa fenêtre du matin au soir? On l'aperçoit depuis notre hôtel…»

Ils arrivèrent dans une cour en terre battue dont les abords étaient encombrés de calloges de coqs de combat. Un concert de cocoricos salua leur arrivée. Il y avait des volatiles de toutes espèces et de toutes couleurs. Des bleus et rouges à la crête agressive; des noirs cendrés à la queue démesurée;

des faisans et des coqs espagnols. Une câpresse boudeuse, dans la fleur de l'âge, un tablier ceint autour des reins, s'approcha de la voiture.

«Monsieur Germont n'est pas là. Il n'est jamais là le mercredi», déclara-t-elle en avalant presque ses phrases.

Amédien débarqua sans s'occuper d'elle et pénétra sur la véranda d'une respectable maison en béton aux fenêtres minuscules que l'on ne distinguait pas au premier abord à cause des manguiers qui l'ombrageaient.

«Hé! Vous allez où? Je vous dis que monsieur Germont est sorti. Le mercredi, il se rend toujours à Fort-de-France.

— Laissez, Marie-Laurence», fit une voix à l'intérieur.

Un bougre costaud fit son apparition, un véritable colosse qui portait un tricot isotherme et dont le visage était perlé de sueur.

«Florent Germont. Oui, c'est bien moi. Il ne descend pas, votre ami?»

Amédien fit un geste au journaliste qui extirpa prudemment sa longue carcasse de la Peugeot.

«N'ayez aucune crainte! fit en riant le propriétaire de gallodrome, je n'ai pas de chien. Leurs aboiements, c'est pas bon pour la santé de mes coqs-game.»

Il installa ses deux visiteurs sur la véranda, rentra dans la maison et en ressortit avec trois verres et une bouteille de rhum vieux. Il avait l'air extrêmement tranquille.

« Ça vous va ?

— Je viens au sujet de Nestorin Bachour…, commença Amédien.

— Ah ! Cet imbécile de bâtard-Syrien ! Je lui avais bien dit et redit de ne pas se mêler de combats de coqs. Il n'y connaissait rien, le pauvre. Élever des coqs et les entraîner à se battre, c'est une véritable science, cher monsieur. Pas un passe-temps d'écolier ! Résultat : Nestorin y a perdu des millions ! »

Romule Casoar laissa échapper un sifflement qui sembla agacer le colosse.

« Au fait, votre pitt-à-coqs se trouve où ? » demanda le journaliste.

Germont se renfrogna et leur servit une impressionnante rasade de rhum. Du menton, il leur désigna une construction circulaire en bois et en tôle ondulée située en contrebas de la maison. Le gallodrome ne payait pas de mine. Il semblait avoir été construit à la hâte et les pilotis qui le soutenaient donnaient l'impression d'être sur le point de se déplacer d'un seul coup à la manière de quelque monstrueux crabe-c'est-ma-faute.

« C'est ici que monsieur Nestorin venait dilapider sa fortune ? fit Amédien, sarcastique.

— Ce petit bougre n'avait pas sa tête sur les épaules, répondit l'éleveur de coqs. Tout le monde vous le dira à Grand-Anse. Il dépensait autant pour les femmes que pour les combats de coqs ou le jeu de dés. Sa Simca Aronde flambant neuve, vous savez combien il l'a payée, hein ?

— Il avait des dettes chez vous ?

— Monsieur l'inspecteur, nous ne…

— Détective privé ! l'interrompit Amédien.

— Monsieur le détective, nous ne faisons pas crédit. Dans les pitts-à-coqs ne circule que de l'argent liquide et ça, de la main à la main. Celui qui a assassiné Nestorin, il n'appartient pas à notre milieu. Ça, je peux vous le garantir ! »

Soudain, un chanter s'éleva des halliers proches, un chanter de bel-air incongru au mitan de cette matinée grisâtre d'hivernage. Une voix héla :

« *Hé ! Jèmon, man vini koté'w ? Sa ou ni di bon ba mwen, konpè ?* » (Hé ! Germont, je suis venu te voir. Qu'est-ce que tu as de bon à m'offrir ?)

La personne progressait d'un pas alerte, toujours cachée à la vue des trois hommes installés sur la véranda. Le propriétaire de gallodrome se raidit, décroisa les jambes avec nervosité. Un nègre d'apparence quinquagénaire, aux tempes

grisonnantes, fit son apparition et sans regarder ni
à droite ni à gauche, se dirigea vers une boquitte
d'eau, placée à l'en-bas d'une gouttière, et entreprit de propreter ses orteils couverts d'une épaisse
couche de terre rouge.

« *Jèmon, koté ou ka séré a, boug-mwen ?* » (Germont, tu te caches où, mon vieux ?)

Quand il finit par redresser la tête et prit
conscience qu'il était observé, sa bouche s'arron-
dit de stupeur. Une lueur d'affolement traversa
son regard. Il ne fit ni une ni deux et s'escampa
par les mêmes halliers d'où il était venu. Amédien
enjamba la balustrade de la véranda et tenta de le
poursuivre en s'écriant :

« Arrêtez-vous ! J'ai à vous parler. »

Peine perdue : le quinquagénaire, qui devait
connaître les lieux comme sa poche, le sema net.

« Alors, on manque d'entraînement, monsieur
le détective ? » lança Romule Casoar.

Germont s'était dressé et ses muscles saillirent
de son tricot isotherme.

« Qui c'est ? » fit le détective en regardant l'éleveur de coqs droit dans les yeux. L'homme semblait gêné. Il se servit une nouvelle rasade de rhum
et articula lentement :

« C'est ce… ce couillon de… Siméon Désiré…

— Le rentier ?

— Ah, ça, je connais pas sa profession ! Les gens racontent tellement de choses, vous savez. Moi, tout ce que je sais, c'est qu'il est fossoyeur adjoint…

— Apparemment, il n'a pas l'air d'avoir la conscience tranquille, celui-là », interrompit Casoar, hilare.

Amédien se désintéressa brusquement du fuyard. Il voulut tout savoir du monde des combats de coqs, des saisons où ils se déroulaient, des différentes variétés de volatiles, des nourritures spéciales qu'on leur préparait et, bien entendu, Germont se montra intarissable. Mâchouillant un bois d'allumette, le détective notait-notait-notait sur ses éternels petits carnets à couverture verte.

« L'an passé, expliqua le maître-coqueur, le gouvernement a voulu voter une loi interdisant notre activité en Martinique et en Guadeloupe. En fait, il entendait nous appliquer celle qui interdit qu'on tue les taureaux dans les corridas. Hon ! Ces messieurs de Paris ont le cœur sensible. Voir couler le sang des animaux leur est insupportable. Ha-ha-ha ! Par contre, faire deux guerres mondiales dans le même siècle, ça ne les gêne pas. Enfin bref… grâce à notre tempérament créole, nous avons résisté et final de compte, on continue comme avant…

— À Moulin-L'Étang, fit Amédien en regardant le bougre dans les yeux, Nestorin a perdu tout son sang… exactement comme un coq de combat… »

Puis le privé serra promptement la main de l'éleveur qui, ahuri, n'eut pas le temps de se lever de son siège. Entraînant Casoar, le détective regagna sa voiture d'un pas rapide.

« Hé ! Revenez quand vous voulez ! » s'écria Germont d'une voix mal assurée.

Sans débâillonner les dents, Amédien roula à tombeau ouvert dans le chemin défoncé, s'attirant les injures des coupeurs de canne et des amarreuses qui rentraient du travail. À l'entrée du bourg de Grand-Anse, il stoppa au quartier Redoute, d'où l'on avait une vue superbe sur la mer, et se prit la tête entre les mains.

« Quelque chose ne va pas ? demanda le journaliste.

— Je repense à votre histoire de… comment avez-vous dit déjà ?… de négraille féminine.

— Ah ! Vous avez de la suite dans les idées, vous ! Moi qui m'imaginais que vous iriez dare-dare à la gendarmerie pour lui demander d'organiser une battue. Ce Siméon, il ne doit pas être allé bien loin.

— J'insiste : à qui vous faisiez allusion, Casoar ? »

Le journaliste entrebâilla la portière afin de recevoir un peu de vent venu de l'Atlantique. La chaleur était encore pesante bien que le jour déclinât. Il contempla l'infinie colère de la mer de Grand-Anse, avec le même étonnement que le tout premier jour où il avait débarqué dans la commune, avant de marmonner :

«Cette gourgandine est pareille à la mer d'ici. En plus, à ce qu'il paraît, elle entretient d'étranges accointances avec ses vagues. On prétend qu'elle leur parle…

— Nous y voilà! Selon vous, Lysiane Augusta est la coupable toute désignée, hein? C'est bien ça, Casoar?

— J'ai fait ma petite enquête… les deux macchabées s'étaient amourachés de cette prétendue déesse callipyge…

— Et alors? fit Amédien en redémarrant. Ça prouve quoi? Rien ne dit qu'elle leur ait porté le moindre intérêt. Amélie Losfeld, elle aussi, a une légion de prétendants.

— Amélie est une mulâtresse de bonne famille, pas une négresse de rien du tout!»

Le détective fut pris d'une soudaine fureur. Il intima l'ordre au grand escogriffe de descendre de sa voiture et l'abandonna à son sort.

«Salopard!» brailla Casoar, que la perspective

d'abattre trois kilomètres à pied effrayait au plus haut point.

*

Trente ans durant, Siméon Désiré avait sondé les abords des cent dix-neuf tombes et trente-deux caveaux que comptait le cimetière de Grand-Anse. Il avait fini par en connaître chaque détail, chaque recoin et vous désignait sans hésiter l'endroit où votre cher parent avait été inhumé, vous informant au passage qu'il avait récemment désherbé l'endroit et qu'il y avait mis des fleurs fraîches. Les bourgeois lui glissaient alors un billet, d'autant plus volontiers que nombre d'entre eux avaient le sentiment que, grâce à lui, ils continuaient à avoir des nouvelles de leur défunt. Siméon, en effet, à force de hanter le cimetière, d'y manger, d'y faire la sieste, avait fini par faire de vieux rêves. Cela le prenait en plein jour, tandis qu'il fouillait le sol à l'aide d'une pelle à manche court, toujours soucieux de ne pas laisser un seul jour s'écouler sans qu'il ne cherchât son trésor. Il butait inévitablement sur des ossements ou des débris de crâne, qu'il rangeait avec soin dans des boîtes en carton afin de les brûler, selon les directives de l'autorité municipale, encore qu'il lui arrivât de temps à

autre de vendre ces précieux instruments de sorcellerie à des bougres venus d'autres communes.

Les morts lui apparaissaient en rêve sans crier
gare et lui baillaient des ordres sibyllins, qu'il exé-
cutait ensuite sans que jamais il en comprît le
pourquoi. Ainsi le boulanger de la Rue-Derrière
exigea-t-il qu'il aille voler les culottes que sa veuve
étendait de bon matin sur un fil dans la minuscule cour intérieure de sa maison, puis qu'il les
voltige à la mer, en gardant les yeux fermés, cela
au moment même où la sirène cornait midi. Sa
propre mère à lui, qu'il avait pourtant peu
connue, l'envoyait faire des commissions apparemment dépourvues de sens, jusqu'à des endroits
aussi éloignés que Morne des Esses ou Hauteurs
Bourdon. Siméon devait y remplir un panier de
toutes qualités d'herbes et d'essences rares (qu'il
avait d'ailleurs le plus grand mal à trouver) —
feuilles de dyapanna, écorce de pied de Bois
d'Inde, fleurs de vèpèlè, noix de muscade, citron-
nelle — et les déposer à la devanture des cases de
personnes que sa mère lui avait indiquées, cela à
leur insu. Il avait fini par se résigner et admettre
que les morts avaient leur propre logique qui
n'était pas celle des vivants. En fait, le fossoyeur
espérait secrètement arracher à l'un d'eux le nom
de celui qui était devenu le gardien de la jarre d'or

de la famille de Surville. Celui ou celle, voire
même ceux ou celles. Car il n'avait pas oublié les
paroles du nègre centenaire :

« Quand l'emplacement où était cachée la jarre
a été violé, le rôle de gardien est dévolu à une personne vivante qui le plus souvent ne le sait pas. »

Depuis qu'on y avait construit un cimetière, la
cachette avait dû être maintes et maintes fois pié-
tinée, souillée, violée donc, et tant que Siméon ne
découvrait pas l'identité du ou des nouveaux gardiens de la jarre, il pourrait la chercher en vain
jusqu'à la fin de ses jours. Cette seule perspective
l'épouvantait. Certes, il avait peu à peu réussi à
tenir son pari de s'enrichir en faisant construire,
grâce aux économies des femmes qu'il avait gru-
gées, des cases qu'il mettait en location, mais son
désir ardent était de quitter la Martinique et d'aller vivre la grande vie à Caracas ou à La Havane,
car il était fou de musique latine. Pour le réaliser,
il lui fallait absolument avoir de quoi vivre sans
travailler et, surtout, entretenir ces mulâtresses à
grands cheveux de jais qu'il admirait sur les
pochettes des disques venus de ces pays-là. Il est
vrai qu'outre ses rêves, Siméon cultivait aussi d'intenses relations avec certains décédés, des relations
très particulières qui relevaient tantôt de l'amicalité, tantôt de la haine, et une fois — une seule —

de l'amour. Ainsi chaque matin, dès son entrée dans le cimetière, il se rendait directement sur la tombe des De Surville et s'écriait :

« Bien le bonjour, votre honneur ! J'espère que vous avez bien dormi la nuit dernière. Il y a eu tellement de coups de tonnerre et de pluie que j'ai craint que cela ne vous ait dérangé. Comment ?... Vous n'avez rien entendu ? Eh ben quoi de plus normal ? Votre caveau est un véritable monument funéraire. Une famille pourrait y habiter, vous savez... Je vous admire très fort, monsieur de Surville, très très fort ! Vous étiez un père si soucieux de l'avenir des vôtres que vous n'avez pas hésité à cacher leur héritage six pieds sous terre pour que la révolte des nègres n'efface point le fruit de tant et tant d'années d'efforts consentis par votre lignée. Ah, je comprends cela, monsieur de Surville ! Ce fut un geste humain, magnanime même, mais hélas, vos descendants n'ont jamais pu retrouver l'endroit exact où vous avez enfoui la jarre d'or. Dites-le-moi et je vous jure que je la porterai sur-le-champ à votre arrière-petit-fils, à l'Habitation Séguineau. Quoi ? Va te faire foutre, vieux chien ! Tu veux rien lâcher, t'as pas confiance en moi, eh ben merde pour toi ! Continue à pourrir parmi les vers de terre et les chiques ! »

Avec Olivia, une câpresse splendide qui était
morte la veille de son mariage, Siméon se montrait plus tendre. Il mesurait bien tout le pathétique de cet affreux événement : la robe de mariée
immaculée achetée à grands frais à Fort-de-
France, les fleurs innombrables, les victuailles qui
dégageaient une odeur chavirante, la joie d'Olivia
et de son futur mari, l'allégresse de leur entourage
et puis, blip ! Le soir, le dernier soir, entre neuf et
dix heures, alors que l'on s'apprêtait à se mettre
au lit, Olivia qui déclara étrangement :

« Je suis très fatiguée… manman, aide-moi à
aller dans ma chambre, s'il te plaît. »

On n'eut pas le temps de lui venir en aide : elle
s'effondra comme une masse sur le plancher, le fil
de son cœur ayant pété net. Pourtant, elle n'avait
jamais souffert auparavant d'aucun mal sérieux.
Elle éclatait de santé et venait d'entrer dans la
trente-deuxième année de son âge. On l'enterra
avec sa robe de mariée et c'est à Siméon qu'il échut
de procéder à son inhumation, le fossoyeur en
titre se trouvant de nouveau à l'hôpital. Sans
l'avoir vraiment connue de son vivant, il devint
amoureux de la jeune morte et lui portait chaque
matin une brassée de fleurs qu'il déposait sur sa
tombe après s'être agenouillé pour l'embrasser.

« Olivia, ma doudou-chérie, comment vas-tu

aujourd'hui? Tu sais, il y a au moins quelque
chose de bien dans ton existence : tu n'as pas
vieilli. Tu n'as pas subi ce mal affreux, dégradant,
ce naufrage hideux qu'est la vieillesse. Tu resteras
éternellement jeune et c'est pourquoi ta belleté ne
fanera jamais. Je suis ton amoureux, ne l'oublie
pas!»

Puis, l'air de rien, il tentait de lui soutirer le
nom du gardien de la jarre d'or, cela en pure perte.
Olivia parlait de tout, sauf du trésor des De Surville. Mais un beau jour, tout comme le nègre centenaire, elle confirma à Siméon qu'après l'avoir
découverte, il lui faudrait supprimer la personne
en question pour pouvoir accéder aux richesses
dont il rêvait depuis tant d'années…

*

Le détective Amédien commençait à trouver le
temps long. L'instant de l'émerveillement éva-
noui, Grand-Anse avait fini par l'ennuyer. Car il
l'avait bel et bien émerveillé, ce bourg à la laideur
massive adossé à une mer perpétuellement déchaînée. Le privé se donna dix jours, pas un de plus,
pour résoudre ce que cet amateur de superlatifs
ronflants de Romule Casoar qualifiait d'énigme et

qui, pour lui, n'était qu'un simple casse-tête. On n'était quand même pas plus malin ici qu'en ville!

Amédien avait toujours remis à plus tard l'idée d'aller interroger Osvaldo, le naufragé du bateau hispanique qui, à en croire les habitants du bourg, vivait reclus dans la grande demeure coloniale du Blanc-pays Chénier de Surville, au beau mitan d'une plantation de cannes de deux cents hectares. Nul ne l'avait plus revu depuis que Lysiane l'avait sauvé, ô miracle, alors qu'il s'accrochait depuis plusieurs jours au récif de la Roche, à quelques encablures du promontoire de La Crabière. Son existence avait fini par être mise en doute par les plus jeunes et les anciens avaient commencé à se demander s'ils avaient bien vu de leurs yeux vu ce jeune homme ténébreux. D'aucuns pensaient maintenant qu'ils avaient pu être victimes d'une de ces raconteries maléfiques que le cerveau maladif de Lysiane Augusta enfantait régulièrement. Sa folie était apparemment contagieuse, car d'autres jeunes filles de son âge commençaient à se réfugier elles aussi dans leur for intérieur, refusaient de se coiffer et de s'attifer, prenaient des poses énigmatiques aux fenêtres de leur maison et, tout comme Lysiane, usaient d'un langage pour le moins hérétique.

«Il existe, ce naufragé!» lui avait affirmé

Cléomène, l'instituteur, peu suspect de fantaisie à cause de son enrôlement chez les francs-maçons. «Il sert de précepteur à la fille de Chénier de Surville.»

D'autres personnes, d'ordinaire plus enclines à croire et à diffuser les bruits les plus invérifiables, soutenaient pourtant dur comme fer que le fameux naufrage qui hantait la mémoire de Grand-Anse s'était produit au sortir de la guerre 14-18 et que, forcément, mamzelle Lysiane Augusta n'avait pu y assister ni recueillir, à plus forte raison, un quelconque rescapé. À les entendre, la jeune fille mélangeait ses propres songes aux raconteries des vieux-corps oiseux et les enfilait telles de fausses perles pour en faire des entrelaçures de paroles en chrysocale, exactement comme les colliers exposés à la vitrine du Syrien Wadi-Bachour.

«Elle n'a jamais cessé de parler toute seule!...» confirmaient-ils au détective Amédien.

CINQUIÈME CERCLE

Où l'on apprend des choses tout bonnement renversantes sur le compte de la bonne du presbytère de Grand-Anse et comment Wadi-Bachour fraîchement débarqué de sa Syrie natale, les poches remplies de courants d'air, parvint à conquérir le cœur de la négresse Berthe et l'amicalité de tout un chacun.

Romule Casoar, le plus célébrissime-grandissime-illustrissime journaliste de l'Amérique française, se flattait d'être un citadin de pure souche, pas une de ces terres rapportées qui commençaient, en cette fin des années 50, à peupler les bidonvilles de Fort-de-France. Ces nègres-là puaient la sueur de canne à sucre à dix pas et déambulaient avec gaucherie dans les rues à la recherche d'un petit job à deux francs-quatre sous, bousculant parfois les passants. Chaque fin d'après-midi, le plumitif nous rassemblait, nous la marmaille de Grand-Anse, afin de nous vanter le prestige de son nom et nous raconter sa journée par le menu. Chassant les fillettes d'un regard féroce, il se mettait à caresser nos têtes crépues en disant :

« C'est à croire que le Bondieu est méchant pour vous avoir mis cette laine sur le crâne ! »

Nous ne lui en tenions pas rigueur. Il nous

causait comme à des adultes, bien qu'il s'intéressât fort à nos jeux, participant même à nos parties de billes ou nous aidant à confectionner des cerfs-volants. Mais la plupart du temps, il soliloquait et grandiloquait. Ainsi n'avait-il pas digéré l'offense que lui avait faite le détective Amédien en le débarquant comme un malpropre au quartier de Redoute. Il avait dû avancer à pas comptés, au ras du canal encombré d'herbes folles et de détritus qui bordait la route, attentif à ne pas défaire l'escampe de son pantalon en flanelle. Des gens l'observaient d'un air moqueur, chacun y allant de son commentaire sarcastique. De son balcon, une femme brune et pulpeuse le siffla.

« Tu viens me voir, mon doudou, lui susurrat-elle, j'ai plein de bonnes choses pour toi, oui. »

La face empreinte de vergogne, Casoar regardait obstinément la chaussée.

« Je sais des choses aussi, monsieur le Foyalais… », insista-t-elle.

Le journaliste ralentit son allure, jeta un coup d'œil aux alentours et s'aperçut qu'il avait cessé d'être un objet de curiosité. Une grappe d'hommes s'était embarquée dans une discussion animée au sujet d'un match de football. Une marchande de pistaches grillées disposait ses cornets dans un panier qui trônait sur un vieux fût d'huile, à l'en-

trée de sa case. Casoar rebroussa chemin et voulut pénétrer dans le corridor de l'aguicheuse, avant
de se raviser. Deux jours plus tard, persuadé qu'il
tenait là une piste, il revint à la même heure au
même endroit et se fit harponner par la même
voix :

« Courage, mon cher ! Je suis sûre que cette fois-
ci vous allez venir… »

Un escalier en bois, un peu branlant, conduisait à une salle à manger d'une propreté éton-
nante. Tout y brillait comme si chaises, tables,
buffets, garde-manger et casseroles avaient été
brossés par une armée de servantes.

« Je suis le bras droit de monsieur l'abbé Stegel,
lui fit la femme qui n'était vêtue que d'un sou-
tien-gorge et d'une jupe évasée.

— En… enchanté !

— Appelez-moi Myrtha ! C'est bien vous qui
écrivez dans les journaux de Fort-de-France, à ce
qu'on dit ?

— C'est mon gagne-pain, disons. Vous êtes
bien renseignée, madame. »

Myrtha sourit et s'allongea voluptueusement
sur un cosy. Ses formes plantureuses accrochèrent
aussitôt le regard de Casoar, surtout ses seins qui
ballaient dans leur étui à chacun de ses gestes. La
bougresse l'invita à s'asseoir à ses côtés, au motif

que l'unique fauteuil convenable méritait de faire un petit tour chez l'ébéniste. Plus elle parlait et plus son charme agissait sur le journaliste. Il découvrait une femme, une femme vraie, dénuée de toute sophistication, mais habitée d'une espèce de dignité naturelle qui semblait émaner de sa chair même.

«Elle roucoule plus qu'elle ne parle…», pensa-t-il.

Myrtha lui servit de l'anisette dans un verre minuscule artistement décoré, mais ne prit rien elle-même. Au-dehors, les rouleaux de l'Atlantique se faisaient insistants, presque irritants par moments. Elle remarqua qu'il écoutait la mer et sourit.

«Nous autres, on ne l'entend guère plus. On est habitué, à force…

— Le type qui s'est noyé l'autre jour, il ne l'était pas lui! attaqua Casoar.

— Milo Deschamps? Pff! Cet imbécile de prédicateur protestant nous avait annoncé la fin du monde avant le début de l'an 1962 et voilà qu'il est parti en enfer sans attendre le Jugement dernier. Ha-ha-ha! Quant à son âme damnée, ce mister Donaldson dont personne ne comprenait le jargon, il est où à présent, hein? Envolé dans son Amérique natale très certainement…. Noyé Milo

Deschamps, vous dites? Ça m'étonnerait fort. Ce nègre-là, il ne se lavait pas tous les jours. Il avait les ongles noirâtres en permanence. Franchement, je ne le vois pas se baigner à la mer. D'ailleurs, personne ici ne s'y risque. Les adultes, je veux dire…»

Elle se leva, chercha une chamoisine au fond du tiroir de son large buffet verni et se mit à cirer les bras du fauteuil, puis la table, tout autour du napperon brodé qui ornait son mitan. Une sueur irisée perlait au creux de ses aisselles, ce qui excita Casoar au plus haut point. Sa croupière, qu'elle portait haut, tanguait à l'en-dessous de sa jupe.

«Vous faites quoi au juste au presbytère? demanda le journaliste pour dissimuler le trouble qui s'emparait de lui.

— Je nettoie, je repasse le linge de monsieur l'abbé, je lui prépare son manger. Il ne sait rien faire de ses dix doigts, le pauvre. Mais c'est un saint homme, je vous assure, il m'a expliqué toute la Bible et m'a appris un peu de latin. Je n'ai pas eu la chance de traîner longtemps sur les bancs de l'école mais grâce à lui, j'ai acquis un peu d'éducation. Hou la-la!… Qu'est-ce qu'il fait chaud aujourd'hui! Vous pouvez me dégrafer mon soutien?»

Et de se présenter de dos face à Casoar qui fut

pris d'une vive tremblade. Le bougre était si-tellement nerveux qu'il ne parvint pas à s'exécuter tout
de suite. Le dos de Myrtha exhalait une odeur
fauve qu'une rousinée de sueur amplifiait encore
davantage. À l'instant où elle se retourna pour lui
présenter la magnificence de ses seins enfin libé-
rés, quelqu'un toqua à la porte.

« Ah zut! s'exclama-t-elle. C'est mon client du
vendredi. Allez, disparaissez d'ici, mon cher! Pre-
nez par cette porte-là, tout au fond. À bientôt!»

Mais la personne, n'ayant pas entendu de
réponse, entra en lançant :

« *Haa! Makoumè, jòdi-a, neg ou an fom. Man ké
ba'w bon zouti.* » (Aaah, ma poule! Aujourd'hui,
ton gars se sent en pleine forme. Je vais te travailler.)

Les deux hommes s'entrevisagèrent avec stupéfaction. Romule Casoar reconnut en un battement d'yeux Siméon Désiré, le rentier. Il fut le
premier à se refaire.

« Tiens tiens! Comme le monde est petit,
susurra le directeur du *Rénovateur*.

— Vous vous connaissez? demanda la ribaude
ébahie à son tour.

— Et comment! On est de vieilles connaissances. Comment allez-vous, monsieur Désiré?

Pas trop fatigué après votre marathon de l'autre jour ? »

Le rentier, comme accablé, s'affala dans le fauteuil qui grinça de manière désagréable. Il sortit un mouchoir douteux de la poche arrière de son pantalon et s'épongea les tempes, les yeux dans le vide.

« Sacrée chaleur, les amis ! Je crois que j'irai vivre en Norvège, foutre !

— *I jaja lanmori* » (Il adore la morue séchée), fit Myrtha à Casoar en s'esclaffant.

Siméon Désiré, sans soutenir le regard du journaliste, se lança dans de longues explications embarrassées. S'il avait fui chez Germont, le maître du gallodrome, cela ne signifiait aucunement qu'il se sentait coupable de quoi que ce soit. Bien au contraire ! Et Myrtha pouvait le confirmer, Youssef Nestorin, Milo Deschamps et lui-même étaient de bons zigues. Ils sirotaient leur petit punch ensemble presque tous les jours chez Man Hermancia, à la Rue-Derrière, suivaient de concert les matches du Rapid-Club, pariaient sur les mêmes coqs tout en se gardant de courtiser les mêmes femmes.

« Tttt ! N'oublie pas de dire au monsieur que vous couriez tous les trois après les fesses de cette négresse prétentieuse de Lysiane! interrompit Myrtha d'un ton aigre.

— Nous… nous étions amoureux d'elle. Ce n'est pas la même chose! s'indigna le rentier.

— Pourquoi "étions"? demanda Casoar. Vous, vous ne l'êtes plus?»

L'homme se mit à tournevirer dans la salle à manger, à nouveau nerveux. Casoar remarqua qu'il avait une sorte d'estafilade sur la nuque. Croisant le regard du journaliste, il la palpa avant de déclarer :

«C'est rien… juste un vilain coup de rasoir la semaine dernière…

— Hon! Tu as encore eu affaire à un mari jaloux, je parie, éructa la bonne du presbytère, tu peux pas garder la braguette de ton pantalon fermée, c'est pas possible!

— Non… c'est pas ça du tout. Y a un bougre qui me devait une tonne d'argent et il voulait pas me rembourser.

— Siméon, à mon humble avis, vous auriez tout intérêt à vous présenter spontanément au détective Amédien, fit le journaliste, c'est un dur à cuire. Il vous emmerdera tant qu'il sera à Grand-Anse. On loge tous les deux à l'Océanic-Hôtel.

— Merci du conseil. Au fait, à qui j'ai affaire?

— Romule Casoar, la plus éminentissime

plume francophone des trois Amériques, pour vous servir ! »

Interloqué, le rentier serra longuement la main du journaliste, toujours en évitant le regard de Casoar. Ramassant un sac en toile qu'il avait posé au pied du fauteuil, il embrassa Myrtha sur les deux joues et tira sa révérence.

« À nous deux à présent ! » fit aussitôt la ribaude.

Et de se jeter sur Casoar, de le renverser sur le cosy, de défaire sa ceinture, de baisser son caleçon et de lui entreprendre une suce du tonnerre de dieu tout en faisant valser sa jupe. Le bougre suffoqua sous l'assaut. Ne sachant quelle contenance adopter, il balbutia que la porte n'était pas fermée, mais la bonne n'entendit rien ou ne voulut rien entendre. En un virement de main, Casoar se retrouva déshabillé du menton aux orteils. De guerre lasse, il se laissa faire, c'est-à-dire chevaucher de la manière la plus impétueuse qui soit. Les coups de reins énergiques que la femelle lui bailla l'amenèrent trop vite à l'extase, à son grand dam. C'était bien la première fois de sa vie qu'il n'avait pas eu l'initiative d'une joute charnelle et surtout qu'il n'en avait pas maîtrisé la conclusion. Myrtha se dégagea aussi prestement qu'elle l'avait assauté, s'enveloppa dans une serviette de bain et lui lança :

« Pour toi, ça fera deux mille. »

Penaud, l'illustre plumitif qui se flattait que son
journal soit lu jusqu'à Paris et Montréal, le Don
Juan des salons huppés de Fort-de-France, chercha son portefeuille dans les poches de sa chemise-
veste, s'empêtrant dans toutes sortes de papiers.

« Si tu m'offres le double, je peux te révéler la
vérité…, ajouta la femme à voix basse.

— La vérité ?

— Fais pas l'idiot ! Je sais qui a tué Nestorin
et Deschamps !

— Quoi !

— Tu sais, ils me fréquentaient de temps à
autre, fit la ribaude avec débonnaireté, c'est pas
tous les jours qu'ils trouvaient de la chair fraîche
à se mettre sous la dent. Faut pas croire ! De toute
façon, vous les hommes, pour ce qui est de van-
tardiser, personne ne peut vous battre sur ce ter-
rain-là. Ha-ha-ha ! »

Casoar se rhabilla sans mot dire. Trente-douze
mille pensées s'agitaient dans sa caboche. Une
sourde jubilation monta en lui : peut-être tenait-
il enfin sa revanche sur ce goujat d'Amédien, qui
le considérait d'ordinaire comme un empêcheur
d'enquêter en rond, voire même un simple caca
de chien, selon la propre expression du privé. Il
serait, lui, Romule Casoar, le premier à révéler à

la Martinique entière le nom du coupable des deux meurtres qui avaient défrayé la chronique insulaire tout au long de ce mois de septembre 1959. Déjà les premières phrases de son éditorial se profilaient dans son esprit :

Les meurtres de Grand-Anse enfin élucidés

Alors que toutes les forces de police et de gendarmerie de notre chère île sont, depuis des mois, à la recherche du dangereux criminel qui a ensanglanté par deux fois la paisible commune de Grand-Anse, votre serviteur, armé de la patience, de la lucidité et de l'esprit de déduction qui le caractérisent, a, par ses propres moyens, démasqué le dénommé...

Le journaliste voyait déjà le préfet le décorer de la Légion d'honneur devant un aréopage de notables, de gros négociants et d'hommes de lettres. Les directeurs de sociétés qui avaient cessé de faire des réclames dans *Le Rénovateur*, à cause de quelque coup de griffe qu'il avait infligé à tel ou tel membre de leur conseil d'administration, défileraient à présent dans son bureau de la rue Garnier-Pagès, prêts à accepter sans le moindre sourcillement le prix de ses encarts, que d'habitude ils chipotaient jusqu'à ce que Casoar leur consentît un rabais. La ribaude continuait à l'observer d'un air goguenard, la main tendue :

« Dépêche-toi parce que je suis capable de revenir sur ma proposition !

— D'accord… »

Il ôta la somme de son portefeuille, deux fois deux mille francs donc, en comptant les billets à mi-voix.

« Tu ne serais pas en train de me chansonner des fois ? demanda-t-il assailli d'un doute soudain.

— Tu prends le risque ou pas ?

— Je n'ai pas le choix à vrai dire… »

La bonne du presbytère lui révéla que la personne qui avait entraîné Milo Deschamps en pleine nuit dans la mer démontée de Grand-Anse, celle qui avait feint de céder aux avances de Youssef Nestorin sur la plage déserte de Moulin-L'Étang avant de lui enfoncer un cran d'arrêt dans la gorge, n'était autre que « cette sacrée femelle hypocrite et noire comme hier soir d'Irmine Augusta ».

« La mère de cette… soi-disant belle négresse ?

— Parfaitement ! D'ailleurs, elle est en totale amicalité avec le souclian qui nous empêche de dormir.

— Le sou… quoi ? lâcha Casoar.

— Comment ? Depuis le temps que vous traî-

nez à Grand-Anse, personne ne vous a dit que
chaque nuit, un mauvais vivant se transforme en
boule de feu qui virevolte par-dessus les toits ?
Irmine et sa fille, qui, soit dit en passant, est une
liseuse, eh ben elles ne dorment pas ! Elles préfè-
rent passer des heures à bavarder avec le souclian.

— Pourquoi la mère de Lysiane aurait-elle tué
ces deux hommes ?

— Pour protéger la virginité de sa chère fille !
s'exclama la bonne du presbytère. C'est évident !

— Et ce sou... souclian, c'est qui selon vous ?

— Alors là, vous m'en demandez un peu trop.
Sans doute un nègre du bourg, un bonhomme qui
a vendu son âme au diable pour de l'argent et qui,
maintenant qu'il doit rembourser sa dette, cherche des êtres innocents à lui offrir en échange.
Certains soupçonnent Hernandez, un ancien de la
Marine marchande, mais j'en sais rien, moi... »

Nous fûmes donc, nous la marmaille, les premiers à connaître la vérité, Romule Casoar nous
ayant conté son invraisemblable aventure par le
menu.

*

Le détective Amédien s'était finalement résolu
à aller perquisitionner au siège du Temple de la

Rédemption universelle, à la Rue-Derrière, pres-
qu'en face du caboulot de mamzelle Hermancia.
L'endroit ne payait pas de mine. Le jour même de
son arrivée à Grand-Anse, le privé s'en était appro-
ché et avait observé les lieux par les persiennes.
Rien de particulier n'avait attiré alors son attention, puisque le culte baptiste ou épiscopalien que
servait Milo Deschamps prônait le dépouillement
le plus total. Pas une statue de saint, pas une gra-
vure représentant Jésus sur la croix, pas la moindre
tenture mauve. Seulement des rangées de bancs,
désormais désertés, éclairés par des filets de
lumière qui descendaient de la toiture en tôle
ondulée, sans doute percée en maints endroits.
Amédien songea à ce mister Donaldson dont tout
un chacun évoquait les homélies fantasques et la
démesure qu'il déployait pour demander à Dieu
de pardonner aux Blancs le crime d'esclavage. Le
clergyman avait disparu de la maisonnette qu'il
louait au quartier En Chéneaux. Quand? Cela,
personne n'aurait su le dire avec exactitude, le pasteur américain étant fort cousu et secret sur le cha-
pitre de ses occupations journalières. Selon Tête-
Coton, il desservait d'autres temples dans la
région, mais le détective n'avait pu en localiser
aucun jusque-là, encore qu'il n'eût pas le temps
de s'aventurer à Morne-des-Esses, où d'aucuns

prétendaient que ses prêches connaissaient un immense succès. Amédien pressentait que mister Donaldson avait déjà quitté la Martinique et qu'à l'heure présente, il devait s'adonner à son cinéma habituel dans quelque île voisine, sans doute anglophone.

Le détective défit sans difficulté le loquet du Temple de la Rédemption universelle. Ici, il n'y avait en fait strictement rien à voler. Pas un seul tronc n'avait été fixé aux bancs, lesquels étaient couverts d'une myriade de fils d'araignée du plus bel effet dans la pénombre. À l'instant où il s'apprêtait à grimper sur l'estrade rudimentaire où trônait un perchoir dont l'acajou brillant détonnait avec l'atmosphère générale des lieux, Amédien entendit s'élever une étrange supplique. Elle provenait de l'arrière-salle, qui n'en était pas une au demeurant, puisqu'un simple rideau en plastique la séparait du reste de la pièce. La voix était à la fois désespérée et vindicative, une voix inidentifiable, ni vraiment masculine, ni tout à fait féminine, qui semblait psalmodier de temps à autre dans une langue qui n'était, pour autant qu'Amédien sût les reconnaître, ni le grec d'Église ni le latin. Le détective s'étonna de l'emprise qu'exerçait sur lui cette parole surgie de nulle part. Il ne parvenait plus à avancer d'un pas ni à esquisser le moindre geste. Son palais s'assécha d'un seul coup. Un bourdonnement de plus en plus puissant se mit à résonner à ses oreilles, sans qu'il en éprouvât pourtant une gêne véritable. Au beau mitan de ces litanies apparemment dénuées de sens, le détective captait parfois quelques bribes de français, qui ne lui furent cependant pas d'un grand secours pour éclaircir la situation. Il fit quelques pas en s'efforçant d'avancer sur la pointe des pieds. Derrière le rideau, la personne s'agita encore davantage et hurla :

« *Vade retro Satana!* Je n'ai jamais eu peur de toi, boule de feu qui hante nos nuits! *Soklénos yadim hodna té morsafouk!...* Sa mort ne t'appartient pas, car il a donné sa vie à la patrie. Il a entendu l'appel du général de Gaulle et au contraire de tous ces capons qui baissent la tête comme des enfants coupables quand ils voient venir la Milice, lui, il s'est révolté contre le déshonneur. *Ahiii ahiii kodémon lèksam toujablik ti tod méharot!...* »

Amédien reconnut cette fois qu'il s'agissait d'une voix féminine. Il fonça vers le rideau et buta sur Myrtha, la bonne du presbytère, hagarde, vêtue d'une robe de première communiante, qui regardait fixement dans le vide. Jugeant qu'il était inutile de l'interroger dans un tel état, le détective tourna les talons et rejoignit la rue, après avoir précautionneusement refermé la porte du Temple de la Rédemption universelle…

CALENDRIER D'UNE ABSENCE

L'homme qui sert de précepteur à la fille du Blanc créole Chénier de Surville n'est pas mon Osvaldo. S'il m'arrive d'échanger quelques mots avec cet individu lorsqu'il descend au bourg, c'est qu'il est la seule et unique personne par ici à s'intéresser à la littérature. Nous échangeons des livres, nous discutons parfois de tel ou tel auteur, mais sans plus. À la vérité, nous ne sommes pas sur un grand pied de familiarité. Nous nous vouvoyons et nos brefs entretiens se déroulent toujours debout, à l'entrée de la boutique de ma mère.

Au reste, il s'amuse fort que la négraille fasse d'Osvaldo et de lui une seule et même personne. Il dit, riant à pleines dents, que la race créole a une propension à l'imagination à nulle autre pareille. Mon amour pour le naufragé atlantique lui inspire le plus grand respect. Moi aussi, je suis, à ma manière, un rescapé de la vie, m'a-t-il confié, c'est pourquoi je vous comprends. Mais je n'ai pas eu la chance de votre ami Osvaldo de naître en haute mer.

Surtout, aurait-il pu ajouter, à l'endroit exact où, au beau mitan de l'océan, se croisent les deux branches de ce grand X imaginaire qui relie Charleston à Gorée et Nantes à Pernambouc.

Car mon homme à moi est un homme de mer. Il n'est ni d'ailleurs ni d'ici, ni Chilien insulaire, comme je l'avais d'abord cru à cause de mon espagnol hésitant, mais bien citoyen de l'Atlantique. Souvent, dans nos ébats, du fond d'un pays de silence, d'ors calcinés, de sarments brûlés d'orage, de cris retenus, il me confie tel souhait :

« J'aimerais un jour rassembler tous ceux qui sont nés en pleine mer... constituer une confrérie d'hommes au pied léger et à l'âme inflexible... une sorte, oui ! de république des Atlantes... »

*

Une manière de frénésie régnait à Grand-Anse depuis qu'on y avait ramené, à grands frais, le corps de Youssef Nestorin. Son père, le négociant en toilerie et quincaille de la Rue-Devant, s'était saigné les quatre veines pour qu'on embaumât le cadavre, après son autopsie à l'hôpital civil de Fort-de-France. Il avait débagagé son magasin et l'avait transformé en une sorte de mausolée. Les murs étaient décorés de bouquets de glaïeuls et de

tentures noires et violettes. Déjà, les abonnés aux
enterrements, vieux-corps recroquevillés au visage
éteint, s'étaient installés sur les chaises qui entouraient le tréteau où serait exposé le cercueil. Wadi-
Bachour avait, en effet, rassuré le monde : il était
chrétien. Chrétien d'Orient ! Et s'il n'avait jamais
piété à l'église du bourg, c'est que les rites de l'É-
glise catholique romaine lui étaient inconnus.

« Et puis, vous savez, Youssef signifie tout simplement Joseph dans ma langue. »

L'abbé Stegel, qui avait longtemps cru que le
boutiquier était un mécréant de musulman et feignait d'ignorer superbement son existence, lançait
à présent à la cantonade :

« Il existe des Syriens qui sont de bons chrétiens, mes frères. D'ailleurs, leur Église est plus
vieille que la nôtre ! »

Le prêtre alsacien était même venu bénir le
mausolée et avait conseillé Wadi-Bachour sur la
décoration. Sa joie d'avoir recruté un nouveau
fidèle lui baillait un air presque sympathique. Il
affirma que le Très-Haut ne laisserait pas un tel
crime impuni et qu'en dépit de ses nombreux
péchés, l'âme de Nestorin devait être en route vers
le purgatoire, d'où elle ne manquerait pas de
rejoindre le paradis, à condition que son père vînt
communier dorénavant chaque dimanche et qu'il

s'acquittât de ses arriérés de denier du culte qui se montaient — il les avait calculés de tête — à cinquante mille francs tout rond. Les deux hommes conciliabulaient à mi-voix lorsqu'une négresse imposante se planta sur le trottoir d'en face et apostropha Wadi-Bachour :

« Hé, la Syrie ! Il arrive quand notre fils ? »

C'était la mère de Youssef Nestorin. Aucun signe de tristesse n'apparaissait sur son visage. Un madras rouge lui enserrait les cheveux et sa robe quelconque n'était pas repassée. Elle mangeait avec grand appétit un sandwich à la morue dont l'odeur empestait la rue.

« Le corbillard sera là quand ? Tu es sourd ou quoi, la Syrie ? reprit-elle.

— Dans peu de temps…, répondit l'abbé Stegel soucieux.

— Ah ! Ce bougre-là s'imagine que je ne suis qu'une négresse dénantie. Ces Syriens ne vivent que par l'argent. Ils dorment avec de l'argent, ils se réveillent avec de l'argent. Comme s'ils pouvaient l'emporter dans leur tombe. Ha-ha-ha ! »

Wadi-Bachour eut l'air désarçonné. D'ordinaire, il se mettait à injurier copieusement celle qui, plus de vingt ans auparavant, avait partagé sa couche et lui avait donné un enfant. À l'époque, en 1935 très exactement, la Martinique fêtait le tri-

centenaire de son rattachement à la France et l'édilité avait organisé des bals un peu partout à travers
le bourg. Wadi-Bachour, qui venait de débarquer
de son Levant natal et ne savait même pas coller
deux mots de français entre eux, s'étourdit au bras
de chabines piquantes, de câpresses suaves, de
mulâtresses torrides, d'Indiennes-Coulies sen-
suelles, de bâtardes-chinoises enivrantes, mais c'est
à la négresse Berthe, du Morne Carabin, qu'il
réserva sa soif de tendresse. Ils ne brocantèrent
guère de paroles sucrées, car le bougre ne connaissait qu'une seule misérable phrase de créole que lui
avait fait répéter etcetera de fois un sien cousin installé dans le pays depuis le début du siècle.

« *Mwen sé Sirien, man ka vann rad.* » (Je suis
Syrien, je vends des vêtements.)

En effet, après un bref séjour d'acclimatation en
ville, son parent l'avait dirigé vers le nord, région
encore peu fréquentée par les commerçants ambu-
lants, en lui prêtant deux cartons de chemises de
nuit et de pantalons. Wadi-Bachour avait embarqué à bord du taxi-pays de maître Salvie, avec
lequel il avait aussitôt sympathisé et appris, en
deux heures de voyage, suffisamment de créole
pour qu'à son arrivée à Grand-Anse, il parvienne
à écouler en cinq-sec la totalité de sa camelote. Il
faut dire que les marchandes de légumes, qui

encombraient l'autobus de leurs fesses opulentes, l'affublèrent d'emblée de « mon fils » tonitruants, le gavèrent d'oranges douces et de cassave, certaines lui achetant même (à crédit) des chemises de nuit. Bref, au bout d'un mois, le Levantin avait fait six ou sept aller-retour entre Grand-Anse et Fort-de-France, et récolté assez d'argent pour louer un modeste local à la Rue-Devant, où il installa un magasin. Au début, Berthe ne concubina pas avec lui à cause de l'exiguïté des lieux, le Syrien dormant à même le sol, entre ses ballots de linge et ses seaux en plastique. Elle descendait chaque matin depuis le Morne Carabin tenir la caisse et à ses amies-ma-cocotte, qui venaient palper la popeline et la soie, elle proclamait d'un ton bravache :

« Le Tricentenaire m'a porté chance ! D'ici peu, mon ventre s'arrondira, oui. »

Et de fait, Berthe mit au monde un magnifique bébé café au lait qu'elle prénomma Nestorin, contre la volonté de Wadi-Bachour qui penchait pour Youssef. Ce fut d'ailleurs l'occasion de leur toute première dispute, après des mois et des mois d'heureuseté parfaite. Le jour du baptême de l'enfant, le Syrien refusa de pénétrer à l'église et d'aucuns le taxèrent de mécréance. Marceau Delmont, le géomètre, qui se piquait d'avoir des lettres, le sauva de l'opprobre publique :

« Pas du tout, mes amis ! Ce bougre-là doit être musulman. C'est la religion de ces gens-là. Il faut la respecter. »

Mais musulman ou pas, Berthe devint de plus en plus vindicative à l'endroit de son homme. Elle passait toute la sainte journée à le houspiller pour un rien, en faisant fuir les clients par ses éclats de voix stridents. Wadi-Bachour supporta cette épreuve trois ans durant, le temps pour lui d'apprendre le créole à la perfection (et le français à moitié) et de se faire accepter comme n'importe quel nègre de céans. Puis, un beau matin, il flanqua la harpie à la porte sans ménagement et surtout sans que personne ne s'avisât de prendre sa défense. La donzelle du Morne Carabin, comme on la surnommait dans son dos, retomba d'un seul coup dans la défortune, elle qui avait pris l'habitude de se fanfrelucher de manière extravagante exprès pour agacer les maquerelleuses du bourg. Un temps, elle s'embesogna comme amarreuse sur l'habitation De Cherville, au quartier Séguineau, mais ce job se révélant trop éreintant, elle préféra regagner la case de sa mère, qu'elle aida à travailler un moignon de jardin créole à la lisière d'une habitation. Le samedi matin, toutes deux descendaient au bourg afin d'écouler au marché leur maigre production. Quand, revenue à de meilleurs sentiments, Berthe voulut reprendre son fils, Wadi-Bachour s'y opposa derechef. Du reste, Nestorin ne désirait pas reconnaître sa propre mère dans cette négresse noire presque illettrée. Il faisait même du cirque lorsqu'elle voulait l'embrasser dans la rue, au sortir de l'école. Lorsqu'il devint un jeune mulâtre prestancieux et coursailleur de jupons, Berthe en ressentit une certaine fierté, quoique l'ingrat ne l'embarquât jamais à bord de sa Simca Aronde rouge vif les rares fois où il la croisait en train d'attendre un taxi-pays au bord de la route. Elle n'en proclamait pas moins :

« Et dire que ce beau morceau d'homme est le fruit de mes entrailles ! »

C'est la raison pour laquelle le jour où le corps de Nestorin devait être ramené à Grand-Anse, Berthe voulut contempler sa figure une dernière fois. Elle n'éprouvait pas de réelle peine, plutôt une espèce de curiosité. Serait-il aussi beau dans la mort que dans la vie ? Telle était la question qui la tisonnait au moment où elle apostropha Wadi-Bachour du trottoir qui faisait face au magasin. Elle s'assit alors par terre, pieds nus dans l'eau boueuse du dalot, robe retroussée à mi-cuisses, et se mit à espérer le corbillard. C'est dans cette posture pour le moins impudique que la trouva le détective Amédien. Le privé venait chercher le rapport d'autopsie que les autorités devaient lui faire parvenir par l'un des croque-morts. Il songeait que pour Milo Deschamps, rien de tout cela n'avait été possible. Le corps du prédicateur avait séjourné si-tellement longtemps sur le rivage, demeurant en outre une journée entière en plein soleil, qu'il avait enflé de vilaine façon. Sa famille avait dû le faire inhumer à la sauvette. À nous, la marmaille, pres-sés de questions comme à l'ordinaire, le détective révéla qu'en Europe, on aurait fait déterrer le cadavre et tenté quand même un examen des vis-cères, mais ici, à des milliers de kilomètres de Paris, à une cinquantaine de la capitale de la Martinique, il n'en était pas question. Et puis cet apostat ne méritait pas qu'on s'attardât aussi longtemps sur son sort! C'est ce que le maire de Grand-Anse avait déclaré le premier jour où Amédien s'était entre-tenu avec lui, annonçant au détective qu'il avait pris un arrêté de fermeture du local qui abritait le Temple de la Rédemption universelle.

Informés par Radio-bois-patate, des désœuvrés entouraient la mère de Nestorin, attendant eux aussi l'événement. Chacun salua le détective tout en jetant des regards furtivement désapprobateurs sur sa tenue négligée. Bogino, le nègre fou, le rudoya :

«La police, ça sert à quoi? Y a un assassin à Grand-Anse et personne ne l'inquiète!

— Ce bougre-là n'est pas un policier..., fit quelqu'un.

— Je m'en fous pas mal! Celui qui a zigouillé Milo et Nestorin, il a intérêt à se mettre bien avec moi, sinon je lui fends le crâne en deux comme un vulgaire coco sec, oui!»

Berthe se dressa soudain, très digne, et se présenta à Amédien. Elle avait perdu toute arrogance et tentait de défroisser le devant de sa robe de ses doigts tremblants.

«Merci quand même..., balbutia-t-elle.

— Votre fils... il avait des ennemis?

— Le nègre est une race jalouse, vous le savez bien... Nestorin était beau garçon et il avait de l'argent. Le cœur de toutes les femmes chamadait pour lui. Même celui des femmes mariées...»

Amédien la prit par le bras et ils s'écartèrent du petit groupe de badauds.

«Même les femmes mariées, que voulez-vous dire par là? fit le privé.

— Je n'accuse personne, mais tout le monde ici sait que certaines mesdames avec la bague au doigt n'hésitaient pas à se méconduire avec lui dès que leurs hommes avaient le dos tourné.

— Vous pensez à qui en particulier?

— À toutes les femmes mariées de Grand-Anse, enfin mariées ou en concubinage, ici ça revient au même, rétorqua Berthe légèrement agacée.

— Milo Deschamps par contre, il…

— Vous voulez rire, monsieur le détective. Il était aussi pire que mon fils. Sa Bible et ses prédications lui servaient de charme pour conquérir les jeunes filles. La fille de Dame Losfeld a été l'une des premières, à ce qu'on dit ! »

L'arrivée bruyante du corbillard interrompit leur causer. Les gens se précipitèrent autour du véhicule, empêchant presque les croque-morts d'en descendre le cercueil. Wadi-Bachour se mit à tonner :

« Halez-vous en arrière, bande d'inutiles ! Vous n'avez aucun respect pour mon fils, alors ? »

Amédien prit l'enveloppe grise que lui tendait le chauffeur du corbillard et tourna les talons. Bogino le rattrapa au pas de course et lui souffla :

« Ne ratez pas la veillée de ce soir ! »

*

Le privé se rendit d'abord à l'Océanic-Hôtel pour y récupérer son Remington. Il projetait d'aller interroger René-Couli à l'abattoir municipal. Il avait appris que l'Indien y travaillait certaines après-midi à nettoyer les peaux de bœuf qu'il revendait à un rafistoleur de chaussures de Basse-Pointe. Tout en ingurgitant goulûment de l'eau à même la carafe en terre cuite qui trônait sur sa table de nuit, Amédien décacheta le rapport d'autopsie de Youssef Nestorin. De stupéfaction, il mouilla le devant de sa chemise.

« L'angle de pénétration de l'arme démontre que le coup n'a pas été porté à l'aveugle, mais de manière très sûre, voire professionnelle. En effet, après avoir tranché la veine jugulaire à la base du cou et sectionné le pharynx, la lame a traversé l'aorte de part en part. Il en a résulté une hémorragie abondante qui a provoqué la mort en moins de quatre minutes. L'arme utilisée est très probablement un couteau de boucherie. Le cran d'arrêt qui a été retrouvé sur les lieux du crime avait probablement pour but de brouiller les pistes. »

Amédien replia le rapport et le glissa dans le tiroir de sa table de nuit, perplexe. Il s'assit lourdement sur son lit et chercha en vain sa boîte d'allumettes. Quelqu'un toqua à sa porte, d'abord discrètement, puis avec une insistance plus affirmée. Par réflexe, le détective arma son revolver. Il avait négligé d'allumer la lumière, pensant ressortir sur-le-champ. Le crépuscule de cette journée d'hivernage venait de tomber avec sa brutalité habituelle. La porte s'ouvrit lentement. Amédien aperçut une main effilée et blanchâtre qui empoignait le loquet. Il se coinça dans l'angle formé par la grande armoire en bois massif, où il n'avait pas rangé le contenu de sa valise, et le haut de son lit, regrettant de n'avoir pas soulevé davantage l'abatvent. La servante de l'hôtel prétendait que les embruns abîmaient les miroirs. Amélie Losfeld demeura plantée sur le seuil d'interminables secondes. Sans doute cherchait-elle à s'habituer à la pénombre. Amédien, soulagé, s'étonna qu'elle fût si ravissante, lui qui n'appréciait pas spécialement les mulâtresses. Comme rassurée, la jeune fille se rua sur la mallette où le détective rangeait ses papiers, luttant avec sa serrure. Elle souleva deux gros dossiers en prenant soin de ne pas les bouleverser, explora le fond du bagage et maugréa quelque chose d'inaudible.

« Est-ce ceci que vous cherchez ? » fit Amédien en surgissant brusquement de son encoignure, le rapport d'autopsie entre les doigts.

Amélie rougit et demeura bec coué. Le privé alluma et attirant vers lui la demoiselle, referma la porte du pied.

« On n'est pas si empotée qu'on en a l'air, jeune dame, hein ?

— Je vous en prie, éteignez !

— Bon, eh ben, j'ouvre la fenêtre alors ! Après tout, il est à peine cinq heures et demie de l'après-midi…

— Non non ! Surtout pas ! Elle… elle nous guette…, reprit la mulâtresse.

— Qui, elle ?

— Lysiane Augusta… notre voisine. Elle fait semblant de regarder la mer, mais je sais que ses yeux sont toujours fourrés sur les deux derniers étages de notre hôtel. »

Amélie profita de l'hésitation du privé pour se tirer d'affaire. Elle héla sa mère, prétextant que monsieur le détective avait urgemment besoin qu'on lui changeât sa serviette de bain. Le pas lourd de l'hôtelière se fit entendre au bas de l'escalier.

« Je ne vous en veux pas de m'avoir empêchée de partir en France, lui glissa Amélie en s'échappant, j'ai horreur de ces changements d'air ! »

Les deux femmes brocantèrent quelques banalités sur le palier. Amédien tendit sa clef à Dame Losfeld et descendit la volée de marches d'un pas décidé. Amélie le doubla pour s'installer tranquillement à la réception, lui souriant goguenardement au passage. Le détective longea la boutique des Augusta, le nez en l'air pour tenter d'apercevoir Lysiane à sa fenêtre, mais il n'y vit pas âme qui vive. Une étroite ruelle mal cimentée anguillait entre des cases construites de bric et de broc et des maisons en dur, avant d'aboutir à une ravine hideuse, encombrée de fatras de toutes sortes. Le privé s'approcha de la marmaille qui s'adonnait à une ultime partie de billes avant que l'obscurité ne s'installe et engagea, comme à l'accoutumée, une conversation faussement anodine avec les plus âgés des garçons.

CALENDRIER D'UNE ABSENCE

J'ai toujours su que je m'évaderais de ce lieu et de son étroitesse irrémédiable. La boule de feu, qui roule par-dessus les toits de tôle de Grand-Anse et folâtre le long du poteau électrique qui fait face à ma fenêtre, ne m'a jamais terrorisée. Chaque fois qu'elle me rend visite je n'ai qu'à redire les mots tendres du Poète pour qu'elle s'apaise :

C'est la grande fille à chaque pas
baignant la nuit d'un frisson de cheveux.

J'ai mille raisons de me laisser emmener sur son auréole de feu et de disparaître à jamais, mais le temps n'est pas encore venu. Je guette d'autres signes.

*Je suis attentive aux soubresauts de mon sang. Grand
cheval, mon sang, mon cheval se cabre dans des
putréfactions de chairs à naufrage. Il n'est que…
(illisible) … La mer aussi m'honore de sa patience
soyeuse. Elle échoue à ma porte toutes qualités d'objets rares, ramenés des quatre horizons. Au matin, ne
me suffit-il pas de trier, entre les algues mortes et les
chapelets d'étoiles de mer, des portulans tracés d'ara-
besques, des vasques égéennes, de hauts masques de
Guinée qui rient d'un rire d'au-delà, des adornos
aztèques et, parfois, un coco sec singulier, jamais vu
par ici, qui mime la cambrure des femmes ? Ne me
suffit-il pas simplement d'y lire la grande portée du
monde et ses gammes grandioses ? Il me faudrait
pourtant… (illisible) …*

*J'ai beau inventer mille cachettes improbables. Le
large pied de mon lit à colonnes, la dernière lame de
la persienne qui ne ferme plus qu'à moitié mais tisse
le vent de paroles douces, toutes les fentes de cloison
les plus inconcevables et même les amas de boules de
naphtaline dont la servante s'entête à encombrer
mon armoire à linge, ou encore la carafe en argile
rouge que j'agrémente de fleurs des chemins. La marmaille finit toujours par éventer mes ruses. Dans une
grande piaillerie qui dévale l'escalier en bois jusqu'à
le faire tanguer, elle emporte mes écrits qu'elle ira
livrer au plus offrant. À ma mère qui, boudeuse,*

attend le client derrière son comptoir trop bien lus-
tré pour être achalandé. À ce nigaud de Nestorin
Bachour qui tente de me galantiser avec des formules
de pacotille ou des répliques de cinéma. Au premier
quidam venu qui, sans même qu'il sache lire, s'em-
ploiera aussitôt à colporter tout un lot de baguenau-
deries à mon encontre. Je les hais tous de haine tran-
quille. Ils ne savent pas qu'un jour, je quitterai ce
monde-là, car je voudrais être de plus en plus humble
et grave, toujours plus bas, sans vertige ni vestige, jus-
qu'à me perdre et tomber dans la vivante semoule
d'une terre bien ouverte. Ils ne perdent rien pour
attendre!

*

L'abattoir municipal se dressait de l'autre côté
de la ravine, bâtiment de pierre brute dont portes
et fenêtres avaient été arrachées par un cyclone. Il
semblait n'y avoir personne à l'intérieur. Amédien
remarqua de larges coulées de sang caillé sur tout
le pourtour de l'édifice et cela lui fit penser à une
sorte d'encre indélébile qui signait les exploits
d'égorgeurs des deux Indiens. Car il en fallait du
talent, lui avait expliqué Man Irmine, pour enfoncer le couteau à l'endroit exact qui ferait passer
presque instantanément l'animal de vie à trépas,

sans occasionner par ailleurs le moindre soubresaut dangereux. Le détective entendit le bruit
d'une meule qu'on tournait. Il jeta un œil par
l'une des fenêtres et aperçut un homme, accroupi,
en train d'aiguiser d'une manière très attention-
née un long coutelas flambant neuf. Il reconnut
René-Couli à sa chevelure d'huile couleur de jais.
L'Indien était si occupé à sa tâche qu'il ne remarqua pas d'emblée l'ombre se profilant dans son
dos. Quand il en eut soudain conscience, il fit un
bond de chat et brandit le coutelas, prêt à ripos-
ter à une éventuelle agression. Amédien eut juste
le temps de dégainer son Remington et de mettre
le chevillard en joue.

« Posez ça tout de suite ! » s'écria-t-il.

René-Couli abaissa immédiatement le bras et se
mit à rire avec nervosité.

« Je ne savais pas que c'était vous, monsieur…,
fit-il à voix feutrée.

— Vous avez tant d'ennemis que ça pour
qu'un simple bruit vous fasse…

— Je n'ai que des ennemis ! Vous m'entendez :
que des ennemis, monsieur ! Vous savez comment
les nègres de Grand-Anse nous traitent ? De Coulis mangeurs de chiens ! »

Amédien rengaina son arme, un peu gêné. Il
aperçut deux moutons attachés dans un coin de

l'abattoir, à côté d'un petit tas de plantes et de fleurs qui lui étaient inconnues.

«C'est… c'est pour la cérémonie que je dois faire tout à l'heure», indiqua l'Indien, rasséréné.

Il expliqua qu'il était prêtre hindouiste et qu' «une personne de bien de la commune», dont il ne devait pas révéler l'identité, l'avait sollicité afin d'obtenir la protection du dieu Paklayen.

«Mon temple est à Fond Gens-Libres, ajouta-t-il, vous pouvez y assister, si ça vous dit…»

Amédien accepta, s'efforçant d'échapper à l'emprise qu'exerçaient sur lui les prunelles enfiévrées de l'Indien. Il était également impressionné par l'éminente dignité qui émanait du personnage, alors même qu'il n'était vêtu que d'un short rapiéceté et de sandales en plastique. L'aide de René-Couli, un vieil Indien cacochyme et avare de paroles, vint lui prêter main-forte pour embarquer les moutons à bord d'une jeep datant de la guerre de 14.

«Mon coutelas doit être plus aiguisé qu'un rasoir, dit René-Couli comme s'il cherchait à se défendre, je n'ai pas le droit de rater le sacrifice. La tête des moutons doit être sectionnée d'un seul coup, sinon la cérémonie est foutue. Tout est à recommencer. Vous comprenez…»

En fait de temple, l'endroit où devait se dérouler l'invocation au dieu hindou n'était qu'une vague esplanade en terre battue au mitan de laquelle se dressait une cahute en feuilles de tôle ondulée, décorée de bougainvillées jaunes et orangées. Quelques dizaines de gens, Indiens mais aussi nègres, mulâtres, chabins et même le Syrien Wadi-Bachour, qui gratifia Amédien d'un regard réprobateur, attendaient en silence. Un peu à l'écart, à l'ombre d'un manguier, des femmes préparaient d'énormes fait-tout de riz qu'elles mettaient à cuire sur quatre roches. Une odeur de clou de girofle, de bois d'Inde, de thym, de safran et d'autres essences qu'Amédien n'identifia pas embaumait l'atmosphère, dispensant une sorte d'ivresse diffuse. René-Couli, qui s'était vêtu de blanc, ne salua personne. Il pénétra dans le temple, sans doute pour vérifier que tout était en ordre pour la cérémonie. Les sonorités grêles d'un tambour-matalon s'élevèrent dans la foule et deux officiants, vêtus de blanc eux aussi, s'avancèrent en chantonnant une mélopée tamoule. C'était la première fois qu'Amédien entendait cette langue. Il la trouva à la fois lugubre et belle, et une frissonnade lui parcourut le corps. L'un des acolytes alluma de minuscules bougies dans des noix de coco remplies d'huile qui avaient été artistement réparties entre des guirlandes de bougainvillées, à

l'entrée du temple. Puis, il prit une casserole et se
mit à y brûler de l'encens. Les deux officiants adoptèrent ensuite une pose hiératique, les yeux rivés
sur le toit de la cahute.

«Ils invoquent Paklayen…», murmura une
voix à l'oreille d'Amédien, qui sursauta et, se
retournant, se trouva nez à nez avec Lysiane
Augusta.

«C'est leur dieu?

— L'un de leurs dieux, fit la jeune fille en souriant, l'un de nos dieux, devrais-je plutôt dire.
Nous avons ainsi Mariemen, Nagourmira, Bomi
et bien d'autres. Le Bondieu-Couli appartient à
tout le monde à présent… Paklayen, lui, est le
dieu de la guerre.»

La négresse était si noire et si belle qu'Amédien
en eut une sorte de boule au fond de la gorge.
Lysiane semblait l'observer avec une ironie
appuyée, ce qui irrita quelque peu le détective.
Des «Chu-u-ut!» s'élevèrent dans l'assistance.
René-Couli fit son apparition, transfiguré, sur le
seuil du temple et s'écria :

«*Oti moun-lan?*» (Où est la personne?)

Chacun regarda chacun avec circonspection.
Personne ne s'avança au-devant du prêtre hindou,
qui ne bougea pas pendant un siècle de temps. Les
deux officiants chantèrent plus fort et celui qui

battait le tambour-matalon fut pris d'une véritable hystérie. Il tirait des sons déchirants de son instrument, agitant le buste de droite à gauche, au point qu'Amédien eut soudain la curieuse impression d'en comprendre le langage. Le détective s'étira pour échapper à l'envoûtement qui le gagnait.

« *Moun-lan pa vini alò ?* » (La personne n'est donc pas venue ?) reprit René-Couli.

Nul ne répondit à son appel. Le prêtre hindouiste s'avança alors dans la petite allée où l'on avait attaché à un pied de glisséria les deux moutons du sacrifice. Il avait le visage décomposé. Du doigt, il vérifia le fil de son coutelas et parut satisfait. Se tournant vers ses deux acolytes, il déclara :

« *Fok Paklayen manjé manjé-a nou té ponmet li a.* » (Il faut bailler à Paklayen la nourriture que nous lui avons promise.)

L'un des officiants saisit la corde du plus gros des moutons et la tendit à l'extrême. René-Couli se concentra interminablement. Soudain, l'éclair du coutelas transperça la lumière douce de la fin d'après-midi. La tête de l'animal voltigea à dix pas, libérant un flot de sang, tandis que le corps décapité soubresautait sur l'herbe rase. La deuxième bête subit le même sort dans le silence le plus absolu, puis la petite foule se mit à battre des

mains, à trépigner, à féliciter le prêtre. Les officiants charroyèrent les moutons à l'en-bas du
manguier, où les femmes entreprirent de les dépe-
cer avec une dextérité qui surprit Amédien.

« Celui qui avait demandé la grâce a sans doute
eu peur de votre présence…, lui murmura à
nouveau Lysiane.

— Peur de moi ?

— Oui… autrement je ne vois pas pourquoi il
aurait gaspillé deux moutons et trois sacs de riz,
sans compter les émoluments qu'il ou elle a dû
verser à René-Couli. »

Amédien ne put s'empêcher de saisir le poignet
de la jeune femme.

« Vous voulez dire que cette personne se trouvait dans l'assistance, parmi nous ?

— Forcément ! Il ou elle est encore à nos côtés,
cher détective, mais allez savoir qui ? Hon !… seul
René-Couli le sait et sa religion lui interdit de le
révéler, maintenant que la personne en question
n'a pas jugé bon de se manifester. »

Le privé se mit à scruter un à un les visages des
participants. En pure perte. Tout le monde semblait profondément affligé par le tour pour le
moins inhabituel qu'avait pris la cérémonie.
Wadi-Bachour le toisa et lui lança en ricanant :

« On est venu respirer le bon air de Grand-

Anse, hein ? Toujours rien à propos du salaud qui a tué mon fils ? Et dire que je croule sous les impôts juste pour que l'État puisse assurer la paie de gens comme vous. »

Le Levantin cracha par terre et s'en alla de son pas hésitant d'obèse. Un nuage de colère traversa les yeux d'Amédien, qui se retint de lui botter l'arrière-train. Ne s'était-il pas escrimé à expliquer au négociant qu'il était à son propre compte ? Au fond, Wadi-Bachour relevait du même corps professionnel que lui, puisqu'ils dépendaient l'un et l'autre de la bonne volonté de leurs clients respectifs. Certes, la police s'était défaussée cette fois-ci sur le privé, mais final de compte, aucune manne financière ne lui avait été promise pour le cas où Amédien trouverait le fin mot de l'énigme de Grand-Anse, juste le renouvellement pour cinq années de sa carte de détective. Allez faire comprendre ça à ces obtus de Grand-Ansois ! Un instant, Amédien songea que c'était le Syrien qui avait commandité la cérémonie, mais une telle éventualité lui parut vite improbable. Des bouteilles de rhum se mirent à circuler de bouche en bouche et une allégresse incongrue s'empara des fidèles. L'incident était oublié ! Même René-Couli avait retrouvé son équanimité habituelle et devisait, sourire aux lèvres, avec une vieille femme. La

plupart des gens s'étaient installés par terre, à l'entour du manguier, dans l'attente du festin. Amédien chercha Lysiane avant de se rendre compte
que la plus belle négresse de tout le nord de la
Martinique s'était déjà éclipsée. Il attendit une
bonne demi-heure que René-Couli eût terminé
ses conciliabules et lui demanda s'il était possible
de visiter son temple. Le prêtre hindouiste accepta
de bon gré.

« Seule la statue de Nargourmira que vous voyez
là-bas vient de l'Inde, précisa-t-il, elle a été ame-
née au siècle passé dans les maigres bagages de nos
arrière-arrière-grands-parents. Les autres, nous les
avons sculptées ici même, d'après photos… »

Une lueur diffuse éclairait l'intérieur de la
cahute où les divinités protéiformes et grimaçantes
étaient entassées dans un apparent désordre. René-
Couli désigna Paklayen, une sorte de guerrier
brandissant un sabre, tout de jaune vêtu, qui chevauchait un cheval de même couleur.

« Qui voulait sa protection ? » demanda Amédien d'un ton faussement détaché.

Le prêtre ne répondit mot. Il s'empara d'un
balai et entreprit d'enlever quelques toiles d'araignée imaginaires au plafond.

« Qui ? insista le détective.

— Écoutez… cette personne-là n'a rien à voir

avec ce que vous cherchez... Nestorin et Deschamps n'étaient pas... comment vous dire?...
n'étaient pas d'aussi bons citoyens que vous le
croyez.

— Comment ça?

— Ils ont couillonné ma sœur cadette. Le
bâtard-Syrien lui avait promis le mariage et s'est
contenté de la mettre enceinte. Elle accouche
d'ailleurs à la fin du mois prochain. Quant au soi-
disant prédicateur adventiste ou évangéliste ou je
ne sais quoi, il s'était proposé de la ramener dans
le droit chemin lorsque cet enjuponneur de Nestorin l'a abandonnée, mais lui aussi, il a abusé
d'elle. Deux verrats, je vous dis! Voici ce qu'ils
étaient! Et moi, soyez sûr que je ne pleure pas leur
disparition. »

Amédien se rendit compte que le regard de
René-Couli était embué de larmes. Il s'étonna
qu'un homme qui occupait son existence à faire
passer de vie à trépas des bœufs à l'abattoir municipal et qui pouvait trancher d'un seul coup de
coutelas la tête d'animaux de sacrifice pût s'émo-
tionner de la sorte. L'Indien expliqua que sa sœur
Marietta et lui étaient seuls au monde depuis leur
prime enfance — « Nos parents sont morts de la
typhoïde » — et qu'ils avaient été ballottés de
famille en famille, tantôt indienne, tantôt nègre,

de Grand-Anse à Macouba et de Basse-Pointe à Ajoupa-Bouillon.

« Au moins, Marietta et moi, on a voyagé… », tenta-t-il de plaisanter.

Amédien, gêné, esquissa un sourire à dix francs.

« C'est seulement quand Mariemen est entrée dans ma tête, reprit l'Indien d'un ton plus sérieux, que j'ai commencé à discerner une petite claireté dans ma vie. »

Cet événement avait eu lieu au cours d'une cérémonie de remerciement à la déesse Mariemen, au quartier Hauteurs Bourdon, dans la commune de Basse-Pointe. L'Indien n'avait alors que quatorze ans. La veille, on lui avait demandé de nettoyer la statue de la divinité avec du gros savon et un mélange de plantes médicinales. Dès qu'il toucha Mariemen, il sentit une espèce de foudroiement ébranler sa frêle carcasse. Des prières tamoules qu'il n'avait jamais apprises se mirent à fuser de sa bouche. Il demeura l'entier d'une journée sous l'emprise de la déesse, jusqu'à ce que son oncle maternel le découvrît dans cette posture. Le tonton se décida aussitôt à organiser une bamboche extraordinaire pour célébrer ce qui ne pouvait être qu'un miracle. Un pur miracle. Désormais, on se mit à bailler honneur et respect à René-Couli. Il n'était plus le gamin orphelin qui drivaillait pieds

nus et dépenaillé dans les traces des champs de
canne à la recherche de quelque chose à chaparder, mais bien un «poussari», un intercesseur
entre Mariemen et la race indienne qui avait été
si brutalement arrachée à son Inde natale et bringuebalée jusqu'à la Martinique pour le bon plaisir des grands planteurs blancs. Et il ne jouait pas
ce rôle seulement pour les siens, mais pour tous
ceux qui peuplaient le pays, les nègres, les
mulâtres, les chabins, les Chinois, les Syriens et
même les Blancs-pays. S'il avait obtenu le poste
tant convoité de responsable de l'abattoir municipal, n'était-ce pas parce qu'il avait guéri la fille de
monsieur le maire d'un mutisme qu'aucun docteur en médecine d'ici ni d'En-France n'était parvenu à comprendre?

«Entre nous…, commença Amédien touché
par l'histoire de René-Couli, avouez-moi tout! Je
vous promets devant tous vos dieux que je n'en
dirai rien. Je m'apprête d'ailleurs à clore mon
enquête. C'est bien vous… vous qui avez tué Nestorin et Milo Deschamps?»

Le prêtre indien éclata d'un rire sarcastique qui
fit résonner les feuilles de tôle ondulée du temple.
Il entraîna le détective au-dehors. Sous le manguier, les ripailles allaient bon train et certains

convives, déjà éméchés, se mirent à les interpeller bruyamment afin qu'ils se joignent à eux.

« Venez goûter au manger indien, monsieur le détective, fit René-Couli guilleret.

— Je n'ai guère faim. Ce n'est pas mon heure de repas, je veux dire… je répète ma question : qui vous avait commandité cette cérémonie ?

— Fiche que vous posez des questions, vous ! Ce n'est pourtant pas un secret. Siméon Désiré, le nègre qui vit de ses rentes, voulait la protection de Paklayen. Voilà tout !

— Il était présent ? Je ne l'ai pas aperçu, il me semble…

— Ça, je l'ignore. Quand j'officie, je ne vois que la lumière du dieu devant moi, rien d'autre. Je passe dans un autre monde. »

Amédien finit par se laisser convaincre de goûter un plat de colombo de mouton qu'il trouva délicieux. René-Couli passait de groupe en groupe, discutant ici, rigolant là, tançant plus loin, parfaitement serein en tout cas. Parfois, il pointait un doigt en direction du détective et les gens se mettaient à sourire. Sa tournée achevée, il revint vers le privé et lui murmura :

« Marietta est venue, elle s'est installée sous la petite paillote qui se trouve là-bas. Allons la voir ! »

L'abri sommaire en feuilles de cocotier se fondait presque dans la végétation. Une créature ravissante, quoique d'aspect fragile, peignée de deux longues nattes d'un noir étincelant, le ventre étonnamment ballonné eu égard à sa faible stature, les observait d'un air absent. René-Couli caressa l'épaule de sa sœur et lui demanda de dire bonjour au détective, ce qu'elle fit à la manière d'un automate. Amédien sursauta, à cause de l'extrême froideur du plat de la main de la jeune fille. On aurait juré que son sang s'était retiré de ses veines !

« C'est Amélie qui est responsable ! marmonna-t-elle avant de retomber dans son hébétude.

— Cesse de raconter des couillonnades, s'énerva son frère, tu n'as pas honte de déblatérer sur les gens, hein ?

— Amélie ? Celle de l'Océanic-Hôtel ? » demanda Amédien.

Marietta secoua la tête d'un air affirmatif, ce qui fit exploser René-Couli. Le bougre lui flanqua deux calottes retentissantes, que la jeune fille reçut sans broncher.

« René est amoureux d'elle, c'est pourquoi il la protège, reprit-elle en suffoquant, mais moi, je vous assure que cette mulâtresse-là, elle est jalouse de moi. Elle n'admettait pas que tous les hommes de bien de Grand-Anse, à commencer par Nestorin et Milo Deschamps, soient en admiration devant une marie-souillon telle que moi. C'est le mot qu'elle emploie : marie-souillon! Est-ce de ma faute si sa mère l'empêche de fréquenter les hommes et qu'elle va finir vieille fille?

— Paix là! Espèce de petite putaine!» cria René-Couli, véritablement hors de lui.

L'Indien déclara que l'heure était de venue de regagner le bourg et tourna le dos à Marietta. Amédien devait se dépêcher de le suivre, ajouta-t-il, s'il ne voulait pas faire les six kilomètres à pied. D'ailleurs, la barre du jour était en train de se briser au-dessus du Morne Savon. La nuit tombait vite en cette saison. Une fois installé dans sa jeep, René-Couli retrouva son calme, mais n'ouvrit plus la bouche jusqu'à Grand-Anse.

«Une dernière question, demanda Amédien au moment de débarquer. Pourquoi Siméon Désiré a-t-il payé pour une protection divine qu'il n'est pas venu chercher?

— Qu'est-ce que j'en sais, moi? Après tout, Siméon est un nègre, pas un Indien. Ces gens-là ne croient pas vraiment à notre religion. Ils nous sollicitent seulement quand ils ont un problème grave que leurs quimboiseurs n'ont pas su résoudre. Et puis, même si je connaissais la raison

de sa défection, je n'aurais pas le droit de vous la
révéler. »

Par le balcon du deuxième étage de l'Océanic-
Hôtel, Amélie Losfeld les observait depuis un
moment, goguenarde. Nous nous apprêtions,
nous la marmaille, à assaillir le détective de questions. L'Indien redémarra en trombe…

SIXIÈME CERCLE

Où l'assassin des deux enjôleurs — enfin! — se dévoile sans que ses révélations puissent être prises pour argent comptant par qui de droit et comment le grandissime-illustrissime journaliste Romule Casoar faillit passer l'arme à gauche.

Ce jour-là, presque un mois et demi après l'assassinat de Nestorin Bachour, alias Youssef, et de Milo Deschamps, la plus belle négresse que le nord de la Martinique ait jamais produite en trois siècles et demi (on ne le répétera jamais assez, foutre !) se présenta à l'Océanic-Hôtel et demanda à être reçue par le détective Amédien. L'hôtelière fut si estomaquée par cette requête qu'elle en perdit sa hautaineté de mulâtresse à grands cheveux et en oublia de toiser la jeune femme.

« À... à cette heure-ci, il fait la sieste, marmonna Dame Losfeld.

— Tant pis ! Dérangez-le car ce que j'ai à lui dire est de la plus haute importance. »

Lysiane était vêtue d'une robe moulante jaune qui rehaussait la radiance de sa peau de descendante de négresse-Congo. La dévisageant avec une froideur appliquée, Amélie, qui tenait la réception, lui fit un bref signe de tête et se replongea dans une pile de registres. D'interminables minutes s'écoulèrent avant que sa mère ne réapparût avec le détective, qui peinait à reboutonner sa chemise. Lysiane refusa de s'asseoir dans le petit salon du rez-de-chaussée. Elle semblait sur le qui-vive et le bois d'allumette que mâchonnait Amédien paraissait l'agacer prodigieusement.

« Vous pouvez m'arrêter ! Je suis venue pour ça, lui lança-t-elle dans un souffle.

— Pardon ?

— On a assez joué au chat et à la souris, vous et moi. Inutile que vous gaspilliez plus de temps à Grand-Anse ! J'ai noyé ce bavardeur de Deschamps qui m'ennuyait avec sa prophétie de fin du monde pour le premier janvier de l'an 62. Nestorin, lui, hon !… je lui ai tranché la gorge. C'était un mulâtre stupide, inculte… Ces deux bougres-là m'ont violée ! »

Dame Losfeld, qui se tenait à l'écart mais pas trop, afin d'espionner la conversation, tomba sur le parquet comme frappée par le mal-caduc. Sa fille poussa un hurlement et se précipita à sa rescousse. Le détective s'accroupit, releva la tête livide de l'hôtelière et lui tapota les joues :

« Je vais chercher de l'eau de Carmes », balbutia Amélie, affolée.

Amédien étendit le corps boudiné de l'hôtelière sur le canapé du salon et l'éventa à l'aide d'un exemplaire du *Rénovateur* qui traînait sur une table basse. Peu à peu, la femme reprit ses esprits, mais ne desserra point les dents. Elle fixait Lysiane avec des yeux chargés d'épouvante et s'opposa à ce que la jeune négresse aide Amélie et le détective à la conduire dans sa chambre, au troisième étage. Lysiane ricana, de ce ricanement sonore et dérangeant qui, au beau mitan de la nuit, faisait frémir les âmes en peine incapables de trouver le sommeil.

« Oui, violée ! C'est bien ce que vos deux oreilles viennent d'entendre, madame Losfeld ! reprit-elle, vi-o-lée ! Et à plusieurs reprises en plus ! »

Le détective, une fois redescendu, proposa à la jeune fille de faire quelques pas sur la plage. Lui aussi avait l'air troublé. Il ne s'était aventuré au bord de mer qu'une fois ou deux depuis le début de son enquête, dans le vague espoir d'y débusquer quelque indice au sujet du meurtre du prédicateur millénariste, mais la noirceur insondable du sable, son scintillement féroce, qu'il fît jour ou nuit, l'avaient découragé. En fait, Amédien était tout bonnement fasciné par cette longue plage de la région Nord-Atlantique que ses riverains avaient désertée depuis une époque si lointaine que d'aucuns la jugeaient immémoriale. Il voulait mieux comprendre les raisons d'un tel désamour et cette Lysiane, qui était la seule personne à y faire ses ablutions au devant-jour, pourrait sans doute l'y aider.

«Enlevez vos chaussures, fit-elle, ici, le sable vous colle aux semelles.»

Ils s'avancèrent au-devant des flots déchaînés qui lapaient la plage à-quoi-dire une meute de chiens trop longtemps tenus en laisse. Des bouteilles de rhum ou de bière Lorraine vides, des écales de noix de coco, des boîtes de conserve et des sachets en plastique jonchaient les lieux sans parvenir à en altérer la belleté quasi magnétique.

«Voyez-vous, commença Amédien, j'ai deux suspects en tête et vous n'en faites pas partie…

— Ah bon? Et pourquoi donc? Vous croyez une femme incapable de se venger. Je comprends! Vous en êtes encore à ces sornettes de sexe faible. Vous devriez lire Simone de Beauvoir.

— Je n'ai guère le temps de parcourir autre chose que des rapports de police ou d'autopsie. Hélas…»

Ils approchaient de l'impressionnant promontoire de La Crabière, qui avait l'air d'empaler l'Atlantique. Des oiseaux marins couraient au plus près des vagues pour s'envoler juste à l'instant où

les paquets de mer s'écrasaient sur la grève. À l'en-
bas de l'hôpital, construit à dos de falaise, Lysiane
affirma qu'il y avait une fosse très profonde où
nombre de baigneurs imprudents, surtout des
étrangers, avaient été aspirés.

« Mademoiselle Augusta, que pouvait bien faire
votre ami Milo Deschamps en votre compagnie
sur cette plage, le 12 septembre dernier ? demanda
brusquement Amédien.

— Ha-ha-ha ! Le bougre avait une peur bleue
d'y tremper ne fût-ce que la pointe de son petit
orteil. Tous une bande de capons, ces nègres de
Grand-Anse ! Bref... j'avais quand même réussi à
le convaincre de m'y rejoindre. Il me désirait tellement, le vieux salaud avec sa fausse Bible et son
prétendu Temple de la Rédemption universelle. Il
s'est donc aventuré ici à ma suite, il a essayé de
nager en imitant mes mouvements et puis hop !
d'un seul coup, il a été emporté par le courant.
Ha-ha-ha !

— Vous avez pu en réchapper ?

— Mais bien sûr, cher monsieur ! Cette mer et
moi, on se baille honneur et respect depuis toujours. Je lui parle, elle me répond. Je la caresse,
elle frémit... nous ne sommes pas faites, toutes les
deux, de la même engeance que les gens d'ici, vous
savez. »

Ils atteignirent l'embouchure de la rivière de Grand-Anse, qui se perdait dans les sables comme si elle était épuisée d'avoir accompli un trop long parcours depuis les hauteurs. Des négrillons s'amusaient à y voltiger des roches dans de grandes huées d'allégresse. Amédien s'émerveilla que les raisiniers, penchés sans cesse par le vent, pussent dessiner une si parfaite coiffure au promontoire de La Crabière, au pied duquel ils se trouvaient à présent.

« À part un vieux Couli qui y élève des cochons, personne ne vit là-haut, fit Lysiane en remarquant le regard intrigué du policier.

— Qui est-ce ?

— Moutama. Un bougre qui aide René-Couli à l'abattoir municipal le samedi matin.

— Au fait, ce René-Couli, il avait lui aussi une dent contre Deschamps, non ?

— À ce qu'il paraît, oui... Deschamps était adventiste ou épiscopalien, je crois, et monsieur prétendait pourchasser les cérémonies indiennes. À l'entendre, le Bondieu-Couli, c'était de la diablerie et rien d'autre. La même rengaine que l'abbé Stegel, quoi ! Or, René-Couli est un grand prêtre, comme vous le savez, il parle tamoul... »

D'énormes blocs de rochers, qui s'étaient détachés des flancs de La Crabière, élevaient une imposante barrière contre l'assaut des vagues. Ils s'assirent sur le rebord aplati de l'un d'eux, le visage fouetté par les embruns et l'esprit soudain accaparé par les soubresauts de l'Atlantique. Amédien dut admettre qu'ici, à Grand-Anse, les flots possédaient bel et bien quelque chose de différent, comme une vie frénétique que rien ne semblait pouvoir dompter.

« Alors comme ça, cette mer est maudite… », marmonna-t-il.

Lysiane partit d'un rire sarcastique.

« Les gens la haïssent sans même savoir pourquoi. Moi, par contre, je la tiens en très haute estime. Vous savez, leur monsieur l'abbé, cet Alsacien qui appelle les foudres de l'enfer sur la tête de ses ouailles alors qu'il fornique — c'est un secret de polichinelle ! — avec sa servante Myrtha, eh bien… il vient parfois secouer sa soutane sur la mer.

— Secouer sa soutane ? fit Amédien en écarquillant les yeux.

— C'est de la magie catholique, je suppose. Lorsqu'un abbé secoue sa soutane sur quelqu'un ou quelque chose, la maudition lui tombe aussitôt dessus. Et puis, bon sang, cessez vos questionnements oiseux et passez-moi les menottes ! J'ai tué Nestorin et Deschamps de mes propres mains. Que vous faut-il de plus ?

— C'est vrai cette histoire de viol ?»

Le visage de la jeune femme se déforma sous l'emprise d'une sourde irritation. Ses pommettes tressautèrent et une légère bave humecta ses lèvres.

«Ils ont violé mon intimité en grimpant au poteau électrique qui fait face à ma chambre. Ils m'ont épiée des mois durant pendant que je faisais ma toilette du soir. Épiée pendant que je lisais ou écrivais. Alors, je les ai punis. Pourtant, j'avais un brin d'amour pour chacun d'eux. Ha-ha-ha !»

Et Lysiane de s'escamper par une trace qui conduisait en zigzag jusqu'au massif de raisiniers et de poiriers-pays de La Crabière. Elle disparut sous la frondaison de ces grands arbres tandis que son rire continuait, interminable, à se propager dans l'air frais de cette fin d'après-midi. Amédien renonça à la poursuivre. Il avait soudainement hâte d'en finir avec cette enquête qui semblait vouloir piétiner à loisir et regrettait les rivages plus hospitaliers, «plus cartésiens», pensa-t-il, de l'En-Ville. On avait beau dire-beau faire, il existait bien deux Martinique : l'une francisée, citadine, logique, où il évoluait à l'aise comme Blaise ; l'autre créole, rurale, superstitieuse, qui le déroutait. Le détective repensa à cette histoire de boule de feu qui hantait les nuits du bourg. Comment aurait-il pu se résoudre à l'idée qu'elle avait effectivement dû jouer quelque rôle dans l'assassinat des deux enjôleurs ? Pas plus que lui, Romule Casoar n'était parvenu à l'apercevoir, bien qu'ils eussent fait l'un et l'autre maintes incursions nocturnes à travers les ruelles mal éclairées de Grand-Anse. Ce genre d'étrangetés ne figurait pas dans les manuels de criminologie. Le directeur de la police auquel il avait demandé d'être relevé de l'enquête lui avait rétorqué, rigolard :

« Saisissez votre chance, mon vieux ! On manque cruellement d'effectifs… sans quoi on n'aurait pas été obligé de faire appel à un privé comme vous. Si vous nous éclaircissez cette affaire, peut-être que je pourrais donner un petit coup de pouce à votre intégration dans notre corps. Qui sait ? Et puis en attendant, pensez aussi au renouvellement de votre licence ! Pensez-y ! »

Puis s'enfonçant dans son fauteuil fatigué, le Blanc-France avait ajouté d'un ton moins amical :

« Démerdez-vous, mon vieux ! On a connu pire dans le bocage vendéen. »

Que des paysans blonds aux yeux bleus se fussent comportés de manière aussi irrationnelle que des campagnards martiniquais ne lui était pas d'un grand secours. Amédien n'avait pas le

moindre début de commencement de preuve à
l'égard de tous ceux — et ils n'étaient pas peu —
qui avaient des raisons, futiles ou sérieuses, d'en
vouloir aux deux hommes.

*

Si trente ans de recherches dans tous les coins
et recoins du cimetière de Grand-Anse n'avaient
pas comblé le rêve de Siméon Désiré de découvrir
la jarre d'or enterrée à la veille de l'abolition de
l'esclavage par l'ancêtre des De Surville, du moins
la fréquentation assidue de ces lieux et le commerce
de la mort lui avaient-ils apporté un bien-être
qui faisait moult envieux dans son entourage.
Commerce dans les deux sens du terme, puisque
le bougre avait fini par ne plus avoir peur de Basile
et de sa faux, qu'il croyait apercevoir parfois au
détour d'une allée, en fin d'après-midi, à la saison
d'hivernage. Le rentier l'avait apprivoisé. Un jour,
leurs pas se rencontreraient et c'est très simplement que Siméon dirait alors à Basile :

« Tu vois, je suis venu à toi. Tu n'as même pas
besoin de me chercher ! »

Pour l'heure, le fossoyeur adjoint s'adonnait à
un deuxième type de commerce, plus terre à terre :
la vente, évidemment clandestine, de clous de cer-

cueil, de crânes et d'ossements divers. Il évitait comme la peste de s'accointer avec les natifs de Grand-Anse et s'indignait haut et fort quand quelque habitant du bourg osait lui demander s'il lui était possible de lui fournir un peu d'huile de cervelle, par exemple. Ce mystérieux liquide était recueilli neuf mois après le décès, au fond de la calotte crânienne, pour autant que le cadavre n'ait pas bougé dans son cercueil, car souvent les croque-morts puis les fossoyeurs les maniaient si brutalement qu'ils dérangeaient les corps, qu'on retrouvait alors sur le flanc. Avec de l'huile de cervelle, on pouvait faire le Mal et le Bien. C'est-à-dire rendre fou dans le mitan de la tête un ennemi ou, au contraire, apporter intelligence et lumières à un enfant qui réussissait mal à l'école. Il suffisait d'en jeter quelques gouttes dans une boisson, de préférence matinale, eau de café ou décollage au rhum sec. L'effet était foudroyant.

Siméon Désiré disparaissait des semaines, voire des mois entiers de Grand-Anse, au motif qu'il allait surveiller ses chantiers de construction dans d'autres communes. Si cela était partiellement vrai, le bougre taisait l'autre raison de ses escapades répétées : la vente d'objets extraits du cimetière où, faute d'avoir encore découvert la jarre d'or des De Surville, il lui fallait bien trouver un

moyen d'améliorer son existence. Et puis, retour
chez lui, ne devait-il pas garantir le boire et le
manger à ses nombreuses maîtresses, sous peine de
se retrouver à sec comme un vulgaire Bogino, le
récureur de l'abattoir municipal ? Sa préférée,
Myrtha, qui occupait aussi les fonctions de bonne
du presbytère, était particulièrement vorace et ne
le recevait dans sa couche que « blindé », comme
elle disait curieusement, c'est-à-dire les poches
bien gonflées.

De guerre lasse, Siméon s'était décidé à dresser
un petit autel derrière sa case de Morne l'Étoile :
dans une sorte de cage en bois, le fossoyeur adjoint
avait placé le crâne de Louis Mangassamy, un
célèbre prêtre indien décédé dans les années 30,
entouré de deux bougies et d'un verre d'eau. Pour
vous protéger et éventuellement répondre à vos
attentes, les crânes avaient besoin du boire et du
manger, ce qui veut dire de lumière et d'eau.
Faute d'être soignés, ils pouvaient se retourner
contre vous et vous déchiqueter la nuit dans votre
sommeil. Tandis que cajolés, choyés, ils se trans-
formaient en anté-christ, petit animal lilliputien
aux dents longues et acérées, qui avait le pouvoir
de pénétrer chez autrui et dérobait au profit de
son mentor tout ce qu'il y avait là de plus précieux. Longtemps Siméon Désiré, quoique mieux

placé que quiconque, avait résisté à la tentation de
se servir d'un crâne pour assouvir son appétit de
richesses. Jusqu'au jour où Louis Mangassamy lui
apparut en rêve. Inexplicablement, cet événement
ne se produisit point au cours d'une de ces siestes
qu'il s'accordait à l'ombre du gigantesque poirier-
pays qui ombrageait l'allée centrale du cimetière
de Grand-Anse. Mais le défunt grand prêtre
indien fit réellement intrusion dans la tête de
Siméon un soir que sa concubine du moment lui
avait lancé :

« Va dormir en bas ! Tu sens l'odeur de la mort. »

En effet, le fossoyeur avait procédé à deux inhu-
mations successives cet après-midi-là et en dépit
des bains de feuilles de corrossolier qu'il prenait
dans ces occasions, il était bien conscient qu'autour de sa personne flottait encore un halo
funèbre. Siméon Désiré alla donc s'allonger sur le
canapé du salon sans rechigner, maîtrisant le désir
qui était monté en lui au contact de la peau sati-
née de sa jeune concubine. Au bout d'une dizaine
de minutes, il se sentit subitement tout froid. Les
poils de ses bras se hérissèrent et un souffle puissant pénétra dans le trou de ses oreilles, ce qui lui
occasionna un léger mal de tête. Il reconnut
immédiatement le signe annonciateur de la venue
d'un mort.

« *Sa i lé mwen ankò a ?* » (Qu'est-ce qu'il me veut encore celui-là ?) se surprit-il à ronchonner.

Il fut stupéfait d'entendre une voix grave qui s'adressait à lui en tamoul, langue qu'il ne connaissait pas, mais qu'il était à même d'identifier entre toutes pour l'avoir maintes fois entendue au cours des cérémonies hindouistes dès son plus jeune âge. Se rendant compte que Siméon ne comprenait pas ses propos, la voix s'écria, en créole cette fois-ci :

« Je suis Louis Mangassamy. Quand je suis parti dans l'autre monde, tu n'étais encore qu'un tout petit bonhomme, mais je me rappelle très bien de ta figure. Tu étais vraiment turbulent, toi ! Je ne vais pas passer par quatre chemins. Voici ce qui m'amène : je veux que tu me changes d'emplacement. Oui, ne t'étonne pas, mon bougre ! À l'époque, le cimetière n'était pas aussi vaste qu'aujourd'hui et surtout, les prêtres nous poursuivaient de leur scélératesse. À les entendre, le Bondieu-Couli, c'était sorcellerie et rien d'autre ! Ils ont donc refusé de m'enterrer dans le caveau que j'avais fait construire de ma propre poche, au prétexte qu'il était trop proche des tombes des bons chrétiens. On m'a donc enseveli dans la grande allée du cimetière ! N'ouvre pas de si grands yeux ! C'est la pure vérité. Cela signifie que depuis vingt ans, à chaque enterrement, des dizaines de pieds me pilent, me dament, m'écrasent et ça, mon cher Siméon Désiré, je ne peux plus le supporter. Je te demande donc de me déplacer et de m'enterrer dignement. En contrepartie, tu peux exiger de moi ce que tu veux!»

Terrorisé, Siméon Désiré ne pipa mot. Il s'était toujours appliqué à se tenir le plus à l'écart possible de la religion indienne. Les jours suivants, le fossoyeur questionna discrètement quelques anciens à propos de Mangassamy. Il fut encore plus effrayé d'apprendre que cet homme avait été doté par les dieux de l'Inde de pouvoirs extraordinaires, comme celui de retourner la nuit sur les bords du Gange. Au matin, le grand prêtre rassemblait tout le voisinage et racontait avec un luxe de détails inouïs la vie de frères et sœurs restés de l'autre côté des deux océans. Il avait aussi le pouvoir d'intercéder auprès des dieux, en particulier Paklayen, afin d'obtenir des guérisons miraculeuses, d'attirer la chance sur la tête de ceux qui étaient en procès avec la vie, et tout un lot d'autres choses prodigieuses. Dix fois de suite, Louis Mangassamy revint hanter les rêves du fossoyeur adjoint, jusqu'à ce qu'il finisse par céder. Profitant de l'occasion d'un enterrement et d'une tombe fraîchement creusée, Siméon procéda, à la nuit tombée, à la substitution du cadavre et des ossements du

prêtre indien, quand bien même l'idée de commettre à la fois un sacrilège contre la foi chrétienne et un acte répréhensible au regard de la loi
le terrorisait. Les déplacements d'ossements étaient
en effet du seul ressort de l'autorité municipale et
nécessitaient en outre l'accord écrit des parents du
défunt.

Dès qu'il fut enterré dans sa nouvelle et confor-
table demeure, Louis Mangassamy vint remercier
son bienfaiteur et lui lança, énigmatique :

« Ce que tu recherches depuis si-tellement longtemps est maintenant à portée de tes mains. Il n'y
a plus que deux obstacles, mais ils sont tellement
proches de toi que tu n'auras aucune peine à les
écarter de ta route. »

*

Le détective Amédien avait fini par comprendre
que Nestorin et Deschamps étaient à la fois craints
et jalousés par presque tout un chacun. Le premier, parce qu'il faisait tourner la tête à n'importe
quelle femme et qu'il avait dû encornailler bon
nombre d'honnêtes citoyens de Grand-Anse ; le
second, parce que sous couvert de prédication
protestante, il soutirait leurs économies aux
vieilles femmes, détournait les pucelles du droit

chemin et semait la zizanie dans les foyers les plus paisibles. L'approche du soir fit frissonner le privé, qui se surprit à maugréer en créole :

« *Sa ka rivé mwen ?* » (Qu'est-ce qui m'arrive ?)

Soudain, il aperçut une silhouette qui filait droit sur lui dans l'obscurité, en soulevant une nuée de poussière. C'était le gamin qui, quelques jours auparavant, avait rapporté à Dame Losfeld la boulette de papier ramassée sur la plage. Essouf-flé, il s'écria :

« Monsieur ! Monsieur ! Hé, monsieur, ton compère a été blessé. Dépêche ton corps, oui ! »

Amédien comprit en un battement d'yeux. Il fonça à l'Océanic-Hôtel, grimpa l'escalier quatre à quatre jusqu'au troisième étage, où il trouva Romule Casoar, le plus illustrissime journaliste de l'Amérique française, sur son lit, ruisselant de sang. Amélie et sa mère tentaient de lui faire mal-adroitement un garrot à mi-cuisse. La jeune fille sanglotait, répétant trente-six fois :

« Mon Dieu, quand est-ce que ce cauchemar va finir ? »

Dame Losfeld, par contre, conservait un calme étonnant. Elle déclara avoir téléphoné au docteur Beaubrun, le praticien le plus réputé de la région.

« Il habite Fond d'Or, mais il sera là d'une

minute à l'autre. Rassurez-vous!» fit-elle à l'adresse d'Amédien.

Le journaliste avait les yeux clos et sa peau était froide. Il avait perdu pas mal de sang. Amédien exigea qu'on appelle une ambulance.

«Pas la peine, rétorqua l'hôtelière, à cette heure, il n'y a presque personne à l'hôpital, aucun chauffeur en tout cas. Il ne faut pas que votre ami bouge, au contraire.»

C'est la servante qui avait découvert Casoar, gisant sur le rebord de son lit, une large entaille de couteau ou de poignard dans la cuisse. Personne n'avait pourtant entendu la moindre allée-venue dans l'hôtel. En outre, le journaliste n'avait pas crié.

«Sa fenêtre était grande ouverte, précisa Dame Losfeld, on a dû entrer par là…»

Le docteur Beaubrun ne tarda pas à faire son apparition, un gros sac en cuir à la main. Amédien détesta sur-le-champ l'obséquiosité dont le praticien faisait preuve envers les Losfeld, mais il apprécia son professionnalisme. Sans poser aucune question, le docteur se mit au travail. Après avoir resserré le garrot, il fit une piqûre à Casoar et demanda à ce qu'on le veillât toute la nuit.

«Cette blessure n'est heureusement pas très profonde, fit-il, très docte. Elle est plus spectaculaire que dangereuse. La lame n'a pas touché l'artère fémorale… Il a eu de la chance. La gendarmerie, vous l'avez prévenue?

— Ce monsieur est de la police», répondit l'hôtelière de son ton le plus aguicheur, en désignant Amédien du menton.

Amélie, qui avait séché ses pleurs, regardait le docteur Beaubrun avec des yeux brillants d'admiration. Le détective dut reconnaître que le bougre était bel homme, ou plus exactement qu'il portait beau, en dépit de sa fatuité naturelle. Le médicastre refusa d'être payé et salua bien bas Dame Losfeld qui, du coude, enjoignit à sa fille de le raccompagner.

Une fois seule avec Amédien, l'hôtelière fronça les sourcils et déclara sèchement :

«Monsieur… vous et votre ami, vous faites fuir mes clients. J'ai demandé au maire qu'il vous trouve un autre hébergement.

— Ne perdez pas votre temps. Vous n'avez aucun droit de nous chasser d'ici. Alors autant s'entendre, n'est-ce pas?»

Romule Casoar se mit à gémir, puis ouvrit un œil effaré. Il avait la plus grande peine du monde à articuler et Amédien ne put lui arracher une seule phrase compréhensible.

«Vous resterez à ses côtés? s'inquiéta la propriétaire de l'Océanic-Hôtel.

— Ah! Je préfère vous entendre parler comme ça, chère dame. Écoutez, je ne suis pas venu de mon plein gré à Grand-Anse et je n'ai aucune envie particulière de m'y éterniser. Seulement, il faudra bien qu'on retrouve le ou les assassins de ces deux hommes. Vous êtes bien d'accord avec moi?... Et puis vous qui êtes si pressée de me voir déguerpir, pourquoi ne m'aideriez-vous pas davantage, hein?»

Dame Losfeld haussa les épaules et déclara qu'il était l'heure pour elle de «regagner ses appartements». Le détective l'entendit encore questionner sa fille sur le palier à propos du docteur Beaubrun, puis la houspiller avant de claquer sa porte d'un geste rageur. Quelques instants plus tard, un toc-toc timide arracha Amédien à la lecture de ses carnets de notes. Avant qu'il n'ait réagi, des effluves de parfum à bon marché avaient envahi la pièce.

«Ne vous dérangez pas, c'est moi...», murmura Amélie.

La jeune fille s'approcha du lit de Casoar, dont elle se mit à essuyer le front avec un mouchoir.

«Il fait plutôt chaud ce soir, non? J'ouvre un petit peu la fenêtre...

— On a voulu le tuer…, commença Amédien.

— Votre compère journaliste, il fouine un peu trop. En plus, monsieur s'est mis à fréquenter la couche de cette dévergondée de Myrtha. L'abbé Stegel n'est pas content du tout-du tout-du tout. »

Et la mulâtresse de brandir, juste sous la veilleuse qui reposait sur la table de nuit, un exemplaire du *Rénovateur* qui annonçait, sur trois colonnes à la une :

À Grand-Anse, une meurtrière rôde à la nuit tombée

Amédien se retint de pester contre celui qu'il avait toujours considéré comme un énergumène et avec qui il avait fait une trêve uniquement parce qu'il se trouvait en territoire inconnu. Il parcourut rapidement l'article d'un œil incrédule : Casoar désignait tout bonnement Irmine Augusta comme la responsable des deux crimes. Quant à sa fille, Lysiane, elle s'incarnait en boule de feu la nuit ! Le journaliste avait certes pris soin d'utiliser le conditionnel, mais son papier contenait suffisamment de détails pour que le premier béotien venu fût en mesure, au bourg de Grand-Anse tout au moins, d'identifier la boutiquière et sa liseuse-écriveuse de fille :

« La meurtrière présumée, déclarait Casoar en

misogyne viscéral qu'il était, quoique ayant largement dépassé la cinquantaine, âge qui en général
ruine les efforts que Dame Nature a déployés pour
donner un aspect séduisant à la gent féminine,
conserve, au dire des plus difficiles, de beaux
restes, en particulier une poitrine tétonnière du
plus bel effet. De s'activer de beau matin jusqu'à
tard le soir dans sa petite épicerie de détail fleu-
rant bon la morue séchée, la farine de froment et
le beurre rouge, elle a gardé une énergie à faire
pâlir d'envie nos plus vaillants débardeurs du Bord
de Mer, à Fort-de-France. Son unique rejeton,
une fille au teint plus sombre que minuit, que
d'aucuns tiennent pour la plus belle créature de la
région, est connue pour sa misanthropie légen-
daire. Elle ne parle ni ne sourit à qui que ce soit
et ne semble éprouver d'affection que pour la mer,
où l'on peut parfois la voir se baigner aux aurores,
au milieu de vagues dantesques, sans que la
demoiselle ne paraisse cependant en ressentir la
moindre appréhension. On la dit un peu sorcière
également, puisque, à diverses reprises, elle a été
surprise en grande conversation avec une entité
diabolique, appelée "souclian" en créole, une boule
de feu qui depuis bon nombre de mois perturbe
l'existence ordinairement paisible de la population
grand-ansoise. Après d'intenses investigations,

souvent au péril de notre vie, nous en sommes venu à la conclusion qu'en réalité, la jeune vestale des divinités diaboliques sans doute venues de l'Afrique barbare se dédoublait afin de commettre ses méfaits en toute impunité… »

Amédien était partagé entre la colère et le rire. Voici qu'à présent le sieur Casoar donnait crédit aux croyances de ce qu'il nommait avec condescendance « le bon peuple » ! Visiblement, le bougre avait été victime — victime consentante, songea le détective — de l'ambiance qui régnait dans le bourg.

« Ce matin, il en a vendu une cinquantaine d'exemplaires à la criée près de la mairie et du marché aux légumes, fit Amélie en devançant la question du policier.

— Qu'est-ce que les gens en pensent ?

— À part Wadi-Bachour, il n'y a pas encore eu de réaction. Le Syrien menace d'abattre lui-même la meurtrière si la police ne l'arrête pas. Il n'a cessé de fulminer sur le pas de sa boutique depuis qu'il a lu l'article. Même les gens qui ne savent pas lire sont au courant de la nouvelle ! »

Puis, se disant fatiguée, la jeune mulâtresse s'approcha d'Amédien et lui posa un baiser rapide sur les lèvres, en lâchant dans un souffle :

« Le docteur Beaubrun est le mari que m'a

choisi ma mère, au cas où mes prétendants métro-
politains se désisteraient, mais ce prétentieux ne
représente rien pour moi, vous savez, rien du
tout!»

*

Toute la nuit, Amédien veilla Romule Casoar.
Dehors, il entendait le ronflement étrange de la
mer de Grand-Anse, qui, par intermittence, semblait vouloir transmettre quelque message aux
humains. Sans doute modelait-elle leurs rêves à
leur insu. Au petit matin, le détective entrouvrit
plus largement la fenêtre et s'aperçut qu'elle s'était
un peu assagie. Il n'y avait pas âme qui vive sur la
plage. Le blessé dormait, lui aussi, d'un sommeil
plus paisible. Allongé ainsi, les cheveux ébouriffés,
la mine défaite, il dégageait une impression d'extrême fragilité. À l'évidence, la personne qui avait
attenté à sa vie n'était pas étrangère aux deux
assassinats sur lesquels le journaliste et le privé
enquêtaient, tantôt chacun pour soi, tantôt de
concert. L'image de Lysiane vint à l'esprit d'Amédien, qui la chassa aussitôt. Il n'aimait guère les
coupables tout désignés. Le détective songea qu'il
lui faudrait rendre une petite visite au planteur
blanc créole Chénier de Surville, dont il avait fini

par apprendre, au détour d'un interrogatoire, que Siméon était l'homme de main lorsque éclataient les grèves de la mi-janvier, au début de la récolte de la canne à sucre. Au bar de mamzelle Hermancia, un travailleur d'habitation, un peu éméché, s'était même montré vindicatif :

« Siméon est le maquereau du Blanc ! Il fait rôle de soutenir les coupeurs de canne, mais c'est pour espionner leurs affaires et puis, hop ! il court livrer à son maître le nom des meneurs. Les pauvres bougres se retrouvent, sans comprendre ni pourquoi ni comment, avec un billet-ce-n'est-plus-la-peine entre les mains. »

Si le rentier persistait à se cacher, c'est qu'il devait savoir quelque chose. Ou alors, il était lui-même impliqué dans les deux crimes, s'il n'en était pas tout bonnement l'auteur. Pourtant, tout le monde avait décrit au détective Nestorin, Deschamps et Désiré comme trois bons zigues. Les meilleurs larrons du monde lorsqu'il s'agissait de faire des coups pendables, avait même précisé Tertullien, le père de Lysiane. Une sorte de vague de découragement submergea une nouvelle fois Amédien. Là-bas, à Fort-de-France, les autorités penchaient pour « une clôture à court terme du dossier », selon leur propre expression. Le meurtre d'un enfant de sept ans au quartier Renéville acca-

parait désormais les esprits. Et il était bien plus
odieux, somme toute, que celui de deux hommes
dont la vertu était fort loin d'être la qualité première.

Romule Casoar se mit à geindre par saccades.

« Il a failli m'avoir, fit-il en tentant vainement
de s'asseoir sur son lit. Je vous trouve songeur,
cher détective. Vous savez, il faut adopter la philosophie des gens qui vous entourent. Aïe! Hou
la-la, qu'est-ce que ça fait mal!

— Ne bougez pas trop. Vous avez perdu du
sang…

— C'est curieux… je me sens faible, certes,
mais comme lavé de l'intérieur. Cela vous change
un homme, de passer à deux doigts de la mort. »

Amédien lui remplit un verre d'eau et lui tendit un des calmants qu'avait laissés le docteur
Beaubrun. Il attendait que le journaliste lui
explique sa mésaventure. Il n'oubliait pas l'éditorial dans lequel le plumitif accusait Lysiane Augusta
et sa mère, les livrant ainsi à la vindicte publique.

« Vous-même, vous avez dû passer de nombreuses fois près de la grande faucheuse, reprit
Casoar en grimaçant.

— Au moins, je ne l'avais pas cherché!

— Bon bon, je vois… quand cesserez-vous de
m'en vouloir d'avoir mené ma propre enquête,

hein ? Cela fait bien huit ou neuf ans qu'on se retrouve fatalement sur les mêmes coups, non ? Admettez pour une fois que j'ai été plus perspicace que vous... le coupable était là, sous votre nez. La coupable, devrais-je dire, et vous ne l'avez pas remarquée ! »

La servante monta le petit déjeuner de Casoar et s'étonna de le trouver si « gaillard ». Le bougre s'autorisa même des privautés, comme de lui bailler une pichenette sur la croupière, et Amédien ne put cacher son étonnement de le voir marivauder de la sorte. Sans doute était-ce ce que le rédacteur du *Rénovateur* appelait « s'adapter à la philosophie ambiante ».

« Au fait, monsieur le détective, fit la servante d'un ton badin, notre chère Amélie est partie pour France ce matin. Elle a laissé une lettre pour vous. Je l'ai déposée dans votre chambre.

— Qu'est-ce que vous racontez ? s'écria Amédien. Partie quand ?

— À quatre heures et demie du matin, à bord du taxi-pays de maître Salvie. La pauvre petite avait bien besoin de sa cure annuelle. Vous ne l'avez jamais vue quand elle nous fait sa crise d'asthme. C'est bouleversant ! »

Amédien se précipita à la réception. Dame Losfeld, parfaitement calme, feuilletait un roman-photo. Elle ne leva pas les yeux de son journal, ayant deviné ce qui agitait si fort le détective, et se contenta de lâcher, en désignant un numéro du *Rénovateur* posé à côté d'elle :

« Vous avez désormais votre coupable. Il n'était plus nécessaire que ma fille demeure une journée de plus à Grand-Anse. Ces cures en France me coûtent une fortune, vous savez. D'ailleurs, elles ne sont pas remboursées par la Sécurité sociale… »

À cet instant, Amédien fit véritablement l'expérience de ce qu'en créole, on appelle « être un chien à bord d'un canot ». Aucun des repères qui étaient les siens à Fort-de-France ne se retrouvait ici. En outre, ce fouineur de Casoar était venu tout compliquer. Le détective ne put s'empêcher de lâcher, sous le regard ironique de l'hôtelière :

« Patate ça ! Merde ! Merde ! »

Il remonta lentement jusqu'à sa chambre, résolu à brusquer les choses. Sinon, ce serait lui qui en perdrait la raison, et à court terme. La lettre d'Amélie — une enveloppe rectangulaire rose — avait été délicatement posée sur son oreiller. Il hésita à l'ouvrir. Le souvenir du baiser de la jeune fille lui revint en mémoire et il se surprit à s'attendrir. Se pouvait-il qu'elle se fût insinuée dans son cœur à son insu, lui le célibataire plus dur que du bois de cassier ? Avec ses maîtresses, il n'assou-

vissait que d'élémentaires exigences physiques et
en changeait sans trop faire de sentimentalisme. Il
n'avait jamais disposé du temps nécessaire pour
approfondir une relation avec une femme, même
pas avec Arielle, la chabine-mulâtresse guichetière
au Crédit martiniquais qui avait voulu lui faire un
enfant à tout prix. C'était là, à son sens, la condition *sine qua non* pour demeurer le plus brillant
détective privé du pays.

« Hé merde ! » répéta-t-il en glissant la lettre
sous l'oreiller.

Jugeant que son blue-jean était trop chiffonné,
Amédien entreprit de le repasser. Il n'avait jamais
mis celui, tout neuf, que lui avait offert Wadi-
Bachour au lendemain de son arrivée à Grand-
Anse. Le privé n'aimait guère les gratifications,
fussent-elles insignifiantes, et encore moins lorsque,
dans une enquête, il n'avait encore obtenu aucun
résultat tangible. Il pensa à la confidence de mamzelle Hermancia, qui prétendait que le Syrien était
le meurtrier de son fils et du prédicateur millénariste. Apparemment, Nestorin dilapidait au jeu de
dés, aux cartes, aux combats de coqs et à l'entretien d'une tiaulée de femmes vénales la fortune
difficultueusement amassée par son père, au bout
de vingt-cinq ans de négoce acharné.

« Tout le monde sait que Wadi-Bachour tient

à se faire enterrer en Syrie. Le bougre se vante depuis toujours qu'il a fait construire une tombe entièrement en marbre à Damas. Or, le rapatriement de son corps jusque là-bas, ça coûte les yeux de la tête. Cette race-là n'a pas de sentiments, non ! » avait précisé la tenancière du Rendez-Vous des Compères.

Nestorin faisait, de notoriété publique, des largesses à ses compères de bamboche Milo Deschamps et Siméon Désiré. Cela lui baillait un énorme prestige à Grand-Anse. Il venait par ailleurs de se payer une rutilante Simca Aronde, que deux-trois jours après son assassinat, son père s'était empressé de revendre à un éleveur de bœufs de Basse-Pointe. Quant à Milo Deschamps, Wadi-Bachour l'aurait fait supprimer, selon mamzelle Hermancia, parce qu'il le soupçonnait d'avoir soutiré à son fils la coquette somme qui lui avait permis d'acheter le local de la Rue-Derrière, où le pasteur avait ouvert son Temple de la Rédemption universelle. Mais, si cette hypothèse se vérifiait, pourquoi le négociant aurait-il épargné le troisième larron, se disait Amédien, ce Siméon Désiré qu'il n'avait pas encore réussi à coincer depuis son arrivée à Grand-Anse ? Le bougre lui filait entre les doigts à-quoi-dire un serpent-couresse. Et puis, pourquoi le commerçant en quincaille et toilerie était-il allé assister à la cérémonie hindouiste avortée que le rentier avait commanditée? Sans doute le détective tenait-il là l'un des fils qui pourraient lui permettre de démêler l'écheveau de ce qu'En-Ville, on avait consacré sous l'appellation de «mystérieuse double tuerie de Grand-Anse». Amédien songea qu'il lui faudrait vaincre l'hostilité du Syrien et chercher d'abord à savoir si l'indignation de celui-ci face à l'inefficacité de son enquête était sincère. Le privé commençait en effet d'en douter. À y repenser, la douleur démonstrative de Wadi-Bachour, son évanouissement en pleine rue, la soudaine révélation de sa christianité, qui permit d'organiser des funérailles grandioses à l'église pour Nestorin, tout cela pouvait fort bien relever de l'esbroufe orientale. Man Irmine avait récemment appris au privé que les Galeries d'Orient connaissaient un regain de prospérité depuis l'assassinat du bâtard-Syrien, les gens voulant, par l'achat de babioles dont ils n'avaient souvent nul besoin pressant, démontrer tout le soutien qu'ils portaient au père éploré.

Amédien alluma le poste de radio et s'allongea dans une berceuse. Puis il se laissa emporter par les accents langoureux d'une mazurka créole. Il songea qu'il n'avait pas dansé depuis un siècle de temps.

*

Le Blanc-pays Frédéric Chénier de Surville se
prétendait le dix-septième descendant d'un noble
d'Anjou qui avait émigré aux isles de l'Amérique
il y avait près de trois siècles, «en l'an de grâce
1674», morguait-il lorsqu'il était contraint de
frayer avec les politiciens mulâtres. Sa plantation
occupait l'entièreté du plateau de Séguineau, au
sud du bourg de Grand-Anse, et dévalait des
mornes les plus reculés jusqu'à une impressionnante falaise où la mer donnait libre cours à ses
fureurs. La négraille allait partout proclamant :
     «Chez de Surville, la canne baille meilleur goût
au sucre et au rhum, car ce bougre-là sait nous
faire suer jusqu'au sang, oui.»
     Et c'était la franche vérité qu'il n'accordait
qu'une confiance limitée à son géreur, René-Couli,
et à ses commandeurs. Sur son fameux cheval noir
baptisé Diogène, il inspectait lui-même la moindre parcelle de son domaine, y compris celles qui
plongeaient au fond des ravines obscures et où le
serpent-fer-de-lance espérait son heure pour sur-
prendre quelque coupeur de canne ou amarreuse.
Le planteur ignorait, du haut de sa noblesse coloniale, que c'était le rire et le rire seul qui avait

permis au nègre de supporter les mille et un tour-
ments de l'esclavage d'abord, puis de l'esclavitude
après l'abolition, néologisme plein de désabuse-
ment forgé par la négraille elle-même pour décrire
sa nouvelle condition. La devise de Chénier de
Surville ne variait jamais :

« Un nègre reste un nègre, tonnerre de Brest ! »

C'est la raison pour laquelle le Béké accueillit
la visite du détective Amédien avec une froideur
qui aurait pu désarçonner l'individu le plus solidement planté sur ses jambes.

« Vous ne vous êtes pas fait annoncer ! » lui
jeta-t-il à la figure.

Pour toute réponse, Amédien lui présenta sa
carte et lui demanda s'ils pouvaient s'installer en
un endroit où ils pourraient causer tranquillement.
Le planteur eut une légère rougeur aux joues qui
trahissait son exaspération. Il sembla hésiter, puis
désigna du menton une case-à-eau qui se trouvait
entre sa villa et les cuisines. Une dizaine de jarres
en grès y recueillaient une eau de source qu'un de
ses valets allait lui quérir tous les jours au lieu-dit
Fourniol. Quoique de Surville ne s'en servît que
pour se rafraîchir le visage une fois sa tournée de
la plantation achevée, aucune personne de couleur
n'avait le droit d'y toucher. Deux fois par jour, une
nounou venait y puiser une bassine d'eau pour la

toilette de Mademoiselle. Le Béké avait interdit en effet qu'on prononçât le prénom de sa fille unique et sa valetaille avait fini, au fil du temps, par l'oublier définitivement. D'autant que Mademoiselle ne mettait presque jamais le nez dehors, afin, paraît-il, de préserver la blancheur de son teint de la hargne du soleil et des probables regards concupiscents des jeunes nègres. Elle ne faisait que de fugitives apparitions à la brune du soir, au moment où il n'était pas encore nécessaire d'allumer les lampes à pétrole et où un calme insolite régnait sur l'habitation. On disait Mademoiselle aussi belle qu'Amélie Losfeld ou Lysiane Augusta, peut-être même plus belle, à en croire sa nounou, mais la bouche de la bougresse n'ayant point de dimanche, il y avait gros à parier que parfois elle billevesait.

De Surville s'assit sur un banc et regarda le détective fixement, cherchant à le pétrifier du bleu acier de ses yeux. Amédien ne cilla pas. Il prit une allumette dans la boîte qu'il portait toujours dans l'une des poches de son jean et se la mit entre les dents.

« Je ne prends même pas la peine de vous demander les raisons de votre visite…, commença le planteur en détournant le regard.

— Je vous en sais gré. À ce qu'on me dit, monsieur Nestorin Bachour travaillait pour vous ?

— Travailler, travailler, en voilà un bien grand

mot! Disons qu'il emmenait certains de mes coqs se battre dans les gallodromes du sud et qu'il avait un pourcentage sur les gains. Pourquoi? C'est interdit par la loi?

— Certes non, mais Nestorin vous devait pas mal d'argent, c'est connu…

— Ha-ha-ha! Je vois. Je suppose que c'est la mère Losfeld qui colporte de tels ragots. Cette aubergiste s'imagine que sa fille peut rivaliser avec la mienne!… Vous savez, en matière de combats de coqs, la comptabilité ne s'effectue pas comme n'importe où ailleurs, cher monsieur. Rien n'est écrit. Tout est là, dans la tête! Et d'ailleurs, il n'y a pas vraiment de gains ou de dettes. C'est un jeu, en fait. L'argent rentre, passe entre vos doigts, repart. Sans fin. Il n'y a de dettes que si le coqueur cesse toute activité, vous comprenez… »

Amédien faisait des efforts méritoires pour dissimuler l'antipathie qu'il éprouvait pour le planteur. Il observa le ballet des jeunes servantes et des valets dans la grande cour ornée d'alamandas et de bougainvillées. Ballet d'ombres chinoises qui semblait arrangé à la perfection et que troublaient à peine les hennissements des chevaux aux écuries ou la fuite éperdue d'une poule, sans doute pourchassée par quelque mangouste.

Prenant congé de Chénier de Surville au bout

d'une demi-heure, sans avoir pu lui arracher quoi que ce soit d'intéressant, Amédien s'étonna de le trouver si parfaitement conforme à son statut de hobereau créole. Il voulut l'interroger sur sa fille, mais les circonstances n'y étaient guère propices. Cette mamzelle n'était pas si malade que le croyait son père. Elle se portait comme un charme, car deux ou trois jours avant sa visite chez le planteur, le détective l'avait rencontrée qui se promenait main dans la main avec le fameux Osvaldo — son ci-devant précepteur —, dans un chemin de terre ombragé par une double allée de poiriers-pays qui conduisait au promontoire de La Crabière. À sa vue, la jeune fille s'était dégagée avec vivacité et avait légèrement rougi. L'homme avait dévisagé Amédien avec indifférence avant d'ironiser :

« Alors, Sherlock Holmes, on bat la campagne ? Toujours rien, je présume, à propos de vos deux crimes ? Bon courage en tout cas ! » lui lança-t-il tout en continuant sa route.

Amédien avait résisté à son envie d'interroger le dénommé Osvaldo. Était-ce donc là le type qui enflammait tant l'esprit de Lysiane ? Ce personnage insignifiant d'Européen désargenté, venu faire fortune aux isles d'Amérique par le biais de quelque mariage vite arrangé au sein de la caste békée ? Laquelle avait, chacun le savait, un urgent besoin de sang neuf, de sang blanc, ce sang fût-il à mille lieues d'être bleu. De dos, la jeune fille ne paraissait aucunement chétive ni maladive, au contraire de ce que colportait la rumeur à Grand-Anse. Le détective la trouva même assez belle, quoique la demoiselle, en matière de prestance, dût céder quelques crans à la mulâtresse Amélie Losfeld et à la négresse Lysiane Augusta. Amédien songea un bref instant qu'elle pouvait fort bien avoir supprimé (ou fait supprimer) les sieurs Deschamps et Nestorin. Par jalousie envers les deux mamzelles de couleur, avec qui elle avait partagé un temps les bancs de l'école primaire. Mais il chassa de son esprit cette idée tirée par les cheveux, qui avait eu pour seul effet de lui faire comprendre que son enquête tournait définitivement en rond et qu'il lui faudrait affronter cette fois-ci le spectre de l'échec. C'est-à-dire rentrer à Fort-de-France comme il était venu. L'esprit accablé de perplexité.

CALENDRIER D'UNE ABSENCE

Le terme de cette comédie grivoise approche. Dérive de continents, un en-aller de terre, un bâillement géologique à l'heure fastueuse de l'échouage, le tout assoupi à l'ancre et mal dompté au lien.

La disparition brutale de Nestorin Bachour et de son compère millénariste ne fut, ici-là, qu'une péripétie dans l'extrême désolée monotonie des jours et... (illisible) ... *La boule de feu qui hante les nuits de Grand-Anse a repris son ballet féerique à ma grande allégresse et à celle des chiens errants. On se calfeutre au plus profond de sa chambre, on ravive les lampes éternelles, on déroule mille prier-Dieu aux saints catholiques et à d'autres qui le sont beaucoup moins, voire pas du tout. Seul Bogino, né du forceps de l'orage, en sa déraison va tout le jour hurlant à leurs portes :*

« *Réveillez-vous ! Ne voyez-vous pas qu'on vous demande des comptes ? Que faites-vous de votre aujourd'hui ?* »

Il sait que les choses cachées remonteront la pente des musiques endormies. Tout ce passé de sang noir, tous ces siècles de colère rouge enfouie dans nos entrailles blessées et, à fond de cale, le roulis des corps enchaînés, les vomissures, les crachats, la honte hébétée, les agonies tressautantes. Sur nos figures se lit tout cela que nous ne voulons pas voir. Et dans nos têtes, un frissonnement qui sort des noirs feux oubliés. C'est pourquoi, quand je quitterai cette langue de terre coincée entre un fouillis de mornes et une mer sans mesure, quand on me cherchera en vain, d'abord au promontoire de La Crabière, seul lieu propice à la méditation, lieu qu'ils évitent de tout temps comme

*la peste, puis dans les ravines en lacets de la rivière
Capote, jusqu'à sa source de Morne Jacob sans doute,
enfin dans les savanes désolées qui trouent çà et là
l'Habitation Séguineau, on finira par comprendre
que le sang est une chose qui va, vient et revient. Que
le sang est un vaudou puissant.*

*On comprendra le ridicule achevé des investiga-
tions du détective Amédien, le grotesque des édito-
riaux triomphants du journaliste Romule Casoar,
tous deux formés dans le moule du déni de soi et de
la suffisance gratuite. Hommes passés à côté de leur
cri, comme les nègres de Grand-Anse, quoique de tout
autre manière. On comprendra que ce pays-là n'a
jamais été le nôtre. Qu'il ne le sera peut-être jamais.
À moins d'un sursaut salvateur. À moins d'un san-
glant soubresaut d'aube, démêlé d'aigles. Alors certains ne pourront plus retenir leur voix et leur san-
glot rentré, qu'ils se sont toujours efforcés d'enfouir
d'enfouir d'enfouir, depuis l'arrachement premier au
pays d'avant. Où donc? Dans le tremblé de leurs
doigts rugueux quand le bleu regard du Maître les
fusille. Dans la joie immotivée et désordonnée qui
soulève leurs hanches de femmes lubriques, leurs pieds
de nègres-Banania, quand le calendrier s'amuse à
leur bailler une 'tite faveur dans la lente, dans l'implacable avancée des jours de canne à sucre, de roulis de cabrouets, de sueurs fauves de distilleries qui*

fument un rhum plus âpre que le chant de l'oiseau-Cohé, celui qui, invisible — ô si rare ! — dans l'éclat du soleil, annonce la visite de la Mort.

Nous souffrons de n'avoir jamais su dénouer nos souffrances de nos joies. De nos dos lacérés cinquante fois par le fouet, qu'une simple danse bombé-serré apaise... (illisible) ... Il aurait pourtant suffi que nous arpentions les chemins de traverse de l'écriture. Elle seule permet d'être seul à seul avec soi-même, interdit de tricher plus avant. Car mentir à la page blanche n'est pas même un geste ignoble, mais pure démission de l'esprit.

Je cherche la porte de sortie de ce monde étriqué et laid. Pour me prémunir contre la force putréfiante des ambiances crépusculaires, arpentées nuit et jour d'un sacré soleil vénérien. Car, qu'on le sache ! nul n'éventera jamais le secret de la mort brutale du bâtard-Syrien, ni celui de la noyade du pasteur adventiste. Ni celui de la fuite définitive du rentier Siméon Désiré.

Le mot se terminera en moi dans le délabrement interlope des plus hautes seigneuries du ciel.

*

Amédien ne cessait de resonger à la veillée mortuaire du bâtard-Syrien Nestorin Bachour. C'était la toute première fois qu'il participait à ce rituel qui, de loin, lui avait toujours semblé quelque peu barbare. Il fut donc agréablement surpris, lui, l'agnostique, devant le déchaînement de rires, de blagues salaces, de parties de dés et de dominos qui envahit le magasin de Wadi-Bachour dès que le jour fut tombé. Chacun des veilleurs avait apporté qui des bouteilles de rhum, qui des victuailles, et l'on se mit à bambocher autour du cadavre endimanché du coursailleur invétéré de jupons, sans montrer le plus petit signe de tristesse. Il n'y avait guère que deux ou trois bondieuseuses, vêtues de noir, qui se tenaient roides devant le cercueil ouvert, égrenant des chapelets-rosaire, pour bailler un semblant de solennité à l'événement. Comme elles ne faisaient pas partie de la famille, Amédien en conclut qu'elles devaient être des sortes de pleureuses professionnelles, sans doute un reste de pratiques africaines.

La métamorphose de Bogino, de Tertullien Augusta, le père de Lysiane, et de Dachine, l'éboueur municipal, médusa tout bonnement le détective. Comment des êtres aussi insignifiants dans leur vie de tous les jours pouvaient-ils se transfigurer à ce point quand ils s'embarquaient dans la récitation de contes créoles? Bogino semblait s'être évadé de sa folie et en imposait à tous par le stac cato de ses paroles et le hiératisme de ses gestes. Il imitait compère Éléphant, compère Lapin ou monsieur le Roi avec un art consommé de la comédie, et lorsqu'il lançait abruptement le cri visant à tisonner l'attention de l'assistance, ce «Mistikrik» qui faisait tressaillir la nuit, tout le monde, bourgeois comme gens de peu, répliquait à l'unisson :

«Mistikrak!»

Dachine, pour sa part, était le spécialiste des devinettes érotiques et il en improvisa d'excellentes au sujet du défunt, y révélant au passage des amourettes cachées ou des adultères inédits, à la grande joie des amateurs de tafia et des maquerelleuses qui ne manqueraient pas d'en faire des broderies de ragots au cours des mois à venir. Amédien, sans même s'en rendre compte, se trouva pris entre les fils d'araignée du diseur. Il était figé au mitan de toute cette assemblée dont il ignorait les us et coutumes, et cherchait à se bailler une contenance en mâchouillant allumette sur allumette.

«Mes dents marchent jour et nuit, ma tête cherche jour et nuit, et pourtant je ne trouve rien, qui suis-je? lança l'éboueur municipal goguenard.

— Un crabe-c'est-ma-faute qui a perdu son trou! se hasarda quelqu'un.

— Mais non, sacré couillon! intervint une femme. Les crabes ont des pinces, pas des dents!

Moi, je pense qu'il s'agit d'un bébé qu'on a sevré trop tôt. »

Un prodige tout à fait ahurissant se produisit alors. Dachine, l'éboueur, s'avança en se dandinant vers le cercueil, se hissa sur la pointe de ses pieds de nain pour apercevoir le visage de Nestorin et lui lança :

« Hé, mon compère ! Arrête de faire le mort un petit moment, tu veux bien ? »

Même Wadi-Bachour fut secoué par un rire irrépressible, malgré les sanglots qui semblaient l'étouffer depuis la minute même où l'on avait dressé le cercueil au mitan de son magasin et qu'il avait embrassé le front de son fils adoré.

« Qui c'est qui bat tout le temps de la mâchoire ? reprit le conteur, qui calcule aller-pour-virer dans sa caboche et qui est pourtant incapable de trouver ce qu'il cherche ? Qui ?

— Amé... Amédien ! » fit une voix étouffée qui s'éleva du cercueil.

La lucidité du détective vacilla une fraction de seconde, avant qu'il ne prît conscience que l'éboueur était ventriloque. Les veilleurs se gaussèrent de son ahurissement et Myrtha, la bonne du presbytère, moulée dans une robe indécente, lui tendit un verre de tafia. Sur le trottoir, un groupe de jeunes gens faisait tintinnabuler des bouteilles vides à l'aide de petites cuillers à punch et entonnait d'une voix éraillée des chanters paillards. Amédien pensa à Romule Casoar, qui avait refusé d'assister à ce qu'il qualifiait de « macaquerie de vieux nègres », et dut faire un gros effort sur lui-même pour ne pas prendre la poudre d'escampette. Une sorte de nausée montait au fond de lui, alourdissant sa langue tout en l'humidifiant de manière fort désagréable. Dans l'En-Ville, on avait perdu l'habitude de tourner la mort en bourrique, de tisser des contes du temps de l'antan et on se tenait figé, partagé entre tristesse et terreur, tout au long des veillées. Celles-ci ne duraient d'ailleurs pas toute la nuit comme à Grand-Anse : dès onze heures du soir, on renouvelait ses condoléances et on abandonnait la proche famille à ce que tout le monde considérait en son for intérieur comme une pénible corvée.

L'arrivée du père Stegel, imprévue puisque l'Alsacien avait déjà béni le corps dès le matin, provoqua un ressaisissement immédiat de l'assistance. Dachine se cousit la bouche net. Myrtha cessa de promener la cargaison sublime de ses fesses entre les tables sur lesquelles les dés s'arrêtèrent de rouler et les dominos de se fracasser. D'instinct, les hommes réajustèrent le col de leur chemise et adoptèrent un maintien plus digne de bons chrétiens.

L'ecclésiastique ne prit la hauteur de personne. Il se planta devant Wadi-Bachour.

« J'ai totalement oublié de vous le demander : vous désirez un enterrement de première ou de deuxième classe ?

— Je… j'ai…

— Je comprends votre désarroi, monsieur Bachour, mais je dois veiller aux préparatifs de la cérémonie. Par respect pour votre défunt fils… »

Le Levantin réfléchit un bref instant, puis il se pencha à l'oreille de l'ecclésiastique, avant de l'entraîner dans un coin de la salle. La mère de Youssef, qui était prostrée depuis le début de la veillée, se réveilla brusquement et fit un véritable scandale :

« Non, Syrien ! Tu ne vas pas expédier mon fils au purgatoire avec un enterrement de deuxième classe. Ça jamais ! Espèce de gros avare ! »

Wadi-Bachour, qui était en train de glisser une maigre liasse de billets au père Stegel, sursauta. Il regarda son ex-épouse à-quoi-dire un gamin pris en faute et des larmes coulèrent sur ses joues. Quelques veilleurs qui s'étaient rapprochés de la scène n'hésitèrent pas à l'accabler de méprisation.

« En plus, monsieur s'est fait construire une tombe en marbre dans son pays, là-bas en Syrie, messieurs et dames ! » s'exclama Berthe, profitant de son avantage.

L'ecclésiastique demeurait impavide. Son regard croisa celui d'Amédien et le détective crut y déceler une lueur d'amusement. Une idée biscornue lui traversa l'esprit : et si le père Stegel était bien le géniteur d'Amélie Losfeld ? On avait accusé un gendarme métropolitain, soupçonné le Béké Chénier de Surville, la jeune mulâtresse se prétendait elle-même fille d'un certain Heinrich Losfeld, dont il n'avait trouvé aucune trace, mais rien ne disqualifiait pour assumer un tel rôle la plus haute autorité religieuse de Grand-Anse. Les relations troubles que le prêtre alsacien entretenait avec sa servante Myrtha constituaient un indice supplémentaire pouvant permettre d'accréditer une telle paternité. Nos abbés ne se prenaient-ils pas souvent les pieds dans leur soutane, depuis l'aube de la colonisation des isles d'Amérique, au XVIIᵉ siècle ? Et si le bougre était effectivement le papa de la jeune quarteronne, rien ne le disqualifiait non plus d'être l'exécuteur de Nestorin et de Milo Deschamps. Il aurait eu d'excellentes raisons d'agir de la sorte : le bâtard-Syrien ne se riait-il pas de la virginité des jeunes filles de la commune, à commencer par celle d'Amélie ? Et puis Milo Deschamps, l'ex-ouvrier des usines Peugeot à Sochaux, ne tentait-il pas, avec ses prédications adventistes ou baptistes, de lui damer le pion dans le cœur de ses paroissiens ?

Comme si le père Stegel avait lu dans les pensées du détective, il lui adressa un signe de tête appuyé qui frisait l'obséquiosité. Le babillage au sujet de l'enterrement enflant de plus belle, Man Irmine Augusta proposa une sage solution qui consistait, pour chacun des veilleurs, à verser le complément nécessaire à un enterrement de première classe. Dachine recommença à se dandiner de manière éléphantesque et fit le tour de la salle, son chapeau-bakoua tendu, afin de récolter pièces de monnaie et billets froissés. En un virement de main, la somme fut réunie et remise à l'abbé de Grand-Anse. Les traits empreints d'une satisfaction qu'il ne cherchait même pas à dissimuler, l'ecclésiastique s'assit parmi les veilleurs et se mit à boissonner, puis à jouer aux dominos, larguant le français pour le créole rugueux des nègres vagabonds. Et c'est le surgissement de Tertullien Augusta qui mit définitivement fin à cet intermède mercantile. Le père de Lysiane était un extraordinaire maître de la parole, dont la renommée s'étendait à travers tout le nord du pays. On le sollicitait pour animer des veillées jusqu'au Morne Rouge, voire à Saint-Pierre, et, franche vérité, dès qu'il installait son corps noueux au mitan de la ronde et que sa voix puissante se mettait à lancer les «Krik» et «Mistikrik» qui ouvraient les contes et scandaient leur déroulé, personne ne pouvait prétendre résister au charme de sa parole.

Amédien fut ébloui par la rapidité vertigineuse avec laquelle Tertullien alignait ses phrases. On aurait juré que sa langue galopait dans sa bouche et qu'il n'avait pas besoin de reprendre son souffle, ni même simplement de respirer. On ne comprenait d'ailleurs qu'à moitié ce qu'il proférait et c'était moins le sel de ses paroles que leurs rafales qui tenaient l'assistance sous son emprise. Après avoir récité une poignée de contes traditionnels dans lesquels compère Zamba, l'éléphant, se faisait couillonner par compère Lapin, où Ti Jean se livrait aux pires mauvaisetés à l'encontre de son parrain béké, Tertullien Augusta s'arrêta nettement et proprement et ne prononça plus une seule parole pendant un siècle de temps. La blancheur de ses cheveux crépus rayonnait sous l'effet des lampes-Coleman, qu'on avait disposées un peu partout dans la salle, Wadi-Bachour étant trop près de ses sous pour s'offrir l'électricité.

« Maintenant, reprit le conteur d'une voix plus naturelle, presque solennelle, maintenant, bouchez le trou de vos oreilles, car moi, fils de feue Rémise Augusta, négresse vaillante de Morne

Bois, je vais faire deux mots de causer avec Nestorin et avec lui tout seul!

— Krik! lança un imprudent.

— Pas de ça, j'ai dit! Les paroles que je vais parler à présent, c'est la vérité nue! La vérité immaculée comme notre Sainte Vierge Marie, mère de Dieu. Ce ne sont ni des menteries ni des rigoladeries ni des vagabondageries… Messieurs et dames, il y avait une province où vivaient deux filles à marier plus belles l'une que l'autre. La première avait la claireté du jour et ses cheveux aux reflets d'abricot lui couvraient les épaules. Son nom était Liméa. La seconde arborait l'éclat de la nuit et s'appelait Nizette. Tous les prétendants qui se présentaient à leurs parents étaient rejetés làmême à coups de vieilles paroles méchantes, à coups de boquittes d'eau sale, à coups de balai ou de plat de coutelas. Que mes mots me foutent une égorgette si je mens sur le dos de la vérité, foutre! La mère de Liméa et celle de Nizette avaient décidé que leurs filles n'épouseraient que des princes, et comme cette espèce d'animaux-là n'existait point dans la province, eh bien Liméa et Nizette, les pauvresses, espéraient la venue d'hommes du dehors. Elles mangeaient leur âme en salade toute la sainte journée, repoussant d'une bouche écalée par la hautaineté tous les candidats de céans, lesquels étaient, mesdames messieurs, plus nombreux que des mouches-à-miel, oui! Jour après nuit, nuit après jour, des cavaliers apportaient aux jeunes filles la bonne nouvelle : un Prince était en marche, depuis une lointaine province, pour venir à elles et leur offrir son cœur. Yé-é-é Krak!... Liméa et Nizette ne dormaient plus guère que d'un œil, elles écoutaient les moindres bruissements du vent, elles interprétaient les brusques changements du ciel, etc. »

Soudain, Bogino se projeta sans crier gare au-dedans du cercle des veilleurs et entonna un chanter qui tentait de couvrir la parole de maître Augusta. Il s'agissait là d'un défi rituel. Le fou de Grand-Anse trouvait que le père de Lysiane traînait en longueur, ou que son histoire était dénuée d'intérêt. Alors, de plus en plus fort, il se mit à chantonner d'une voix chevrotante :

« *Sé mwen-en-en ki la-a-a a-a-aprézan! Sé mwen-en-en ki la-a-a!* » (C'est à mon-on-on tou-ou-our d'ê-ê-être là-à-à! C'est à mon-on-on tou-ou-our!)

Lorsque l'assistance, subjuguée, reprit à l'unisson le refrain de Bogino, maître Augusta sut qu'il avait perdu la partie et se retira dans l'ombre, en continuant à conter d'une voix de plus en plus basse..

SEPTIÈME CERCLE

Où l'on apprend comment Lysiane Augusta s'y était prise, il y a un siècle de temps, pour déshabiter sa vie de fière négresse (et aussi le pourquoi du pourquoi).

CALENDRIER DUNE ABSENCE

Cette Amélie Losfeld est à l'image de toutes les femelles qui l'ont précédée sur cette terre. Je ne sais pas quel mot il faudrait lui accoler : chatte, chatte-mitesse, chafouine, chuchotière, chichiteuse et j'en oublie. Elle n'a eu de cesse qu'elle ne fornique avec ce faux prédicateur de fin du monde de Milo Deschamps. Je les surprenais, enlacés, debout dans l'escalier du troisième étage de l'Océanic-Hôtel, se dévêtant sans vergogne aucune, enragés à se dévorer l'un l'autre, tandis que Dame Losfeld était probablement plongée dans quelque sommeil artificiel. Elle avait toujours souffert d'insomnies et l'on savait qu'elle faisait grande consommation de tisanes hypnotiques, de prières hindouistes qui apaisent l'âme et, bien entendu, de ces somnifères bleu pâle que lui prescrivaient les différents docteurs qu'elle consultait.

Lorsque nous étions écolières, Amélie et moi, nous avions eu l'occasion de nous partager un de ces cachets et de somnoler, une après-midi durant, dans l'arrière-cour de l'hôtel. Nous y avons fait des rêves désordonnés, qui ont longtemps persisté dans nos mémoires : elle, devenue gitane, parcourant l'Europe dans une troupe, de succès en succès ; moi, femme de mauvaise vie, fumant des cigares de Cuba, court vêtue, hantant les bars des bas-fonds de La Havane, Puerto Rico et Santo Domingo, tous lieux dont les noms m'avaient fascinée sur le planisphère de notre salle de classe.

*

Le détective Amédien n'avait pas voulu s'acharner sur la famille Augusta, dont le chagrin, depuis la disparition de leur fille unique, se faisait tellement démonstratif qu'on s'écartait à leur passage dans les rues du bourg. Tête-Coton semblait avoir pris le relais de la fameuse boule de feu qui, des années durant, avait hanté les nuits de Grand-Anse. Il errait dans la chaleur des débuts d'après-midi, dans la pluie frette des petits matins, dans le bref et insolite silence des fins de journée, et à minuit, on l'entendait hurler :

«*Sa man fè an moun, an ?*» (Qu'ai-je donc fait à l'univers ?)

Nul n'avait de réponse à sa lancinante interrogation et l'on avait fini par dormir avec des boules de coton dans les oreilles. L'abbé Stegel, devenu impotent, songeait à regagner son Alsace natale (au dire de Myrtha) et n'évoquait même plus dans ses homélies «le sort funeste de cette demoiselle Lysiane, qui avait feint d'oublier qu'il n'existe qu'un seul livre : la Bible». Bogino, le fou dans le mitan de la tête, et Dachine, l'éboueur municipal, avaient dû se résoudre à ligoter Tête-Coton afin de le traîner au presbytère, où ils quémandèrent à l'ecclésiastique de lui bailler un bain d'eau bénite. Le prêtre s'y était refusé, arguant qu'il ne s'était jamais livré à des macaqueries de nègres et qu'il valait mieux laisser ce mécréant à sa mécréance. L'abbé Stegel n'avait pas oublié qu'en trente ans de présence à Grand-Anse, il n'avait jamais reçu Tête-Coton en confession. Même aux enterrements de ses plus proches amis, le bougre se tenait ostensiblement sur le parvis de l'église, dos tourné à l'office.

«Dieu est rancunier !» conclut-il en renvoyant Bogino et Dachine.

Quant à Man Augusta, elle avait déserté le comptoir de sa boutique, où sa servante ployait désormais sous une charge de tâches, ce qui nous laissait, à nous la marmaille, tout le loisir de chaparder des bonbons à la menthe et des pilibos. La mère de Lysiane se postait à la devanture de l'Atlantique, statue fragile plantée dans la noirceur pailletée d'or du sable volcanique, et, bras tendus, lèvres chantonnant une berceuse créole, elle implorait les flots de lui rendre le fruit de ses entrailles. Nul n'avait pu la dépersuader que Lysiane avait fini par se noyer.

« Si c'était le cas, répétait Hernandez, le retraité de la Marine, soit on aurait retrouvé son corps à la Dominique, soit la mer nous l'aurait rendu. Tu sais bien que notre mer est bréhaigne, Irmine. Ici-là, pas de poissons, foutre ! »

Amédien avait le sentiment d'être devenu un gêneur. Personne ne lui adressait plus la parole, quoiqu'on continuât à répondre avec politesse à ses questions. Le brillantissime journaliste Romule Casoar n'avait pas demandé son reste : il avait fui avec armes et bagages de l'Océanic-Hôtel, Dame Losfeld se montrant chaque jour plus goguenarde envers ses deux clients de la capitale. La tenancière était la seule à brandir le numéro du *Rénovateur* dans lequel Casoar — assenait ses vérités au « bon peuple de Grand-Anse » :

« *Quand une meurtrière se volatilise*

L'épilogue du double crime de Grand-Anse a pris un tour qui en a surpris plus d'un, à commencer par votre humble serviteur et, à plus forte raison, le maître d'œuvre de l'enquête, le célèbre détective privé Amédien, qui n'avait jamais connu pareil échec à Fort-de-France, en quinze années de carrière. En effet, la meurtrière, une jeune femme d'une surprenante beauté, en dépit de son teint pour le moins foncé, Lysiane Augusta, a tout bonnement disparu du village de Grand-Anse, sans laisser le moindre message. Ses proches sont dans un tel désespoir qu'il eût été indécent de les soupçonner de complicité. Ils l'ont fait rechercher à travers tout le nord luxuriant de notre beau pays, mais entre champs de canne à sucre à perte de vue et forêts impénétrables, il n'y a guère d'endroit où un être humain puisse s'installer en ermite.

À mon avis, et bien que je sois rien moins qu'expert en sciences divinatoires, la demoiselle a dû traverser nuitamment le canal de la Dominique, à bord d'un de ces gommiers colorés qui démontrent, si besoin était, à quel point nos modestes marins-pêcheurs possèdent un sens inné, quoique naïf, de la chose esthétique. Main-

tenant, la meurtrière doit couler des jours paisibles
dans quelque montagne inaccessible de l'île voisine, parmi les naturels de l'endroit. Il serait vain
de tenter de l'y retrouver, puisque selon le mot
d'un célèbre humoriste, la Dominique est la seule
île de tout l'archipel des Antilles que Christophe
Colomb reconnaîtrait s'il revenait aujourd'hui
parmi nous.

Paix aux âmes de Nestorin Bachour, coursailleur de jupons émérite, et de Milo Deschamps,
prédicateur de la fin du monde!»

Amédien se souvenait aussi qu'Osvaldo, le précepteur de la famille de Surville, s'était gentiment
moqué de lui à la station-service d'En Chéneaux,
où ils attendaient l'un et l'autre depuis un bon
moment un pompiste né fatigué.

«Alors, Sherlock, on a deux disparitions sur les
bras à présent? Siméon Désiré et cette chère
Lysiane!... Ha-ha-ha!... Deux crimes, deux disparitions, c'est équilibré, ma foi!»

C'est à la suite de cette banderille, pourtant peu
scélérate, que le détective de Fort-de-France prit
la décision d'aller demander à Dame Losfeld la
main de sa fille Amélie, qui avait fait un énième
retour triomphal à Grand-Anse après un très court
séjour en France. Elle racontait avec force détails

— et tout un chacun se pressait à son entour —
l'émotionnante traversée en avion qu'elle venait
d'effectuer. Les anciens se remémoraient en fris-
sonnant la catastrophe du Latécoère en 1948,
l'hydravion qui reliait Bordeaux à la Martinique
une fois par semaine.

«Il ne faut pas confondre avion et hydravion!»
assena Cléomène, l'instituteur franc-maçon.

Amédien avait appris à connaître la jeune mulâtresse, à apprécier son humour tout autant que sa
bonne humeur, et maintes fois, il nous avait
demandé, à nous la marmaille :

«Dites-moi, les garçons, Amélie, c'est une
bonne personne ou pas?»

En chœur, nous lui rétorquions que oui.
Qu'elle n'avait rien à voir avec sa mère. Qu'elle
nous prêtait volontiers ses romans-photos. Qu'elle
nous gratifiait parfois de pièces de monnaie pour
que nous puissions nous acheter des sorbets au
coco. Qu'elle aidait les plus faibles d'entre nous à
faire leurs devoirs en période d'école. Et une tralée d'autres gestes généreux de ce genre. Quand
Amédien eut terminé sa demande à l'hôtelière, s'y
étant repris à trois fois tellement sa langue était
pâteuse, Dame Losfeld le toisa de la pointe des
souliers à la racine des cheveux, hésita avant de
déclarer :

« Bon, écoutez… les temps ont changé… Et puis, après tout, vous n'êtes pas noir, vous êtes… comment dirais-je ?… vous êtes marron. C'est ça : marron. Donc, bon, avec Amélie, ça baillera des enfants couleur crème de maïs. Je suis d'accord, cher monsieur, mais dépêchez-vous ! Dans trois-quatre mois, elle repart en cure et son fiancé d'Auvergne ne la laissera pas revenir ici. »

*

Deux obstacles sur ta route. Deux obstacles si proches, avait déclaré le grand prêtre indien, que tu n'auras pas la moindre difficulté pour les évacuer de ta route. Siméon Désiré se répétait cette phrase sans arrêt, jusqu'à se faire éclater les tempes. Il ne mangeait presque plus. Buvait tout ce qui lui tombait sous la main : gin, rhum, vin chimique et même anisette, qui était pourtant considérée comme une boisson pour femmes. Il avait déserté le bourg de Grand-Anse depuis un bon mois, ne faisant que de brèves incursions chez des amis sûrs, comme Germont, l'éleveur de coqs de combat, ou sa chérie-doudou-adorée de Myrtha, la bonne du presbytère. Il n'avait jamais pu s'expliquer pourquoi il la préférait entre toutes ses femmes-concubines, alors même qu'elle n'était ni la plus jeune ni la plus en formes.

« C'est sans doute ce que les Blancs-France appellent l'Amour… », se disait-il en ricanant chaque fois qu'il y pensait.

Le fossoyeur adjoint sentait désormais la fameuse jarre d'or des De Surville à portée de sa main. Là. Tout près de lui. Il lui suffirait d'identifier les deux gardiens du trésor, car il en avait maintenant la certitude : Mangassamy lui avait indiqué, à mots couverts, que deux personnes qui lui étaient très proches étaient devenues, à leur insu, suite à la construction du cimetière et à la destruction du petit bois où le patriarche blanc l'avait dissimulée, les nouveaux protecteurs de la richesse accumulée pendant trois siècles d'esclavage par les hobereaux de l'Habitation Séguineau. Mais Siméon désespérait là-même, car n'importe qui parmi ses parents et ses amis, voire l'une quelconque de ses simples connaissances, pouvait être suspect. Y compris ses douze maîtresses, tant ici-là, à Grand-Anse, qu'à Marigot, à Sainte-Marie, et plus au nord, à Grand-Rivière et à Macouba.

Louis Mangassamy ne réapparut jamais plus dans les rêves de Siméon. Inexplicablement. Le faux rentier avait beau s'allonger à l'ombre du poirier-pays tutélaire qui ornait le mitan du cimetière et y attendre la nuit close : silence total. En revanche, d'autres décédés venaient lui perturber l'esprit avec leurs jérémiades et Siméon Désiré les injuriait sans ménagement, n'ayant point peur des zombis. À chacun de ces importuns, il disait :

«Y a deux choses qui m'importent : retrouver la jarre d'or et forcer les cuisses de Lysiane Augusta. Si vous n'êtes pas foutus de m'aider pour l'une ou l'autre, alors baillez-moi ma paix, s'il vous plaît! Allez, ouste! Dégagez de ma cervelle!»

Il regrettait fort de n'avoir pas questionné Mangassamy sur la plus belle négresse du nord de la Martinique. Peut-être le grand prêtre lui aurait-il indiqué un moyen de la circonvenir ou de franchir tout au moins la muraille d'indifférence derrière laquelle se réfugiait la jeune femme dès qu'elle apercevait Siméon. Il s'était montré trop cupide, n'avait pensé qu'à cette fichue jarre d'or, alors qu'il savait bien que Lysiane, avec sa peau de satin noir et ses yeux semblables à des papillons de nuit, pouvait lui apporter autant et sinon plus d'heureuseté que tous les trésors de l'univers réunis. Siméon s'en voulait terriblement. Il enrageait contre lui-même. Soudain, une idée lui traversa l'esprit, qu'il jugea aussitôt saugrenue : et si les deux gardiens de la jarre étaient les deux déesses de Grand-Anse, la mulâtresse Amélie Losfeld et la négresse bleue Lysiane Augusta? Un court instant, il caressa un projet d'élimination des deux jeunes femmes, il lui suffirait tout bête-ment d'escalader leur fenêtre en pleine nuit et de les étouffer à l'aide de leur oreiller. Mais il per-drait ainsi la seule et unique personne avec qui il s'était juré de finir ses vieux jours, cette Lysiane dont il connaissait le puissant désir d'évasion hors du cercle étroit de Grand-Anse et même de la Martinique. S'il trouvait cette jarre, ne serait-il pas alors en mesure de l'emmener loin, très loin d'ici? Et cela, pour toujours...

CALENDRIER D'UNE ABSENCE

J'entendais monter de l'autre côté du désastre un fleuve de tourterelles, j'entendais — ô parole à jamais déchue! — la voix du commandeur qui braillait ses ordres et tout n'était plus que sueur verte, éclats féroces de lumière, grattelle et cette immense fatigue qui convoyait son chant dans les bouches mi-closes des coupeurs de canne et des amarreuses, une mélo-pée sourde qui me glaçait le sang et, de rage, je ser-rais ma main dans celle de ma mère. Mes yeux étaient un reproche. Ma gorge, un lit de rivière au plus fort du carême. Elle me tapotait les cheveux que retenaient quatre grosses papillotes en papier journal et grommelait je ne sais quoi. Elle avait voulu revoir la plantation du Béké de Surville, à Séguineau, à l'endroit exact où elle s'était échinée des années durant, avant que Tête-Coton ne lui intimât de mettre les pas de sa vie dans les siens. Le bruit courait en effet que le gouvernement ou le conseil général (on n'était pas très sûr en cette matière) avait décidé de ne plus subventionner que la culture de la banane. La canne à sucre était donc condamnée. Et comme par extraordinaire, tous ceux qui l'avaient reniée leur vie durant, tous ceux qui n'avaient jamais vu à travers elle que l'enfer sur terre, accouraient à présent pour lui témoigner leur tendresse. Ma mère couvait une nostalgie de son ancienne misère. Je lui en voulus pour ça. Je la détestai même.

Elle demeura immobile un siècle de temps au bord d'une pièce de canne fraîchement coupée, dans le soir qui tombait, et ses épaules se drapaient, au fur et à mesure, de lambeaux d'obscurité. Je m'étais écartée d'elle, ne voulant point partager ses sentiments. De toute façon, à quoi cela m'aurait-il servi puisque j'avais pris la décision de m'échapper de ce monde? Mon âme retournerait-elle au Pays d'avant d'un battement d'ailes, comme le croyaient les esclaves qui mouraient au cœur de leurs révoltes? Afrique! Aide-moi à rentrer, porte-moi comme un vieil enfant dans

tes bras et puis tu me dévêtiras et me laveras. Défais-
moi de tous ces vêtements, défais-m'en comme, l'aube
venue, on se défait des rêves de la nuit.

Ou mon âme se choisirait-elle, au contraire, un
pays d'eau et de lumière, en plein Atlantique, à mi-
chemin entre les trois continents qui bordent l'océan ?
Une excitation ingénue s'emparait de ma personne à
la seule perspective de rencontrer des voix neuves, des
faces non marquées par la terreur et la lâcheté
séculaires. Et Osvaldo, souriant par avance de mon
enthousiasme, de me décrire, me pressant contre sa
poitrine, des rues infinies qu'il fait bon arpenter sa
vie entière, des foules qui s'assemblent et se désas-
semblent dans un charivari de caprices hautement
revendiqués, de bonheurs happés au passage, et
encore des langues par milliers bâtissant des mots
tellement sonores, tellement grandioses, qu'on en
chavire à chaque pas.

Je prends congé du monde. Cela ne m'est point
une épreuve, car je n'ai jamais eu vraiment le sentiment d'en avoir fait partie. Choses et gens m'ont
toujours semblé évoluer à des années-lumière de ma
personne. J'étais une planète solitaire tournoyant aux
confins de leur galaxie. Ma disparition ne sera donc
pas immédiatement remarquée. Un beau soir, ces
enjôleurs qui gravitent alentour du poteau électrique
faisant face à ma chambre ne verront plus l'ombre

de mon corps nu se profiler contre la cloison. Ils en déduiront d'abord que je me suis cloîtrée comme à l'ordinaire, pour écrire tout cet assemblage de mots où ils ne verront que galimatias ou folie douce. Puis le temps chassant le temps, les plus aventureux grimperont à l'en-haut de leur mât de cocagne et se rendront bien compte que mon lit n'a pas été défait depuis des lustres. Que ma chambre est propre et vide. Que mes miroirs n'auront conservé que de fugitives lueurs volées à mon regard. Je les entends déjà parcourir alors les ruelles du bourg afin de claironner la nouvelle. J'imagine à l'avance la stupeur qui frappera les traits des joueurs de bonneteau sur le parvis de l'église, celle qui éclairera la figure de Dame Losfeld et sans doute de sa fille, avec qui toute notre complicité d'enfance s'est évanouie. Myrtha, la dévergondée, sautillera comme un cabri et s'écriera, pour se faire pardonner ses péchés :

« Lysiane était une créature diabolique, mes amis ! Le père Stegel et moi avons été les premiers à en avoir la certitude. Elle a dû s'envoler sur les ailes du Diable, oui. Bon débarras ! »

Il n'est guère difficile, pourtant, de s'évader de leur monde et de sa petitesse. Nul besoin de commercer avec les forces des ténèbres ou de pactiser avec la démence, comme le fait Bogino. Il suffit de le déshabiter en se retirant d'abord au plus profond de soi et en acceptant de regarder en face sa propre vérité. La littérature m'a beaucoup aidée à franchir ce cap, je l'avoue humblement. Serais-je parvenue à mes fins sans l'aide de Zola ou de Colette? Aurais-je su comprendre les sentiments troubles qui agitaient mon âme sans la fréquentation passionnée de Thérèse Raquin? Je n'ai jamais tremblé devant la page blanche, pour la simple raison que la tentation d'imiter mes maîtres ou de rivaliser avec eux ne m'a pas effleurée un seul jour de ma vie. J'écris, non pour m'inventer un monde imaginaire, mais pour tenter d'accorder mes mots aux sentiments et aux pensées qui se forment en moi. Je n'ai jamais souffert ce langage infirme dont la nature nous a dotés et qui ne se déploie que dans la généralité, créant chez l'homme l'illusion du partage. Et on les voit qui s'esclaffent! On les voit qui discutaillent! Argumentent, réfutent, décrivent, racontent ou ironisent, comme si toute parole était transparente à ceux qui l'écoutent. Comme si tout un chacun comprenait de quoi l'autre voulait parler. Certains affirment peser leurs mots et l'intention qui les anime est bonne, sauf à dire qu'ils préféreront toujours se servir d'une balance à bestiaux que d'un pèse-or.

Il suffit ensuite, pour s'extraire de cette médiocrité, d'accorder chaque fibre de son corps aux mouvements secrets de la nature et donc d'habiter le paysage. Cela doit être un exercice permanent, quotidien, sous peine de sombrer dans l'admiration béate ou la détestation bornée, l'une et l'autre prenant corps dès lors qu'on observe le monde environnant avec des yeux d'aveugle. Ainsi les gens d'ici-là, les Grand-Ansois, vouent-ils aux gémonies leur mer quand leurs yeux tombent sur elle ou que ses rouleaux viennent se fracasser à leurs tympans, mais la plupart du temps, ils oublient son existence, ils l'ignorent, ils se détournent d'elle. C'est pourquoi ce détective privé avait cru que ma mère se moquait de lui lorsque, à sa question de savoir à quel moment de l'année on se baignait à la mer, Irmine Augusta avait rétorqué, par réflexe :

« La mer ? De quelle mer parlez-vous ? »

Elle était parfaitement sincère, ma chère mère. Comme tous les natifs-natals de Grand-Anse, elle avait appris à se défaire de sa présence. Ce ne fut jamais mon cas. Dès mon plus jeune âge, j'ai voulu comprendre le pourquoi et le comment de cette maudition que l'on disait enchaînée de toute éternité à cette portion de l'Atlantique qui lèche notre bourg. J'ai creusé des trous dans le sable noir, je m'y suis lovée des heures durant, les yeux fermés mais l'âme largement déployée, et peu à peu, la vérité s'est faite en moi : cette mer avait grand soif que nous l'apprivoisions. Elle ne comprenait pas que nous l'ayons, d'entrée de jeu, disqualifiée au profit des mornes verdoyants et placides et des rivières trop paresseuses, hormis en septembre, pour nous jouer des tours. Elle s'époumonait en moi : que l'on me dompte ! que les hommes de céans n'aient point peur de chevaucher mes vagues déferlantes et qu'ils apprennent à connaître mes humeurs ! Au lieu de cela, ce n'était que mépris et détestation. Au devant-jour, que font-elles, ces cohortes de négresses encore dépenaillées, sinon souiller la mer avec les déjections de leurs pots de chambre ?

Je suis parvenue à faire corps avec la mer de Grand-Anse et si le sang n'a de cesse qu'il ne coule entre mes cuisses — ce sang vaudou puissant —, c'est parce qu'elle manifeste à travers moi toute l'immense peine qui l'accable. Cet abandon séculaire qui stupéfie les visiteurs de nos chers parages. Ces imprécations à son endroit. Ces blasphèmes qui font vaciller la touffeur des après-midi de carême. Ni le docteur Beaubrun ni aucun des médicastres du nord du pays qui sont venus, à la demande pressante d'Irmine Augusta, m'examiner n'ont jamais su prouver que j'étais atteinte de la moindre affection. Ils concluaient tous, perplexes :

« Votre fille perd beaucoup trop de sang pour demeurer en vie, pourtant… »

Pourtant, je suis toujours là. J'ai toujours été là. Et je ne me plains d'aucun de ces maux de tête ou

*de ventre qui torturent dès l'adolescence les femmes
de chez nous et les rendent irritables ou chimériques.
Je ne garde jamais le lit. Je n'ingurgite aucun médi-
cament de Blanc-France ni de remède créole. S'il
m'arrive parfois de réclamer un Aspro, c'est un stra-
tagème pour faire sortir de ma chambre cette ribam-
belle d'enfants qui encombre notre maison toute la
journée. Petits cousins, marmaille du voisinage ou
filleuls de mes parents, ils prennent un malin plaisir
à se faufiler partout et à me dérober mes écrits.
Comme je serais bien incapable de les distinguer les
uns des autres et de mettre un nom sur leur visage,
je ne peux que feindre la migraine pour retrouver un
peu de solitude. Je m'accoude alors à la fenêtre qui
s'ouvre sur le miquelon de la mer et je me retranche
de ce monde. Je retrouve les grandes harmonies uni-
verselles que l'agitation vaine de la vie — celle que
les gens d'ici-là nomment à tort la «vraie vie» —
rend inaudibles au commun des mortels. J'habite le
chant du monde et je deviens écume irisée qui fré-
tille à l'encolure des vagues, charroi de vent, parcelle
de lumière solaire, éclat de songe éveillé. Je suis dès
lors inatteignable. Hors de portée des rires graveleux
des gandins et de leurs courtisaneries. Des babils de
ces bougresses oisives qui attendent, impatientes,
qu'on les engrosse et s'emploient, dans l'intervalle, à
médire les unes des autres.*

Mon effort n'a pas été vain puisque Osvaldo est venu. La mer me l'a envoyé en récompense à tout ce lot d'années au cours desquelles je l'ai réconfortée. Son passage dans ma vie s'est fait dans un beau mélange de fulguration et de tendresse. Peu m'importe qu'on ait douté de son existence ou qu'on en soit venu à le confondre avec le précepteur de la fillette du Béké de Surville. Osvaldo n'était point venu pour rester. Je l'ai su dès le premier jour. Au promontoire de la Roche où il s'était agrippé après le naufrage de son navire, j'ai tout de suite lu dans ses yeux qu'il ne se ferait jamais à l'inanité sonore de Grand-Anse. La mer l'avait protégé du désastre, à seule fin de m'aider à m'évader définitivement de céans.

Il a suffi qu'il me baille de l'amour. Un brin d'amour…

Habitation l'Union (Vauclin)
(juillet 1998-septembre 2000)

DU MÊME AUTEUR

Aux Éditions Gallimard

ÉLOGE DE LA CRÉOLITÉ, avec Patrick Chamoiseau et Jean Bernabé, 1989, *essai*.

ÉLOGE DE LA CRÉOLITÉ/*IN PRAISE OF CREOLENESS*, 1993. Édition bilingue.

RAVINES DU DEVANT-JOUR, *récit*, 1993. *Prix Casa de las Americas* 1993. («Folio», n° 2706).

UN VOLEUR DANS LE VILLAGE, *récit. Traduction de l'anglais du texte de James Berry* («Page Blanche»), 1993. Prix de l'International Books for Young People 1993.

LES MAÎTRES DE LA PAROLE CRÉOLE, *contes*, 1995. Textes recueillis par Marcel Lebielle. Photographies de David Damoison.

LETTRES CRÉOLES. Tracées antillaises et continentales de la littérature. Haïti, Guadeloupe, Martinique, Guyane (1635-1975), avec Patrick Chamoiseau. Nouvelle édition, 1999 («Folio essais», n° 352).

LE CAHIER DE ROMANCES, *mémoire*, 2000.

Voir aussi Ouvrage collectif : ÉCRIRE «LA PAROLE DE NUIT». La nouvelle littérature antillaise, *nouvelles, poèmes, réflexions poétiques*, 1994. *Édition de Ralph Ludwig*. Première édition («Folio essais», n° 239).

Aux Éditions Mercure de France

LE MEURTRE DU SAMEDI-GLORIA, *roman*, 1997. Prix RFO (repris dans «Folio», n° 3269).

L'ARCHET DU COLONEL, *roman*, 1998 (repris dans «Folio», n° 3597).

BRIN D'AMOUR, *roman*, 2001 (repris dans «Folio», n° 3812).

NUÉE ARDENTE, *roman*, 2002.

Chez d'autres éditeurs

En langue créole

JIK DÉYÉ BONDYÉ, *nouvelles (Grif An Tè)*, 1979.

JOU BARÉ, *poèmes, (Grif An Tè)*, 1981.

BITAKO-A, *roman*, 1985 *(GEREC)*; traduit en français par J-P. Arsaye, «Chimères d'En-Ville», *(Ramsay)*, 1997.

KÓD YAMM, *roman (K.D.P.)*, 1986; traduit en français par G. L'Étang, «Le Gouverneur des dés», *(Stock)*, 1995.

MARISOÉ, *roman, (Presses universitaires créoles)*, 1987; traduit en français par l'auteur, «Mamzelle Libellule», *(Le Serpent à Plumes)*, 1995.

En langue française

LE NÈGRE ET L'AMIRAL, *roman (Grasset)*, 1988. Prix Antigone.

EAU DE CAFÉ, *roman (Grasset)*, 1991. Prix Novembre.

LETTRES CRÉOLES : TRACÉES ANTILLAISES ET CONTI-NENTALES DE LA LITTÉRATURE, avec Patrick Chamoiseau, *essai (Grasset)*, 1991.

AIMÉ CÉSAIRE. *Une traversée paradoxale du siècle, essai (Stock)*, 1993.

L'ALLÉE DES SOUPIRS, *roman (Grasset)*, 1994. Prix Carbet de la Caraïbe.

COMMANDEUR DU SUCRE, *récit (Écriture)*, 1994.

BASSIN DES OURAGANS, *récit (Les Mille et une nuits)*, 1994.

LA SAVANE DES PÉTRIFICATIONS, *récit (Les Mille et une nuits)*, 1994.

CONTES CRÉOLES DES AMÉRIQUES *(Stock)*, 1995.

LA VIERGE DU GRAND RETOUR, *roman (Grasset)*, 1996.

LA BAIGNOIRE DE JOSÉPHINE, *récit (Les Mille et une nuits)*, 1997.

RÉGISSEUR DU RHUM, *récit (Écriture)*, 1999.

LA DERNIÈRE JAVA DE MAMA JOSEPHA, *récit (Les Mille et une nuits)*, 1999.

LA VERSION CRÉOLE, Ibis Rouge, 2001.

MORNE-PICHEVIN, Bibliophane, 2002.

LA DISSIDENCE, Écriture, 2002.

Traductions

AVENTURES SUR LA PLANÈTE KNOS, d'Evans Jones, *recit traduit de l'anglais (Éditions Dapper)*, 1997.

Travaux universitaires

DICTIONNAIRE DES TITIM ET SIRANDANES. Devinettes et jeux de mots du monde créole, *ethnolinguistique (Ibis Rouge)*, 1998.

KRÉYÒL PALÉ, KRÉYÒL MATJÉ... Analyse des significations attachées aux aspects littéraires, linguistiques et socio-historiques de l'écrit créolophone de 1750 à 1995 aux Petites Antilles, en Guyane et en Haïti, *thèse de doctorat ès lettres (Éditions du Septentrion)*, 1998.

Composition et impression Bussière
à Saint-Amand (Cher), le 18 mai 2005.
Dépôt légal : mai 2005.
1ᵉʳ dépôt légal dans la collection : janvier 2003.
Numéro d'imprimeur : 052206/1.
ISBN 2-07-042412-X./Imprimé en France.